Un héros pour Noël

Julia
QUINN

Lisa
KLEYPAS

Kinley
MACGREGOR

Un héros pour Noël

Traduit de l'anglais (États-Unis)
par Maud Godoc

J'AI LU

Titre original
WHERE'S MY HERO ?

Éditeur original
Avon Books,
an imprint of HarperCollins Publishers, New York

Julia Quinn

Connue sous le pseudonyme de Julia Quinn, Julie Pottinger naît en 1970 aux États-Unis. Spécialisée dans la Régence, cette très grande dame de la romance a écrit une vingtaine de livres, tous des best-sellers. Surprenant de la part de cette jeune diplômée de Harvard qui a longtemps cherché sa voie avant de publier son premier roman, *Splendide*, à l'âge de 24 ans. Sa vocation trouvée, elle se voit décerner un RITA Award pendant deux années consécutives, et le *Time Magazine* lui a consacré de nombreux articles. Sa célèbre série *La chronique des Bridgerton* est un énorme succès international.

Le héros de la nouvelle *Les deux sœurs* est le frère d'Arabella dans *Splendide*, publié aux Éditions J'ai lu.

Julia Quinn

Les deux sœurs

Traduit de l'anglais (États-Unis)
par Maud Godoc

Je dédie cette nouvelle au personnel de tous les Starbucks
qui m'a servi d'innombrables triples macchiatos caramel
écrémé à la vanille sans jamais une seule remarque,
alors que je passais des heures sur place
à travailler sur mon portable.

Et aussi à Paul, même s'il prétend
que le café est « une sale habitude dégoûtante »
dont il n'est « jamais rien sorti de bon »
(ce qui inclut apparemment la fois
où ma mère a failli rater son avion
à cause d'un arrêt sur la route pour boire un latte).

Je me demande comment tu as tenu le coup
durant tes études de médecine, mon chéri.

1

Ned Blydon poussa un soupir las et glissa un regard furtif à droite et à gauche avant d'inciter son cheval à quitter les écuries en catimini d'un léger coup de talon. Quelle tâche épuisante d'avoir à esquiver trois femmes en même temps !

Sa sœur, pour commencer. Arabella Blydon-Blackwood avait des opinions bien arrêtées sur la façon dont il devait mener sa vie, opinions qu'elle ne se privait pas de lui assener sur tous les tons à la moindre occasion, et que Ned s'appliquait invariablement à ignorer depuis huit bonnes années.

Belle était une personne d'un naturel charmant et raisonnable avec qui il s'était toujours bien entendu. Mais depuis que lord John Blackwood lui avait passé la bague au doigt, elle semblait persuadée que son statut d'épouse lui octroyait désormais le droit de dicter sa loi à son frère, même s'il était son aîné de plus d'un an, comme il se plaisait souvent à lui rappeler.

Ensuite, il y avait Emma, duchesse d'Ashbourne, sa pétulante cousine américaine qui avait encore moins l'habitude de mâcher ses mots que Belle – si pareille chose était concevable. Si elle ne figurait pas tout en haut de sa liste noire des femmes « à éviter à tout prix » en ce moment, c'était uniquement parce qu'elle était enceinte de sept mois et que son état la freinait pour l'instant quelque peu dans ses déplacements.

S'il devait être considéré comme un odieux personnage parce qu'il fuyait comme la peste une future mère qui promenait son gros ventre en se dandinant comme un canard, eh bien, il était prêt à courir le risque ! Sa tranquillité d'esprit était à ce prix.

Et pour finir, il avait un peu honte de l'admettre, il y avait Lydia.

Il grommela. D'ici trois jours, Lydia Thornton serait son épouse. S'il n'avait aucun grief particulier à son encontre, les moments passés en sa compagnie étaient immanquablement entrecoupés de silences gênés et, lors de leurs tête-à-tête, il devait bien souvent se retenir de consulter discrètement sa montre.

C'était loin de l'union qu'il avait imaginée, mais avec le temps il avait fini par se faire une raison : il ne pouvait espérer mieux qu'un mariage de convenance.

Il avait enchaîné les huit dernières saisons à Londres où il avait la réputation d'un homme bien sous tous rapports, un peu coureur sur les bords, certes, mais pas au point que les matrones bien-pensantes cachent leurs filles à sa vue. Cependant, s'il n'avait pas été ouvertement opposé à l'idée de convoler – pas ces dernières années, en tout cas –, à aucun moment il n'avait rencontré une femme capable de lui inspirer la moindre flamme.

Du désir physique, assurément. Mais une passion véritable ? Jamais.

Alors que la trentaine se profilait à l'horizon, son pragmatisme avait pris le dessus : puisqu'il n'avait aucune chance de faire un mariage d'amour, autant profiter de l'occasion pour agrandir son domaine.

D'où l'entrée en jeu de Lydia Thornton.

Une jolie blonde de vingt-deux ans aux yeux gris, raisonnablement intelligente et en bonne santé. Et qui, détail non négligeable, apportait en dot dans la corbeille de mariage une dizaine d'hectares de terres fertiles bordant Middlewood, un des plus petits domaines de la famille Blydon.

Une dizaine d'hectares, c'était peu pour un homme dont la riche famille en possédait des centaines dans tout le sud de l'Angleterre, mais Middlewood était la seule propriété que Ned pouvait légitimement considérer comme la sienne jusqu'au jour – lointain, espérait-il – où il hériterait du titre et de la fortune de son père, le comte de Worth.

Si Ned acceptait le principe de ce privilège que lui accordait le droit d'aînesse, il n'était pas pressé d'assumer les devoirs et responsabilités qui s'y attachaient. Il était l'un des rares dans son cercle d'amis à chérir ses parents d'un amour sincère. La dernière chose qu'il souhaitait, c'était d'assister à leurs funérailles.

Dans son infinie sagesse, le comte de Worth avait compris que son fils avait besoin d'un lieu de vie qui lui appartiendrait en propre. Ainsi, en cadeau pour son vingt-quatrième anniversaire, il lui avait fait don de Middlewood, une des propriétés qui ne faisaient pas partie du patrimoine inaliénable de la famille.

Peut-être était-ce l'élégance de la maison, le superbe étang à truites ou juste parce qu'il en était désormais l'heureux propriétaire, mais Ned adorait chaque mètre carré de ce petit bijou.

Aussi, lorsqu'il avait appris que la fille aînée de son voisin était en âge de se marier, la solution avait-elle paru s'imposer d'elle-même avec une imparable logique.

Jolie, aimable et richement dotée, Lydia Thornton était parfaite en tout point.

Seul bémol, elle n'était pas parfaite pour *lui*.

« Ne sois donc pas injuste », se réprimanda-t-il. Il était mal placé pour lui en faire le reproche. Après tout, il avait demandé sa main en connaissance de cause. Le problème, c'était qu'il ne s'attendait pas à avoir, à l'approche du mariage, l'impression grandissante de se passer la corde au cou. Même si, pour être franc, il ne se sentait vraiment mal que depuis qu'il était arrivé à Thornton Hall cette semaine pour les festivités organisées en leur honneur en présence de sa famille et de celle de Lydia. Sans oublier une cinquantaine d'invités, dont un nombre incroyable de parfaits inconnus.

Cette pression menaçait de le rendre fou, et il craignait fort d'être bon pour l'asile d'ici le samedi matin, lorsqu'il sortirait de l'église du village après avoir passé à l'annulaire de Lydia l'alliance transmise de génération en génération dans sa famille.

Il fut arraché à ses sombres pensées par une voix féminine qu'il ne connaissait que trop bien.

— Ned ! Ned ! Je t'ai vu ! N'essaie pas de filer en douce !

Malédiction ! Fidèle à ses talents de fin limier, sa sœur l'avait débusqué. Et il était prêt à parier qu'Emma n'allait pas tarder à débarquer à son tour, bien décidée à l'abreuver d'un sermon de son cru dès que Belle se tairait pour reprendre son souffle.

Pour couronner le tout, sa mère avait prévu d'arriver dès le lendemain. Le terrifiant triumvirat serait bientôt au grand complet.

À cette perspective, Ned fut parcouru d'un frisson. Un vrai frisson. Physique.

Il fit partir son cheval au trot – l'allure la plus rapide qu'il pouvait se permettre aussi près de la maison –, avec dans l'idée de s'élancer au grand galop dès que possible sans mettre quiconque en danger.

— Ned ! hurla Belle, qui se précipita à sa suite à toutes jambes sans se préoccuper une seconde de la bienséance, de sa dignité, ni même du danger.

Dans sa course échevelée, elle ne vit pas la racine d'arbre qui affleurait dans l'allée devant elle.

Badaboum !

Ned ferma les yeux et tira sur les rênes de son cheval. Impossible de s'éclipser, désormais. Quand il rouvrit les paupières, Belle était assise dans la poussière, les jupes en désordre et l'air furibond.

— Belle ! Belle !

Derrière sa sœur, Ned vit sa cousine Emma trottiner à sa rescousse aussi vite que le lui permettait son ventre proéminent.

— Tu vas bien ? demanda-t-elle à Belle avant de se tourner vers Ned. Elle va bien ?

Ned posa sur sa sœur un regard patient.

— Tu vas bien ?

— C'est à toi que je devrais poser cette question ! riposta-t-elle.

— Ah oui ? Et pour quelle raison ?

Belle saisit la main tendue d'Emma et se releva avec vigueur, manquant de faire basculer sa cousine dans son élan.

— Tu m'as évitée toute la semaine..., répondit-elle.

— Nous ne sommes ici que depuis deux jours, Belle.

— Eh bien..., j'ai l'impression que ça fait une semaine.

Sur ce point, Ned ne pouvait la contredire.

Comme il gardait le silence, sa sœur le foudroya du regard.

— Comptes-tu rester perché sur ton cheval ou mettre pied à terre pour me parler comme une personne civilisée ?

Ned prit le temps de réfléchir à la question.

— Quelle grossièreté de rester en selle devant deux dames à pied, fit remarquer Emma.

— Vous n'êtes pas des *dames*, bougonna-t-il. Vous êtes ma sœur et ma cousine.

— Ned !

Il reporta son attention sur Belle.

— Bon, tu n'es pas blessée, tu es sûre ?

— Non, je crois que ça va. Enfin...

Ses yeux bleus s'écarquillèrent. Sa sœur, qui le connaissait par cœur, venait de percer ses intentions à jour. Il allait la planter là sans autre forme de procès.

— Eh bien, en fait, j'ai un peu mal à la cheville et...

Elle toussa à plusieurs reprises pour faire bonne mesure, comme si ce manège peu convaincant pouvait faire croire à une cheville foulée.

— Parfait, la coupa Ned. Dans ce cas, tu n'as pas besoin de mon aide. Vous vous débrouillerez bien toutes seules, les filles.

Sur ces mots, il éperonna son cheval et fila sans demander son reste. Une réaction pour le moins cavalière, il en convenait, mais Belle était sa sœur et, à ce titre, elle avait le devoir de l'aimer sans condition. Et puis, telle qu'il la connaissait, elle voulait sûrement encore lui casser les oreilles avec le mariage, et c'était le dernier sujet de conversation qu'il avait envie d'aborder.

Il partit vers l'ouest, d'abord parce que c'était la direction qui lui offrait la fuite la plus facile, et aussi parce qu'elle le mènerait sur les terres qui lui appartiendraient bientôt. Un simple rappel de ce que lui apporterait ce mariage était peut-être ce qu'il lui fallait pour lui remettre les idées d'aplomb. C'étaient des terres superbes, verdoyantes et fertiles, avec un étang bucolique et une charmante petite pommeraie.

— Tu aimes les pommes, n'est-ce pas ? marmonna-t-il. Tu as toujours aimé les pommes.

Des fruits délicieux, les pommes. Quel bonheur de posséder un verger ! C'était presque un argument à lui seul pour dire oui samedi.

— Des tartes et des clafoutis à profusion, tenta-t-il de se convaincre à voix haute. Et de la compote en veux-tu en voilà.

Il *adorait* la compote. Tant mieux. S'il gardait en tête l'équation « mariage égale compote », il avait peut-être une chance de conserver un semblant de santé mentale, au moins jusqu'à la cérémonie.

Les yeux plissés vers le lointain, il jaugea la distance qui le séparait des terres de Lydia. À peine plus de cinq minutes au galop, au jugé.

— Ohé ! Ohé !

Merveilleux. Encore une femme.

Ned ralentit sa monture et jeta un regard à la ronde, tentant d'identifier la provenance de la voix.

— Par ici, s'il vous plaît ! Aidez-moi !

Il pivota sur sa droite, puis accomplit un demi-tour et comprit aussitôt pourquoi il n'avait pas remarqué la fille plus tôt. Elle était assise par terre, et son amazone vert forêt constituait un camouflage plutôt efficace dans le décor ambiant. Ses longs cheveux châtain clair étaient ramassés en une simple queue-de-cheval, une coiffure qui lui aurait valu des regards réprobateurs dans un salon londonien, mais lui seyait à ravir.

— Bonjour ! lui lança-t-elle, un peu hésitante maintenant.

À contrecœur, Ned stoppa sa monture et mit pied à terre. Il avait juste envie d'un moment de tranquillité, de préférence au grand galop à travers les champs vallonnés, mais il n'en était pas moins un gentleman – en dépit du coup un peu mesquin qu'il venait de jouer à sa sœur – et ne pouvait décemment ignorer une demoiselle en détresse.

— Que vous arrive-t-il ? s'enquit-il gentiment en s'approchant.

— Je me suis foulé la cheville, j'en ai peur, répondit la jeune fille avec une grimace, en essayant de retirer sa botte. Je marchais et…

Lorsqu'elle leva ses grands yeux gris vers lui, elle battit des cils à plusieurs reprises. De beaux cils bruns, longs et fournis.

— Oh.

— Oh ? répéta-t-il.

— Vous êtes lord Burwick.

— En effet.

Le sourire de la jeune fille manquait étrangement de chaleur.

— Je suis la sœur de Lydia.

Charlotte se sentait idiote et détestait cette impression. Personne ne devait particulièrement apprécier cela, supposait-elle, mais dans son cas, c'était pire, car elle avait toujours considéré le bon sens comme la plus louable de ses qualités.

Elle était sortie faire une promenade, désireuse d'échapper à la foule d'invités plutôt agaçants qui avaient envahi la maison familiale pour une semaine avant le mariage de sa sœur aînée.

Pourquoi Lydia avait-elle besoin que cinquante témoins assistent à son union, elle n'en avait pas la moindre idée. Charlotte ne le comprendrait jamais. Et c'était sans compter tous les invités qui avaient l'intention de débarquer le jour même de la cérémonie.

Mais tel était le souhait de Lydia – enfin, plutôt celui de leur mère. Bref, la maison était pleine à craquer, tout comme celles des voisins et toutes les auberges du coin. Charlotte en devenait folle. Voilà pourquoi, avant que quiconque l'interpelle pour la charger d'une énième mission *terriblement* importante, comme s'assurer que le meilleur chocolat soit servi à la duchesse d'Ashbourne, elle avait revêtu son amazone et filé à l'anglaise.

Or, à son arrivée aux écuries, quelle n'avait pas été sa déception d'apprendre que les valets avaient laissé partir sa jument avec un des invités. Ils avaient assuré que sa mère leur en avait donné la permission, ce qui n'avait guère contribué à améliorer l'humeur de Charlotte.

Elle était donc partie à pied, d'un pas furibond, juste en quête d'un peu de silence et de tranquillité pour changer. À peine s'était-elle aventurée dans un champ au bord du sentier qu'elle avait marché sur une taupinière et était tombée. Avant même de s'affaler par terre de tout son long, elle avait compris que sa cheville était foulée. Elle enflait déjà dans sa botte, et vu la déveine qui semblait lui coller aux basques aujourd'hui, elle portait bien sûr les hautes bottes d'équitation en cuir aux tiges d'un seul tenant et non la paire avec les fins lacets noirs qui lui auraient permis de les ôter plus facilement.

Seul point positif de la matinée, il ne pleuvait pas. Enfin, pour l'instant, car avec la chance qu'elle avait en ce moment, sans parler des nuages gris qui s'amoncelaient au-dessus de sa tête, Charlotte s'autorisait quand même à avoir quelques doutes.

Pour couronner le tout, son sauveur n'était autre qu'Edward Blydon, vicomte Burwick de son état, le fiancé de Lydia à qui celle-ci comptait dire oui d'ici trois jours. Selon sa sœur, l'homme était un coureur de jupons notoire, tout à fait insensible aux tendres émotions d'une femme.

Charlotte n'était pas certaine de savoir en quoi consistaient précisément ces « tendres émotions » dont Lydia ne cessait de se gargariser et doutait d'y être elle-même sensible. Qu'importe, ce portrait n'était guère flatteur pour le jeune vicomte. Lydia l'avait même décrit comme un peu arrogant et autoritaire. Pas franchement le genre de chevalier servant prêt à se précipiter à la rescousse d'une demoiselle en détresse.

En tout cas, il était bel homme et ne manquait pas de prestance. Charlotte n'avait peut-être rien d'une éternelle rêveuse romantique comme sa sœur, mais cela ne signifiait pas pour autant qu'elle restait indifférente aux charmes de la gent masculine. Edward Blydon – Ned, pour les intimes, comme elle avait entendu Lydia l'appeler – possédait les yeux bleus les plus magnifiques qu'il lui avait été donné de voir. Chez un autre, ils auraient pu sembler un peu trop délicats, presque féminins, surtout avec ces beaux cils bruns étonnamment longs, mais Ned Blydon était grand et bien bâti : n'importe qui était forcé de remarquer que son habit dissimulait un corps svelte et athlétique, même quelqu'un qui ne regardait pas vraiment. Ce qui était assurément son cas.

Bon, d'accord..., elle le regardait. Mais comment faire autrement, alors qu'il se dressait au-dessus d'elle telle une divinité menaçante, sa puissante silhouette cachant le peu de soleil qui filtrait encore à travers les nuages ?

— Ah oui, dit-il d'un ton qu'elle trouva quelque peu condescendant. Caroline.

Caroline ? Ils avaient été présentés *trois* fois !

— Charlotte, corrigea-t-elle sèchement.

— Charlotte, répéta-t-il.

Il eut la grâce de lui adresser un sourire penaud.

— Il y a aussi une Caroline, se sentit-elle obligée de préciser par honnêteté. Elle a quinze ans.

— Et est donc trop jeune pour se balader seule en pleine nature, j'imagine.

Sous-entendait-il qu'elle-même l'était aussi ? Le vague sarcasme qu'elle crut percevoir dans sa voix lui fit froncer les sourcils.

— Est-ce une réprimande ?

— Qu'allez-vous donc imaginer ? Je ne me le permettrais pas.

— Parce que je n'ai pas quinze ans, insista Charlotte avec un brin d'effronterie. Je sors me promener seule tout le temps.

— Je n'en doute pas.

— Enfin, pas souvent à pied, admit-elle, un peu radoucie par l'air perplexe du vicomte. Je suis plutôt une adepte des balades à cheval.

— Pourquoi pas aujourd'hui, alors ? s'enquit-il, s'agenouillant auprès d'elle.

Elle pinça les lèvres avec un profond agacement.

— Quelqu'un a pris ma jument.

Il haussa les sourcils.

— Quelqu'un ?

— Un invité, précisa-t-elle entre ses dents.

— Ah, fit-il, compatissant. Il semble y en avoir une flopée dans les parages.

— Une vraie invasion, pire qu'un nuage de sauterelles, bougonna-t-elle avant de prendre conscience de son impolitesse impardonnable envers un homme qui, jusqu'à présent, ne ressemblait pas au rustre arrogant que sa sœur lui avait dépeint.

Les sauterelles dont elle parlait étaient quand même les invités à son mariage.

— Désolée, dit-elle précipitamment en levant vers lui un regard hésitant.

— Ne vous excusez pas, répondit-il. Pourquoi croyez-vous que je me balade seul, moi aussi ?

Elle l'observa avec étonnement.

— Mais... c'est votre mariage.

— C'est bien ce qu'il semble, n'est-ce pas ? répondit-il avec un petit sourire en coin.

Charlotte choisit de prendre cette interrogation au pied de la lettre, même si elle savait qu'il ne l'avait pas formulée dans cette intention.

— Oui, en effet, répondit-elle avec le plus grand sérieux.

— Je vais vous confier un petit secret, poursuivit-il en posant délicatement la main sur sa botte. Puis-je ?

Elle donna son assentiment d'un léger signe de tête, puis s'efforça de réprimer une grimace lorsqu'il tira sur le talon avec précaution.

— Les mariages sont faits pour les femmes, déclara-t-il doctement.

— On serait en droit de penser qu'ils nécessitent la présence d'au moins un homme, objecta-t-elle.

— C'est vrai, concéda-t-il, réussissant enfin à libérer son pied de sa gangue de cuir. Mais franchement, le futur époux n'a pas grand-chose à faire, à part rester planté là et dire oui, vous ne trouvez pas ?

— C'est quand même lui qui fait la demande.

— Pff, fit-il avec un ricanement dédaigneux. Cela ne prend qu'un instant, des mois à l'avance de surcroît. Le temps qu'arrivent les noces, on s'en souvient à peine.

Il avait raison, Charlotte le savait. Non que quiconque ait jamais pris la peine de la demander en mariage, mais quand elle s'était enquise auprès de Lydia des paroles du vicomte à ce moment-là, sa sœur s'était contentée de soupirer avant de répondre :

— Je n'en ai aucun souvenir. Quelque chose de très banal, j'en suis sûre.

Charlotte adressa un sourire empreint de compassion à son futur beau-frère. Lydia n'avait jamais été très élogieuse à son égard ; pourtant, il ne lui faisait pas du tout l'effet d'un mauvais bougre. En fait, elle se trouvait plutôt une certaine affinité avec lui, ayant comme lui fui Thornton Hall en quête d'un peu de tranquillité.

— Je ne pense pas qu'elle soit cassée, dit-il en palpant sa cheville avec délicatesse.

— Je ne le crois pas non plus. Demain, ça ira déjà mieux, j'en suis certaine.

— Vraiment ? fit Ned avec une moue sceptique. À votre place, je ne serais pas aussi optimiste. Il vous faudra au moins une semaine avant de pouvoir remarcher sans douleur.

— Une semaine ? Vous plaisantez ?

— Enfin, peut-être pas une semaine entière. Je ne suis pas médecin. Mais vous boitillerez un moment, c'est certain.

Elle laissa échapper un long soupir résigné.

— Quelle guigne ! Je promets d'être une magnifique demoiselle d'honneur.

Ned ignorait que ce rôle lui avait été confié ; en vérité, il n'avait guère prêté attention aux détails de l'organisation. Mais comme il était plutôt doué pour feindre l'intérêt, il hocha la tête et murmura quelques vagues paroles sans grande signification, censées être réconfortantes. Il s'efforça de ne pas avoir l'air trop surpris lorsqu'elle s'exclama :

— Chic ! Maintenant, j'échapperai peut-être à cette corvée !

Elle le dévisageait avec une excitation palpable. Des paillettes luisaient dans ses grands yeux gris pleins d'espoir.

— Caroline s'en chargera à ma place, et je me planquerai tranquillement au fond.

— Au fond ?

— De l'église. Ou alors devant, je m'en moque. L'important, c'est que je ne serai peut-être plus obligée de participer à cette satanée cérémonie. Je... Oh !

Elle porta la main à sa bouche, rouge comme une pivoine.

— Désolée, cette satanée cérémonie est la vôtre.

Une lueur amusée s'alluma dans le regard de Ned Blydon.

— J'ai presque honte de l'admettre, mais oui.

— Une robe jaune poussin, vous vous rendez compte !

Il jeta un coup d'œil perplexe à son amazone vert foncé, persuadé, s'il avait encore des doutes, qu'il ne comprendrait jamais le fonctionnement d'un cerveau féminin.

— Je vous demande pardon ?

— Lydia m'oblige à porter une robe *jaune poussin*, expliqua-t-elle. Comme si ce n'était pas déjà assez insupportable de se coltiner cette horrible cérémonie.

— Euh... pourquoi la cérémonie serait-elle horrible ? s'enquit Ned, soudain inquiet.

— Lydia devrait pourtant savoir que le jaune ne me va pas du tout au teint, continua Charlotte sans prêter attention à sa question. J'aurai l'air d'une victime d'épidémie. À ma vue, toute l'assistance risque de s'enfuir en hurlant, de crainte d'être contaminée.

Ned aurait dû s'alarmer à la perspective que son mariage vire à l'hystérie collective. En réalité, ce qui l'alarma, c'était que lui-même trouvait l'image singulièrement attrayante.

— Quel est le problème avec la cérémonie ?

Les lèvres pincées, Charlotte tâtait doucement sa cheville du bout des doigts.

— Avez-vous vu le programme ?

— Euh... non.

Il commençait à penser que c'était peut-être une erreur.

Elle leva vers lui un regard empreint d'une évidente pitié.

— Vous auriez dû, se contenta-t-elle de répondre.

— Mademoiselle Thornton ? demanda-t-il de sa voix la plus sévère.

— Ce sera très long, soupira-t-elle. Et il y aura des colombes.

— Des colombes ?

Ned faillit s'étrangler. Charlotte attendit qu'il se remette de sa quinte de toux.

— Vous l'ignoriez ? demanda-t-elle d'un air innocent.

Incapable d'articuler le moindre mot, il lui fit signe que oui d'un air horrifié.

Charlotte éclata d'un rire cristallin résolument franc.

— Vous ne ressemblez pas du tout au portrait que m'avait fait Lydia, lâcha-t-elle à brûle-pourpoint quand elle eut repris son sérieux.

Voilà qui était intéressant.

— Ah bon ? fit-il d'un ton détaché.

Elle déglutit, et il comprit qu'elle regrettait de s'être montrée trop bavarde. Mais il fallait bien qu'elle réponde. Alors il attendit patiemment, jusqu'à ce qu'elle tente un délicat exercice de revirement.

— En vérité, elle n'a pas dit grand-chose. Ce qui, je suppose, m'a amenée à croire que vous n'étiez pas trop du genre... causant.

Ned s'assit dans l'herbe à côté d'elle. Cette conversation avec Charlotte lui était plutôt agréable après avoir été en représentation permanente au milieu de tous les invités à Thornton Hall.

— Et comment êtes-vous parvenue à cette conclusion ? demanda-t-il.

— Je ne sais pas trop. J'ai juste imaginé que sinon vos conversations avec elle seraient un peu plus... comment dirais-je ?

— Causantes ?

— Ah ! Exactement ! s'exclama-t-elle, se tournant vers lui avec un sourire radieux qui ravit Ned.

Jamais Lydia ne lui avait souri ainsi.

Pire, il ne l'avait jamais espéré de sa part.

Mais Charlotte Thornton... Voilà une femme qui s'y entendait en sourires. Celui-ci dépassait toutes les attentes, animant son visage, tout son être même, avec une intensité qui le troubla au plus haut point.

Bigre, voilà maintenant que ce sourire lui faisait de l'effet dans une partie de son anatomie destinée à demeurer *terra incognita* pour une future parente.

Il aurait dû se lever immédiatement et inventer n'importe quelle excuse pour la raccompagner au manoir – tout pour mettre fin à leur petit tête-à-tête, parce qu'il n'y avait rien de plus inacceptable que de désirer sa belle-sœur, précisément ce qu'elle deviendrait dans trois jours.

Hélas, toute tentative de dérobade aurait vite été percée à jour, puisqu'il venait de lui avouer à quel point il lui tenait à cœur d'échapper aux festivités en cours.

Et puis, il y avait cette fameuse partie de son anatomie que la décence l'empêchait de nommer. Elle faisait des siennes d'une façon qui serait trop voyante en position debout.

Il décida donc de profiter simplement de sa compagnie, ce dont il n'avait pas eu envie avec quiconque depuis son arrivée, deux jours plus tôt. Elle était la première à ne pas se précipiter pour le féliciter ou, comme sa sœur et sa cousine, à tenter de lui dicter sa façon de vivre. Une vraie bouffée d'oxygène.

En réalité, il trouvait Charlotte Thornton plutôt charmante et rafraîchissante. Persuadé que sa réaction saugrenue à son beau sourire n'était qu'un incident isolé – gênant, certes, mais pas non plus dramatique –, il ne voyait aucun mal à prolonger leur tête-à-tête.

— Je n'aurais pas mieux dit, continua-t-elle, à l'évidence inconsciente de son malaise anatomique. Bref, si vous aviez été plus ouvert et loquace, j'imagine qu'elle aurait eu davantage à me raconter sur vous.

C'était plutôt un avantage que sa future épouse ne soit pas du genre à se répandre en indiscrétions. Un bon point pour Lydia.

— Elle n'est sans doute pas d'une nature bavarde, fit-il remarquer un peu plus sèchement qu'il ne l'aurait dû.

— Lydia ? s'exclama Charlotte avec un ricanement. Vous plaisantez ? C'est une vraie pie. Elle me raconte toujours tout sur...

— Sur quoi ?

— Rien, s'empressa-t-elle de répondre, évitant son regard.

Ned se garda bien d'insister. Quoi qu'elle ait voulu dire, ce n'était pas flatteur pour Lydia, et s'il connaissait déjà une chose sur Charlotte, c'était sa loyauté : avec elle, les secrets de sa sœur étaient bien gardés.

Bizarre. Il n'était même pas venu à l'esprit de Ned qu'une femme telle que Lydia puisse avoir des secrets. Elle lui avait toujours paru si... lisse. En fait, c'était justement cette fadeur qui l'avait convaincu de sauter le pas. S'il n'escomptait pas un mariage d'amour, il espérait au moins que sa moitié ne lui casserait pas les pieds.

— Vous pensez que c'est sûr de rentrer ? demanda-t-il avec un geste de la tête en direction de Thornton Hall.

Il aurait de loin préféré rester bavarder avec Charlotte, mais la bienséance exigeait qu'il ne reste pas trop longtemps seul en sa compagnie. En outre, il se sentait désormais un peu plus... détendu et se jugeait capable de se lever sans se mettre dans l'embarras – même si une innocente jeune femme comme Charlotte Thornton était assurément trop bien élevée pour se permettre un regard au-dessous de la ceinture d'un homme, et encore moins de tirer des conclusions sur ce qu'elle voyait.

— Sûr ? répéta-t-elle.

Il sourit.

— À cause de l'invasion de sauterelles.

Charlotte se rembrunit.

— J'en doute. Il me semble que mère a organisé une sorte de déjeuner pour les dames.

Le sourire de Ned s'élargit.

— Excellent.

— Pour vous, peut-être. Moi, je suis probablement attendue.

— La demoiselle d'honneur ? Bien sûr, vous êtes attendue. En fait, ce déjeuner ne commencera probablement pas sans vous, la taquina-t-il.

— Ne dites donc pas de bêtises. Si ces dames ont faim, elles ne remarqueront même pas mon absence.

— Faim ? Je croyais que les femmes picoraient comme des moineaux.

— C'est ce que nous faisons croire aux hommes. Dès qu'ils ont le dos tourné, nous nous jetons sur le jambon et le chocolat.

— En même temps ?

Elle partit de son rire chaud et musical.

— Vous êtes plutôt drôle dans votre genre, commenta-t-elle avec un sourire.

Il se pencha vers elle avec son air le plus carnassier.

— Ne savez-vous pas qu'il ne faut jamais dire à un charmeur qu'il est drôle ?

— Vous, un charmeur ? Je n'y crois pas, dit-elle avec dédain.

— Et pourquoi donc ?

— Parce que vous épousez ma sœur.

Il haussa les épaules.

— Les charmeurs aussi finissent par se caser.

— Pas avec Lydia, affirma-t-elle avec un petit rire. Elle serait la pire des épouses pour un homme de cet acabit.

Elle leva les yeux vers lui avec un autre de ses sourires ensoleillés dont elle avait le secret.

— Mais vous, vous n'avez pas à vous inquiéter, parce qu'à l'évidence vous êtes un homme très raisonnable.

Il fit mine de réfléchir.

— Je n'ai pas souvenir qu'une femme ait jamais employé ce qualificatif à mon égard.

— Je puis vous assurer que, dans ma bouche, c'est le plus élogieux des compliments.

— Je n'en doute pas, murmura-t-il.

— Le bon sens, ce n'est pourtant pas compliqué, nom d'un petit bonhomme, affirma-t-elle, ponctuant ses paroles d'un geste agacé de la main. Je ne comprends pas pourquoi c'est une denrée aussi rare chez certains.

Ned pouffa malgré lui. C'était un sentiment qu'il partageait, même s'il n'avait jamais songé à le formuler en ces termes.

Puis elle soupira. Un soupir doux et las qui lui alla droit au cœur.

— Je ferais mieux de rentrer, dit-elle d'un ton qui trahissait son manque d'enthousiasme à cette perspective.

— Vous ne vous êtes pas absentée bien longtemps, souligna-t-il, pris d'une envie absurde de prolonger cette conversation.

— Je suis partie depuis une heure, objecta-t-elle. Et vous avez raison : je ne peux pas échapper à ce déjeuner. Mère serait terriblement contrariée, ce que je pourrais supporter, je suppose, car cela lui arrive souvent. Mais ce ne serait pas juste pour Lydia. Après tout, je suis sa demoiselle d'honneur.

Ned se leva et lui tendit la main.

— Vous êtes une sœur parfaite, n'est-ce pas ?

Tout en posant les doigts dans le creux de sa paume, elle l'observa avec intensité, presque comme si elle essayait de jauger son âme.

— Je m'y emploie, répondit-elle d'un ton posé.

Ned tiqua intérieurement, songeant à sa propre sœur qu'il avait laissée en plan dans la poussière. Sans doute aurait-il dû descendre de sa monture et lui présenter ses plus plates excuses. Ils n'étaient que deux dans la fratrie, quand même.

Mais tandis qu'il regagnait Thornton Hall, Charlotte Thornton assise derrière lui sur sa selle, les bras noués autour de sa taille, il ne pensa pas une seconde à Belle.

Ni à Lydia non plus, d'ailleurs.

2

Le déjeuner se révéla tel que Charlotte l'avait imaginé. Barbant – pas complètement insupportable, la nourriture servie étant plutôt bonne, mais d'un ennui mortel.

Elle prit du jambon et du gâteau au chocolat sur son assiette (elle avait du mal à croire que sa mère ait pu servir les deux en même temps et se sentit obligée de manger l'un et l'autre en l'honneur du vicomte) et trouva une chaise dans un coin où elle espérait que personne ne viendrait la déranger.

Elle profita de sa tranquillité, tout au moins jusqu'à la toute fin du déjeuner, quand Lydia se glissa sur le siège auprès du sien.

— J'ai besoin de te parler, lui souffla-t-elle.

Charlotte jeta un regard à droite, puis à gauche, essayant de comprendre pourquoi sa sœur faisait autant de mystères.

— Vas-y, parle.

— Pas ici. En privé.

Charlotte mâcha sa dernière bouchée de gâteau au chocolat et l'avala.

— Tu auras du mal à trouver un endroit plus discret, fit-elle remarquer.

Lydia lui lança un regard très agacé.

— Retrouve-moi dans ta chambre d'ici cinq minutes, d'accord ?

Charlotte parcourut le salon du regard avec scepticisme.

— Crois-tu vraiment que tu vas pouvoir t'éclipser si vite ? Mère a l'air de beaucoup s'amuser, et je doute qu'elle veuille...

— J'y serai, lui assura Lydia. Fais-moi confiance. Vas-y déjà, toi, afin que personne ne nous voie ensemble.

C'était si ridicule que Charlotte ne put s'empêcher de faire un commentaire.

— Franchement, Lydia, nous sommes sœurs. Si nous quittions la pièce ensemble, je ne pense pas que quelqu'un le verrait d'un mauvais œil.

— C'est du pareil au même.

Charlotte décida de ne pas lui demander ce qui, précisément, était du pareil au même. Sa sœur avait tendance à adopter les grands airs d'une comédienne de Drury Lane quand elle avait l'impression de parler d'une chose importante, et Charlotte avait compris depuis longtemps qu'il valait mieux ne pas trop chercher à démêler ses raisonnements tordus.

— Fort bien, répondit-elle en posant son assiette sur le siège vide de l'autre côté. J'y serai.

— Parfait, dit Lydia, qui se leva en hâte avec un regard furtif à la ronde. Et pas un mot à quiconque.

— Pour l'amour du Ciel, Lydia, à qui en parlerais-je ? ronchonna Charlotte, alors que sa sœur s'était déjà éloignée.

— Lord Burwick, vous ici ! s'exclama Charlotte, glapissant presque de surprise.

Ned parcourut lentement le vestibule du regard. Ne l'avait-il pas laissée ici même à peine une heure plus tôt ?

— La coïncidence n'est pas si singulière que cela, se sentit-il obligé de souligner.

— C'est vrai, mais comme nos chemins ne se sont jamais croisés jusqu'à présent, deux fois dans la même journée... voilà qui semble assez incroyable.

— En effet, concéda-t-il sans conviction. Puis-je vous présenter ma sœur ? poursuivit-il, désignant la jeune femme à ses côtés. Mademoiselle Thornton, ma sœur, lady Blackwood. Belle, Mlle Charlotte Thornton. La sœur cadette de Lydia, précisa-t-il.

— Nous avons déjà été présentées, dit Belle avec un sourire aimable, même si nous n'avons jamais eu l'occasion d'échanger davantage que les civilités d'usage.

— Je me réjouis d'approfondir notre relation, lady Blackwood, répondit Charlotte.

— Je vous en prie, appelez-moi Belle. D'ici quelques jours, nous serons pour ainsi dire des sœurs.

Charlotte hocha la tête.

— Alors appelez-moi Charlotte.

— J'ai fait la connaissance de Charlotte ce matin même, annonça Ned sans trop savoir pourquoi il fournissait cette information.

— Tu n'avais encore jamais rencontré la sœur de Lydia ? s'étonna Belle.

— Bien sûr que si. Je parlais juste d'une rencontre fortuite à l'extérieur.

— Je m'étais foulé la cheville, expliqua Charlotte. Votre frère m'a été d'un grand secours.

— À propos, comment va votre cheville ? s'enquit Ned. Franchement, vous ne devriez pas marcher dans cet état.

— Je ne marche pas. Je...

— Clopine ?

Elle lui adressa un sourire penaud.

— Oui.

— Je l'ai trouvée assise dans un champ, expliqua Ned à sa sœur, mais sans vraiment la regarder. J'étais sorti faire une balade à cheval pour m'échapper un peu de cette ruche.

— Moi aussi, intervint Charlotte. Mais à pied.

— Un des lads avait prêté sa jument à un invité, dit Ned. Peux-tu le croire ?

— Ma mère lui en avait donné la permission, précisa Charlotte, les yeux au ciel.

— Quand même.

Elle opina du chef.

— Oui, quand même.

Belle les regarda tour à tour d'un air ébahi.

— Avez-vous conscience que l'un finit les phrases de l'autre ?

— Non, pas du tout, se défendit Charlotte, tandis que Ned lâchait un « Ne sois donc pas absurde » beaucoup plus dédaigneux.

— Nous parlions un peu vite, concéda Charlotte.

— Sans prêter attention à toi, ajouta Ned.

— Mais nous ne terminions pas pour autant mutuellement nos phrases.

— C'est pourtant ce que vous venez encore de faire, fit remarquer Belle.

Charlotte ouvrit de grands yeux perplexes.

— Je suis sûre que vous faites erreur, murmura-t-elle.

Un silence gêné tomba sur le groupe jusqu'à ce que Charlotte s'éclaircisse la gorge.

— Il faut que je vous laisse, j'en ai peur. Je dois retrouver Lydia dans ma chambre.

— Transmettez-lui mon bonjour, dit Ned d'un ton doucereux, se demandant pourquoi elle avait vaguement tiqué juste après avoir annoncé qu'elle allait retrouver Lydia.

— Je n'y manquerai pas, assura-t-elle.

Et maintenant elle était en train de rougir. Ned fronça les sourcils, songeur. Charlotte mentait-elle au sujet de sa rencontre avec Lydia ? Et si tel était le cas, pourquoi imaginerait-elle qu'il en avait quelque chose à faire ?

— Ménagez votre cheville, lui conseilla-t-il. Il serait souhaitable de la poser sur un coussin une fois dans votre chambre.

— Excellente idée, dit-elle avec un salut du menton. Merci.

Sur ces mots, elle s'éloigna clopin-clopant.

— Eh bien, voilà qui était très instructif, commenta Belle, une fois Charlotte hors de portée de voix.

— Quoi donc ?

— Ceci. Elle. Toi.

Il la fixa avec perplexité.

— Moi juste comprendre l'anglais, Belle.

Sa sœur fit un signe de tête dans la direction que Charlotte avait prise.

— C'est elle que tu devrais épouser.

— Pour l'amour du Ciel, Belle, ne commence pas.

— Je sais que j'ai dit...

— Dis-moi plutôt ce que tu n'as pas encore dit, la coupa-t-il sèchement.

Elle le foudroya du regard, puis glissa un regard furtif à la ronde.

— Nous ne pouvons pas parler ici.

— Nous n'allons parler nulle part.

— Si.

Elle l'entraîna dans un salon voisin. À peine la porte refermée, elle pivota vers lui avec toute la fougue de sa préoccupation fraternelle.

— Ned, tu dois absolument m'écouter ! Tu ne peux pas épouser Lydia Thornton. Cette femme n'est pas faite pour toi.

— Je trouve Lydia tout à fait acceptable, objecta-t-il d'un ton cassant.

— T'entends-tu parler ? explosa-t-elle. Tout à fait *acceptable* ? Tu ne peux pas épouser quelqu'un d'acceptable, Ned. Il te faut une femme qui fasse chanter ton cœur, qui te donne envie de sourire chaque fois qu'elle entre dans la pièce. Crois-moi, je sais !

Il n'avait aucun doute là-dessus. Belle et son époux s'adoraient avec une ferveur farouche qui aurait dû l'agacer, mais qu'il avait toujours trouvée plutôt attendrissante et, d'une certaine façon, réconfortante.

Jusqu'à maintenant. Il en avait un peu honte, mais leur numéro de duettistes commençait à lui inspirer une pointe de jalousie. Ce qui, bien sûr, ne servait qu'à le mettre dans une humeur plus noire encore.

Belle revint à la charge.

— Ned, tu m'écoutes ?

— Eh bien, vas-y, madame Je-sais-tout, à toi de m'expliquer comment m'en sortir, puisque tu es si sûre de toi ! rétorqua-t-il, incapable de se retenir de passer sa contrariété sur sa sœur. Qu'est-ce que je dois faire selon toi, hein ? Lui tourner le dos trois jours avant le mariage ?

Belle ne pipa mot, se contentant de battre des cils avec indignation. Mais Ned n'était pas dupe. En cet instant, les méninges de sa sœur s'activaient avec tant d'énergie qu'il était surpris de ne pas voir un jet de vapeur lui sortir des oreilles. S'il existait un moyen de rompre des fiançailles trois jours avant les noces, il pouvait être certain que Belle le trouverait.

Elle garda le silence juste assez longtemps pour que Ned commence à croire que leur conversation était peut-être terminée.

— Si nous en avons fini..., dit-il en se dirigeant vers la porte.

— Attends !

Il poussa un grognement las. C'était trop espérer.

— As-tu conscience de ce que tu viens de dire ? demanda-t-elle, posant une main sur sa manche.

— Non, répondit-il, laconique.

— Tu m'as demandé comment tu pourrais échapper à tes fiançailles. Sais-tu ce que cela signifie ? Que tu *veux* y échapper, conclut-elle, avec une pointe de suffisance, trouva-t-il.

— Cela ne signifie rien de tel, rétorqua Ned. Tout le monde n'a pas la chance de faire un mariage d'amour, Belle. J'ai presque trente ans. Si je n'ai pas encore trouvé l'âme sœur, ce miracle ne risque pas de se produire maintenant. Et je ne rajeunis pas.

— Tu n'as pas non plus un pied dans la tombe, se moqua sa sœur.

— Que cela te plaise ou non, je me marie dans trois jours, déclara-t-il d'une voix dure. Je te conseille de te faire à cette idée.

— Ces quelques arpents de terre valent-ils vraiment la peine ? demanda Belle d'une voix douce plus saisissante qu'une protestation bruyante ne l'aurait été. Dix hectares, Ned. Dix hectares en échange de ta vie.

Ned s'était raidi.

— Je vais faire semblant de n'avoir rien entendu.

— N'essaie pas de te convaincre que ce n'est pas la plus intéressée des décisions, lui lança Belle.

— Et alors ? Suis-je si différent des gens de notre milieu ?

— Non, concéda-t-elle. Mais c'est très différent de *toi*. Ce mariage ne te ressemble pas, Ned.

Il lui décocha un regard insolent.

— Puis-je y aller, maintenant ? As-tu fini ton petit sermon ?

— Tu mérites mieux que ça, murmura Belle. Tu n'en as peut-être pas conscience, mais moi, je le sais.

Il déglutit, la gorge soudain nouée et sèche. Elle avait raison, il le savait. Et cela lui déplaisait au plus haut point.

— J'épouserai Lydia Thornton, point final, décréta-t-il avec dureté, reconnaissant à peine sa voix. J'ai pris ma décision il y a des mois et je m'y tiendrai.

Sa sœur ferma les paupières un instant. Quand elle les rouvrit, elle avait les yeux tristes et luisants de larmes.

— Tu vas gâcher ta vie.

— Non, répondit-il, incapable de supporter cette discussion plus longtemps. Ma décision est irrévocable.

Sur ce, il quitta la pièce d'un pas martial.

Parvenu dans le vestibule, il se retrouva comme perdu, ne sachant plus où aller.

C'était une sensation qui le prenait assez souvent au dépourvu ces derniers temps.

— Qu'est-ce qui t'a pris si longtemps ?

Lorsqu'elle entra dans sa chambre, Charlotte eut un sursaut de surprise. Lydia était déjà là, arpentant la pièce comme un lion en cage.

— Eh bien, je me suis foulé la cheville ce matin et je ne peux pas marcher très vite, figure-toi. Et...

Elle s'interrompit à temps. Mieux valait ne pas raconter à Lydia qu'elle s'était arrêtée en chemin pour parler au vicomte et à sa sœur. Parce que, sans penser à mal, elle avait mentionné son rendez-vous avec Lydia, alors que celle-ci lui avait demandé expressément de n'en souffler mot à personne.

Charlotte ne voyait pas le problème, mais sa sœur semblait être d'une humeur exécrable. Inutile de jeter de l'huile sur le feu.

— C'est grave ? s'enquit Lydia.

— Quoi donc ?

— Ta cheville.

Charlotte baissa les yeux sur son pied comme si elle l'avait oublié.

— Pas trop, je suppose. Je ne crois pas pouvoir gagner une course avant un moment, mais je n'ai pas besoin de canne.

— Tant mieux, dit Lydia, dont les yeux gris, si semblables à ceux de sa sœur, pétillaient d'excitation, parce que j'ai besoin de ton aide et je n'aurais que faire d'une éclopée.

— De quoi parles-tu ?

Lydia baissa la voix.

— Je vais m'enfuir !

— Avec le vicomte ?

— Bien sûr que non, petite sotte. Avec Rupert.

— Rupert ?

Charlotte avait presque crié.

— Moins fort ! On va nous entendre, lui souffla Lydia.

— Tu es devenue folle ?

— Folle d'amour.

— Pour *Rupert* ?

Charlotte était incapable de dissimuler son incrédulité. Sa sœur lui lança un regard outragé.

— Il en est assurément plus digne que le vicomte.

Rupert Marchbanks était un érudit autoproclamé à la blonde chevelure qui vivait dans le domaine voisin de celui des Thornton depuis des années. Il n'y avait rien à redire à Rupert, supposait Charlotte, si on appréciait le genre doux rêveur cérébral, un brin lunaire.

Un doux rêveur un peu trop causant à son goût, si pareil spécimen pouvait exister. Et un peu trop imbu de lui-même.

Charlotte fit la grimace. Oui, ce spécimen existait bel et bien, et il avait pour nom Rupert. Lors de sa dernière visite, elle avait feint de souffrir d'un rhume de cerveau dans le seul but d'échapper à son interminable monologue barbant sur son nouvel opus de poésies.

Elle avait essayé de lire ses œuvres. Simple question de politesse, après tout, puisqu'ils étaient voisins. Mais assez vite, elle avait renoncé. S'il avait existé un concours de platitude des rimes, Rupert en aurait été le vainqueur incontesté.

Lydia, en revanche, avait toujours été sous le charme. À plus d'une occasion, Charlotte l'avait même entendue qualifier Rupert de « génie incarné ». Rétrospectivement, elle aurait dû comprendre ce qui se tramait entre eux, mais en vérité elle trouvait ce pédant de Rupert si ridicule qu'il était difficile d'imaginer sa sœur, ou n'importe quelle femme d'ailleurs, tomber amoureuse de lui.

— Lydia, dit-elle, s'efforçant de conserver un ton mesuré, comment peux-tu préférer Rupert au vicomte ?

— Tu ne sais pas de quoi tu parles, riposta sa sœur. Tu ne connais même pas le vicomte. Et encore moins Rupert, ajouta-t-elle avec un ricanement hautain.

— Je sais qu'il écrit des poèmes d'une bêtise insondable, marmonna Charlotte.

— Pardon ? Que viens-tu de dire ?

— Rien, rien, s'empressa de répondre Charlotte, désireuse d'éviter le sujet. C'est juste que j'ai enfin eu l'occasion de parler au vicomte aujourd'hui, et il me semble être un homme tout à fait raisonnable et sympathique.

— Il est horrible ! s'écria Lydia en se jetant sur le lit de sa sœur.

Celle-ci leva les yeux au ciel. Par pitié, pas de crise d'hystérie.

— Non, Lydia, il n'a rien d'horrible.

— Figure-toi que pas une seule fois il ne m'a récité un poème. Pas une seule fois !

De l'avis de Charlotte, c'était plutôt un bon point pour lui.

— Et c'est un problème ?

— Tu ne pourrais pas comprendre. Tu es beaucoup trop jeune.

— Je n'ai que onze mois de moins que toi !

— En âge, nous sommes peut-être proches, répondit Lydia avec un soupir mélodramatique. Mais en expérience, le fossé qui nous sépare se mesure en décennies.

— N'importe quoi !

— Charlotte, voyons, je ne veux pas me disputer avec toi, dit Lydia, une main sur le cœur.

— Alors cesse de tenir des propos délirants. Tu t'es engagée à te marier. Dans trois jours. Trois jours ! s'exclama Charlotte, levant les bras au ciel. Tu ne peux pas t'enfuir avec Rupert Marchbanks !

Lydia s'assit si lourdement que Charlotte sursauta.

— Si, je peux ! Et c'est bien ce que je compte faire. Avec ou sans ton aide.

— Lydia...

— Si tu me refuses ton aide, je demanderai à Caroline.

— Ne fais pas ça, s'alarma Charlotte. Pour l'amour du Ciel, Lydia, Caroline n'a que quinze ans ! Ce serait injuste de l'entraîner dans une histoire pareille.

— Si tu ne veux pas m'aider, je n'aurai pas le choix.

— Pourquoi as-tu dit oui au vicomte s'il te déplaît autant ?

Lydia ouvrit la bouche, mais garda le silence avec une gravité songeuse inhabituelle chez elle. Pour une fois, elle ne jouait pas la comédie. Elle ne se lança pas non plus dans une de ses tirades sur la passion amoureuse et ses romantiques élans. Devant elle, Charlotte ne vit plus soudain que sa sœur bien-aimée avec qui elle avait partagé presque tout depuis sa plus tendre enfance.

— Je ne sais pas, soupira Lydia d'une voix radoucie et teintée de regret. Je pensais que c'était ce qu'on attendait de moi, je suppose. Personne dans la famille n'avait jamais cru possible qu'un aristocrate me demande en mariage. Père et mère étaient si fiers. C'est un très beau parti, tu sais.

— C'est ce que j'ai cru comprendre.

Elle-même n'avait aucune expérience du marché du mariage. À la différence de Lydia, elle n'avait jamais eu droit à une saison à Londres. L'argent manquait, tout simplement. Toutefois, elle n'en avait conçu aucun dépit. Elle vivait depuis toujours dans le sud-est du Derbyshire et était tout à fait prête à y passer le restant de ses jours. Les Thornton n'en étaient pas à redouter de finir sans le sou à l'hospice, mais ils étaient toujours obligés de déshabiller Pierre pour habiller Paul. De l'avis de Charlotte, c'était un miracle qu'ils n'aient pas eu à vendre plus tôt la parcelle de terre qui servait de dot à Lydia.

Charlotte regrettait d'autant moins de ne pas avoir fait ses débuts à Londres que le seul moyen de financer une saison aurait été de vendre jusqu'au dernier cheval des écuries, un sacrifice que son père n'était pas prêt à consentir. Elle non plus, d'ailleurs : elle aimait trop sa jument pour s'en séparer contre quelques robes de bal. Et puis, à la campagne, vingt et un ans n'était pas vu comme un âge trop avancé pour se marier, et elle ne se considérait pas comme une vieille fille. Une fois Lydia mariée et partie de la maison, Charlotte était sûre que leurs parents se pencheraient sur son cas.

Même si elle doutait un peu que ce soit une bonne chose.

— Et il est bel homme, je suppose, concéda Lydia.

« Bien plus séduisant que Rupert », songea Charlotte, qui garda son opinion pour elle.

— Et riche, aussi, soupira sa sœur. Je n'ai pas l'âme d'une mercenaire...

À l'évidence, non, puisqu'elle envisageait d'épouser Rupert, qui n'avait pas un sou.

— Mais il est difficile de dire non à quelqu'un qui se propose de financer les dots et les saisons de tes jeunes sœurs, termina Lydia.

Charlotte écarquilla les yeux.

— Vraiment ?

Lydia confirma d'un hochement de tête.

— Il n'est pas entré dans les détails, mais cet argent ne serait qu'une goutte d'eau pour lui, et il a assuré à père qu'il veillerait à ce que les autres filles Thornton ne manquent de rien.

Charlotte se laissa choir sur la chaise du secrétaire. Elle ignorait totalement que Lydia avait accepté pareil sacrifice pour elle, ainsi que pour Caroline et Georgina. Quatre filles, voilà qui pesait lourd sur le budget familial.

Soudain, une question alarmante traversa l'esprit de Charlotte. Qui finançait les festivités du mariage ? Le vicomte, supposait-elle. Mais il ne réglerait probablement pas les frais si Lydia le quittait pour son amant. Avait-il déjà avancé des fonds à la famille, ou leur mère avait-elle pris toutes ces dispositions très coûteuses, étant entendu que lord Burwick rembourserait les Thornton par la suite ?

Si la future mariée le laissait en plan à attendre comme un idiot devant l'autel, cet arrangement tomberait forcément à l'eau.

Bigre, quel micmac.

Elle revint à la charge avec une insistance redoublée.

— Lydia, tu dois absolument épouser le vicomte. Tu n'as pas le choix.

Charlotte tenta de se convaincre que ce n'était pas juste pour sauver sa peau ou épargner la ruine à sa famille qu'elle tenait ce discours à sa sœur. Elle était sincèrement persuadée que, des deux prétendants, Ned Blydon était le meilleur choix. Rupert n'était pas un mauvais bougre ; jamais il ne ferait de mal à Lydia. Mais il dépensait de l'argent qu'il n'avait pas et passait son temps à discourir sur des sujets abscons tels que la métaphysique ou les grands sentiments.

Franchement, il était souvent difficile de l'écouter pérorer sans éclater de rire.

Ned, à l'inverse, donnait l'impression d'un homme fiable, avec la tête sur les épaules. Beau et intelligent, il semblait doté d'un esprit mordant, et quand il prenait la parole, ce n'était pas pour ne rien dire. Il possédait tout ce qu'une femme pouvait désirer chez un époux, de l'avis de Charlotte tout au moins. Pourquoi sa sœur ne s'en rendait-elle pas compte ? C'était un mystère.

— C'est impossible, je ne peux pas. Si je n'aimais pas Rupert, ce serait différent. Je pourrais accepter un mariage de convenance si c'était mon unique choix. Mais ce n'est pas le cas. Ne comprends-tu pas ? Un autre chemin s'offre à moi, celui de l'amour.

— Es-tu certaine d'aimer Rupert ? insista Charlotte, consciente de la grimace qu'elle ne put réprimer.

Et si c'était juste une tocade idiote ? Lydia ne serait pas la première à gâcher sa vie pour un caprice de gamine, mais Charlotte se moquait des autres : elles n'étaient pas sa sœur.

— Oui, murmura Lydia. De tout mon cœur.

« Cœur », songea Charlotte sans émotion. Rupert faisait souvent rimer ce mot avec « bonheur ». Une fois même avec « moteur », ce qui lui avait paru plutôt insolite.

— De toute façon, il est trop tard, ajouta Lydia.

Charlotte jeta un regard fébrile à la pendule.

— Trop tard pour quoi ?

— Pour que j'épouse le vicomte.

— Je ne comprends pas. Le mariage n'est que dans trois jours.

— C'est impossible, je te dis.

Charlotte se retint de ronchonner.

— D'accord, tu l'as déjà dit.

— Je ne *peux* pas, tu comprends ?

Le mot plana un instant dans le silence tel un oiseau de mauvais augure, puis le déclic se fit dans la tête de Charlotte, aussi puissant qu'une explosion.

— Oh non, Lydia ! Tu n'as pas fait ça !

Sa sœur hocha la tête sans une once de honte ni de remords.

— Si.

— Comment as-tu pu ?

Lydia exhala un soupir rêveur.

— Comment aurait-il pu en être autrement ?

— Eh bien, tu aurais pu dire non, répliqua Charlotte.

— On ne peut pas dire non à Rupert, murmura sa sœur.

— Pas toi, en tout cas, c'est certain.

— Aucune femme ne le pourrait, assura Lydia avec un soupir béat. J'ai tant de chance qu'il m'ait choisie !

— Oh, pour l'amour du Ciel ! bougonna Charlotte.

Exaspérée, elle se leva pour arpenter rageusement la pièce et faillit crier de douleur quand sa pauvre cheville blessée se rappela à son souvenir.

— Que comptes-tu faire ?

— Épouser Rupert, répondit sa sœur, dont la mine rêveuse se mua soudain en détermination lucide.

— C'est injuste pour le vicomte, lui fit remarquer Charlotte.

— Je sais, concéda Lydia avec une moue de remords que sa sœur jugea plutôt crédible. Mais je ne sais pas quoi faire d'autre. Si j'en parle à nos parents, ils m'enfermeront dans ma chambre, c'est sûr.

— Si tu tiens vraiment à t'enfuir, alors par pitié, fais-le cette nuit. Le plus tôt sera le mieux. Ce n'est pas juste de laisser ce pauvre homme dans l'ignorance.

— Je ne peux pas avant vendredi soir.

— Pourquoi diable ?

— Rupert ne sera pas prêt plus tôt.

— Eh bien, presse-le un peu, répliqua Charlotte, agacée. Si tu ne pars pas avant la nuit de vendredi, la vérité n'éclatera que samedi matin, quand tout le monde sera déjà rassemblé à l'église et attendra en vain ton apparition.

— Impossible de partir sans argent. La banque ne débloquera les fonds de Rupert que vendredi après-midi.

— J'ignorais que Rupert avait des *fonds*, maugréa Charlotte, incapable de se montrer polie en cet instant.

— Il n'en a pas, répondit Lydia. Mais il reçoit une rente trimestrielle de son oncle. Et il n'en disposera pas avant vendredi. La banque est intraitable sur les délais.

Charlotte étouffa un grognement exaspéré. C'était logique. Si elle avait été chargée de verser sa rente à Rupert, elle non plus ne l'aurait pas fait avec un seul jour d'avance.

Les coudes calés sur les genoux, elle se prit la tête entre les mains. C'était horrible. Elle avait toujours été douée pour voir le bon côté des choses. Même quand la situation était sombre, elle n'avait pas son pareil pour trouver un angle positif qui permettait souvent de se tirer d'affaire.

Mais pas aujourd'hui.

Elle n'avait qu'une certitude : si déplaisante que soit la situation, elle allait aider Lydia à s'enfuir. Il ne serait pas juste que sa sœur épouse le vicomte après s'être donnée à Rupert.

Mais il ne s'agissait pas seulement du vicomte. Lydia était sa sœur. Charlotte voulait son bonheur. Même si cela signifiait avoir Rupert Marchbanks comme beau-frère.

Malgré l'angoisse qui lui nouait le ventre, elle prit sur elle et releva bravement la tête.

— Dis-moi ce que je dois faire.

3

— Ah... ah... atchoum !

— Est-elle malade ? s'enquit avec bienveillance une voix féminine dont Charlotte ne put identifier la propriétaire, puisqu'elle gardait les yeux fermés par souci de crédibilité.

— Atchoum !

— Dites donc ! s'exclama Rupert Marchbanks, rejetant en arrière la tignasse de boucles blondes qui lui tombait dans les yeux. J'ai l'impression que c'est moi qui la fais éternuer.

— Atchoum !

— Bonté divine ! s'alarma Lydia, l'image même de l'inquiétude. Tu n'as pas l'air bien du tout.

Charlotte mourait d'envie de décocher à sa sœur un regard sarcastique, mais en présence d'un public aussi nombreux, c'était impossible. Elle resta donc dans son rôle.

— Atchoum !

— C'est moi qui la fais éternuer, j'en suis sûr ! insista Rupert. C'est forcément moi. La crise l'a prise dès l'instant où je me suis approché d'elle.

— Atchoum !

— Vous voyez ? lança-t-il à la cantonade. Elle éternue encore.

— Ce point-là est difficilement discutable, fit une voix d'homme grave et un peu traînante qui ne pouvait appartenir qu'à Ned Blydon.

— Elle ne peut pas être ma partenaire pour la chasse au trésor, conclut Rupert. Ma présence la tuerait sûrement, la malheureuse.

— Atchoum ! recommença Charlotte, qui s'efforçait de travailler nuances et variations, toujours par souci de crédibilité.

— Avez-vous utilisé un nouveau parfum ? demanda Lydia à Rupert. Ou peut-être un nouveau savon ?

— Un nouveau parfum ? Mais oui ! s'exclama celui-ci avec enthousiasme, les yeux écarquillés comme s'il venait de découvrir la loi de la gravité. Je porte en effet un nouveau parfum ! Je l'ai inauguré ce matin. Une petite merveille que je fais venir tout droit de Paris.

— De Paris, dites-moi, s'extasia Lydia, ravie.

Charlotte se demanda si elle pouvait flanquer un coup de coude dans les côtes de sa sœur sans se faire remarquer.

— Oui, continua Rupert, toujours content d'avoir un public pour discuter mode ou hygiène. C'est un mélange subtil de bois de santal et de kaki.

— Oh non, pas du kaki, geignit Charlotte, s'efforçant de remettre la conversation sur la bonne voie. Je suis terriblement allergique au kaki. Il me provoque des crises d'éternuements.

Elle qui, la veille encore, ignorait ce qu'était un kaki s'employa de son mieux à faire perler des larmes aux coins de ses yeux. En vain, bien sûr.

Lydia regarda Ned avec un battement de cils.

— S'il vous plaît, milord, accepteriez-vous d'échanger votre place avec Rupert pour la chasse au trésor ? Nous ne pouvons pas laisser Charlotte tout l'après-midi en sa compagnie.

Ned se tourna vers Charlotte avec un haussement de sourcils. Elle soutint son regard et éternua de plus belle dans sa direction. Il tira avec délicatesse un mouchoir de sa poche et s'essuya posément le visage.

— Non, à l'évidence nous ne pouvons pas.

Charlotte continua de jouer son rôle avec conviction, tout en adressant au Ciel une brève supplique mentale de pardon qu'elle serait forcément obligée d'expliquer dimanche à l'église. Lydia savait, comme leurs sœurs d'ailleurs, que personne ne feignait aussi bien un éternuement que Charlotte. Les filles Thornton s'étaient toujours beaucoup amusées de ce talent. Par chance, leur mère n'avait jamais compris. Sinon elle aurait sûrement observé la scène avec une grande suspicion. Mais, occupée avec l'un ou l'autre des invités, Mme Thornton se contenta de tapoter le dos de sa fille en lui conseillant de boire un peu d'eau.

— Alors vous êtes d'accord ? demanda Lydia à Ned. Nous nous retrouverons ensuite, cela va sans dire.

— Cela va sans dire, murmura-t-il. Comment pourrais-je refuser mon aide à une demoiselle en...

— Atchoum !

— ... détresse.

Charlotte le gratifia d'un sourire reconnaissant. Cela lui semblait la chose naturelle à faire.

— Mille mercis, milord, s'exclama Lydia avec effusion. Nous partons tout de suite, dans ce cas. Je dois éloigner Rupert de Charlotte immédiatement.

— Cette précaution s'impose, en effet, approuva-t-il sans grande conviction.

Lydia et Rupert filèrent sans demander leur reste, laissant Charlotte seule avec Ned. Elle leva vers lui un regard hésitant. Adossé contre le mur, il l'observait, les bras croisés.

Charlotte éternua encore, et cette fois ce n'était pas de la comédie. Peut-être était-elle vraiment allergique à Rupert, après tout. Cet écœurant parfum dont il s'était aspergé répandait encore ses effluves toxiques dans l'air.

Ned haussa les sourcils.

— Un peu d'air frais ne vous ferait peut-être pas de mal, suggéra-t-il.

— Je crois bien que oui, répondit-elle avec empressement.

Dehors, il y aurait toutes sortes de choses passionnantes à contempler : arbres, nuages ou petits animaux. Tout plutôt que d'avoir à regarder le vicomte dans les yeux.

Parce qu'elle le soupçonnait vaguement d'avoir percé à jour son numéro.

Elle avait bien dit à Lydia que ce stratagème ne fonctionnerait pas. Ned Blydon n'avait rien d'un nigaud qu'on pouvait berner par quelques battements de cils et une série de faux éternuements, si crédibles fussent-ils. Mais Lydia avait insisté : elle avait absolument besoin de ce temps seule avec Rupert pour mettre au point les détails de leur fuite. Malheureusement, leur mère avait déjà établi la liste des équipes et, en toute logique, associé Lydia avec son fiancé.

D'où ce plan stupide.

Les craintes de Charlotte se concrétisèrent dès que le vicomte et elle furent à l'extérieur. À peine eut-elle pris quelques inspirations revigorantes, profitant du bon air vif du printemps, qu'il esquissa un petit sourire en coin.

— Sacré numéro que vous nous avez joué.

— Pardon ? fit-elle, cherchant à gagner du temps, parce que, franchement, quel autre choix avait-elle ?

Il étudia ses ongles.

— Ma sœur a toujours été très douée pour faire semblant d'éternuer.

— Lord Burwick, je vous assure...

Il planta ses yeux bleus au fond des siens.

— Ne mentez pas, mademoiselle Thornton, vous perdriez le respect que j'ai pour vous. C'était un excellent spectacle qui, sans ma sœur, m'aurait sans doute convaincu aussi. Ou si je ne vous connaissais pas.

— Il a trompé ma mère, marmonna Charlotte.

— Et comment ! dit-il avec un drôle d'air guilleret.

Bigre, se pouvait-il qu'il soit... fier d'elle ?

— S'il avait été là, mon père serait tombé dans le panneau, lui aussi, ajouta-t-elle, presque fière elle-même.

— Voudriez-vous m'expliquer la raison de cette mise en scène ?

— Pas particulièrement, répondit-elle avec un large sourire plein d'aplomb, espérant s'en tirer avec cette pirouette.

— Comment va votre cheville ?

Le brusque changement de sujet la prit au dépourvu.

— Beaucoup mieux, répondit-elle, sur la défensive, se doutant que le répit serait de courte durée. Elle me fait à peine souffrir maintenant. La foulure était moins grave que je ne le craignais.

Ned se dirigea vers l'allée qui s'éloignait du manoir.

— Une petite promenade ? suggéra-t-il.

Charlotte accepta d'un hochement de tête hésitant. Avait-il renoncé à lui tirer les vers du nez ?

Non, évidemment.

— Je vais vous faire une confidence à mon sujet, dit-il, levant les yeux vers la cime des arbres avec une désinvolture trompeuse.

— Ah oui ? Quoi donc ?

— En général, j'obtiens ce que je veux.

— En général ?

— Presque toujours.

La gorge de Charlotte se noua.

— Je vois.

— Vraiment ? fit-il avec un sourire doucereux.

— C'est ce que je viens de dire, marmonna-t-elle. Vous êtes sourd ?

Il choisit d'ignorer cette pique.

— Voilà pourquoi il est raisonnable de penser qu'avant la fin de cette chasse au trésor aimablement organisée par votre mère, vous m'aurez avoué pourquoi vous teniez tant à ce que nous fassions équipe aujourd'hui.

— Euh... je vois, bredouilla-t-elle, consciente d'avoir l'air d'une parfaite idiote.

Mais l'autre option, c'était de garder le silence, ce qui ne valait guère mieux.

Nouveau sourire doucereux de lord Burwick, toujours plus inquiétant.

— Vous voyez, vraiment ?

Cette fois-ci, le silence s'imposa. Qu'aurait-elle bien pu répondre ?

— Nous pouvons nous faciliter la tâche, à l'un comme à l'autre, et jouer cartes sur table, poursuivit Ned comme s'ils parlaient de la pluie et du beau temps.

Ou bien nous pouvons la compliquer grandement, ajouta-t-il d'un air éloquent.

— Nous ?

— Enfin, surtout moi.

— C'est bien ce que je pensais, marmonna Charlotte.

— Alors ? Êtes-vous prête à tout m'expliquer ?

Elle le regarda droit dans les yeux.

— Faites-vous toujours preuve d'autant de calme et de sang-froid ? C'est un peu glaçant.

— Non, pas du tout. En réalité, on m'a déjà reproché mes colères explosives. Mais, en général, je ne perds vraiment mon sang-froid qu'une ou deux fois par décennie, ajouta-t-il en tournant vers elle son fameux sourire carnassier.

Charlotte déglutit avec nervosité.

— C'est tout à votre honneur.

Il continua sur le même ton exaspérant de pondération :

— Je ne vois aucune raison de perdre mon calme aujourd'hui, n'est-ce pas ? Vous me faites l'impression d'une jeune femme raisonnable.

— Fort bien, céda Charlotte, consciente que ce maudit bonhomme n'hésiterait sans doute pas à la ligoter à un arbre – sans se départir de son insupportable sourire – si elle ne lui fournissait pas une explication plausible.

— Si vous tenez à le savoir, cette mise en scène n'avait rien à voir avec vous.

— Vraiment ?

— Est-ce si difficile à croire ?

Il ignora le sarcasme.

— Je vous écoute.

— C'est à cause de Rupert.

— Marchbanks ?

— Oui. Je ne peux pas le supporter.

Ce mensonge n'était pas si éloigné de la vérité. Plus d'une fois, Charlotte avait cru perdre la raison en sa compagnie.

— La perspective de passer tout l'après-midi avec lui a provoqué chez moi une véritable crise de panique. Même si je ne m'attendais pas, je dois l'avouer, à cet échange proposé par ma sœur.

L'intérêt de Blydon semblait s'être focalisé sur son avant-dernière phrase.

— Une crise de panique, dites-vous ? Cette réaction n'est-elle pas un tantinet exagérée ?

Elle soutint son regard avec aplomb.

— Essayez de passer trois heures à écouter ce précieux ridicule déclamer ses poèmes ineptes et nous en reparlerons.

Ned fit la grimace.

— Il écrit des poèmes ?

— Et il adore en *parler*.

Il prit un air peiné.

— Et quand il ne commente pas les siens, il discourt à n'en plus finir sur ceux des autres et se plaint que la plupart des gens ne possèdent pas les capacités intellectuelles suffisantes pour comprendre les finesses de cet art.

— Contrairement à lui, j'en suis sûr.

— Évidemment.

Il hocha la tête avec lenteur.

— Je dois vous faire un aveu. Je ne suis pas grand amateur de poésie.

Charlotte ne put réprimer un sourire radieux.

— C'est vrai ?

— Ce n'est pas comme si nous parlions en vers dans nos conversations de tous les jours, n'est-ce pas ? ironisa-t-il avec un revers de main dédaigneux.

— C'est exactement mon avis ! s'exclama-t-elle. Par exemple, avez-vous déjà fait rimer « amour » avec « toujours » ?

— Fichtre non, et j'espère bien que ça n'arrivera jamais.

Charlotte éclata de rire.

Il tendit soudain le bras vers les arbres au-dessus de leurs têtes.

— Que j'aime ce feuillage ! Il est beau comme... un fromage ! déclama-t-il avec un air inspiré.

— Par pitié ! railla-t-elle sans pouvoir contenir son hilarité. Même moi, je peux faire mieux.

Il la gratifia d'un sourire enjôleur, et elle comprit soudain pourquoi il avait la réputation d'avoir brisé tant de cœurs à Londres. Il aurait dû être interdit à un homme d'être aussi séduisant. Un seul sourire, et elle se sentait fondre.

— Vous croyez ? Mieux que... j'ai vu ma sœur Arabella et je...

— Et vous quoi ? le taquina-t-elle, comme il cherchait ses mots. Ce n'était guère judicieux de choisir une rime aussi difficile, milord.

— Et je l'envoie ! continua-t-il, triomphant. Et je l'envoie... eh bien, pas paître, parce que déjà ça ne rime pas, et en plus ce serait très impoli, n'est-ce pas ?

Charlotte aurait répondu si elle ne s'était pas esclaffée presque au point de s'étrangler.

Ned avait l'air très satisfait de lui.

— Bon, maintenant que je vous ai prouvé mon talent de poète, revenons à nos moutons. Dites-moi quel est le premier objet à trouver sur notre liste.

Charlotte baissa les yeux sur le papier froissé qu'elle tenait à la main et qu'elle avait oublié.

— Ah oui, la chasse au trésor. Voyons voir... Le premier objet de la liste est une plume, même si je ne pense pas que nous devions trouver ces objets dans l'ordre.

Il inclina la tête et lut par-dessus son épaule l'écriture joliment calligraphiée de Mme Thornton.

— Quoi d'autre ?

— Une brique rouge, une jacinthe – ce sera facile, je sais exactement où les trouver dans le parc –, deux feuilles de papier à correspondance de lots différents, un ruban jaune, un morceau de verre. Un morceau de verre ? s'étonna-t-elle en relevant la tête. Où diantre sommes-nous censés trouver ça ? Je ne crois pas que mère avait en tête que nous cassions une vitre.

— Je subtiliserai les lunettes de Belle, suggéra Ned, pris d'une subite inspiration.

— Voilà qui est futé, dit Charlotte avec un regard admiratif. Et un peu retors, aussi.

— Eh bien, c'est ma sœur, répondit-il avec modestie. Même si je ne l'envoie pas paître, elle est myope comme une taupe sans ses lunettes. On a bien le droit d'être un peu retors dans ces farces entre frères et sœurs, ne trouvez-vous pas ?

— Ce genre de farce n'est pas bien méchante, approuva Charlotte.

De manière générale, ses sœurs et elle s'entendaient bien, mais elles ne cessaient de se taquiner et de se jouer des tours. Voler une paire de lunettes pour gagner une chasse au trésor aurait certainement pu en faire partie.

Elle observa le visage de Ned, tandis qu'il avait le regard perdu dans le lointain, l'esprit apparemment ailleurs, et elle ne put s'empêcher de trouver qu'il se révélait finalement plutôt charmant.

Depuis qu'elle avait accepté d'aider Lydia à s'enfuir, elle éprouvait une certaine culpabilité, mais jusqu'à présent elle n'avait pas non plus eu l'impression de commettre une ignominie.

Elle avait le sentiment que le vicomte n'aimait pas Lydia – en vérité, elle en était même tout à fait certaine. Pourtant, il l'avait demandée en mariage. Il devait donc bien avoir une raison de l'épouser. Et, comme tous les hommes, il avait aussi sa fierté. Or elle, Charlotte Eleanor Thornton, qui aimait à se considérer comme une personne droite, avec des principes, contribuait en réalité à orchestrer sa chute.

Il devait certes y avoir des situations plus embarrassantes dans la vie que d'être abandonné devant l'autel, mais en cet instant, aucun exemple ne lui venait.

Le pauvre lord Burwick en serait mortifié.

Et furieux au plus haut point. Elle ne s'étonnerait pas qu'il lui prenne même l'envie de lui tordre le cou.

Le pire était que Charlotte ignorait comment stopper cette catastrophe annoncée. Lydia était sa sœur ; elle était bien forcée de l'aider. Ne devait-elle pas sa loyauté à ses proches ? Et puis, s'il y avait bien une chose que cet après-midi lui avait démontrée, c'était que Lydia et le vicomte étaient très mal assortis. Rien que cette histoire de poésie, pour commencer. Si Lydia attendait de son époux qu'il s'exprime en vers, jamais ils ne tiendraient l'un et l'autre plus d'un mois avant d'avoir envie de s'étriper.

Cependant, Ned – depuis quand s'était-elle mise à l'appeler par son prénom ? – ne méritait pas pour autant le traitement injuste qu'il était sur le point de subir. Peut-être était-il un peu autoritaire, et il était certes arrogant, comme la majorité des aristocrates, mais en dehors de cela, il donnait l'impression d'être un homme bien – sensé, drôle, et gentleman dans l'âme.

À cet instant, Charlotte fit un vœu solennel. Elle ne le laisserait pas attendre en vain dans l'église samedi matin. Sans doute ne pouvait-elle empêcher la fuite de Lydia et de Rupert – elle comptait même y contribuer –, mais elle ferait tout son possible pour épargner à Ned la pire des humiliations.

Sa gorge se noua. Cela impliquait d'aller le trouver au milieu de la nuit, dès que Lydia aurait pu s'en aller sans encombre. Elle n'avait pas d'autre choix. Pas si elle voulait vivre en paix avec sa conscience.

— Vous avez l'air bien sérieuse tout à coup, fit-il remarquer.

Elle sursauta.

— J'étais juste dans les nuages, assura-t-elle, contente pour une fois de ne pas mentir.

— Votre sœur et le poète sont, semble-t-il, en grande conversation, nota-t-il, les désignant du menton, un peu plus loin sur la gauche.

Charlotte tourna vivement la tête dans la direction qu'il indiquait. En effet, à une trentaine de mètres de là, Lydia et Rupert s'entretenaient avec sérieux et animation. Dieu merci, ils étaient trop loin pour être entendus.

— Ils sont plutôt bons amis, dit Charlotte, espérant que la chaleur qui lui montait aux joues ne se manifestait pas par une soudaine rougeur. Nous connaissons Rupert depuis des années. C'est notre voisin.

— Voulez-vous dire que ma future épouse est une grande passionnée de poésie ?

Charlotte lui adressa un sourire penaud.

— J'en ai peur.

Lorsqu'il se tourna vers elle, ses yeux pétillaient.

— Elle ne s'attend pas que je lui récite des vers, quand même ?

— Sans doute que si, répondit Charlotte d'un air sincèrement compatissant.

— Eh bien, soupira-t-il, aucune union ne peut être parfaite, je suppose.

Il se redressa avec une énergie retrouvée.

— Venez. Nous avons des plumes à trouver et des lunettes à voler. Puisque nous sommes obligés de participer à cette chasse au trésor stupide, autant la gagner.

Charlotte lui emboîta le pas.

— Tout à fait d'accord avec vous, milord.

Et ce n'était pas la première fois que cette étrange concordance de vues se produisait, ne put-elle s'empêcher de constater.

4

Le vendredi soir fut l'occasion d'une nouvelle réception au manoir des Thornton, une soirée qui, dans l'esprit de Ned, devait forcément être différente de celles de la veille et de l'avant-veille pour trouver sa justification. Cependant, tandis qu'il se tenait planté à ne rien faire au fond de la salle, une flûte de champagne dans une main et une assiette garnie de trois malheureuses fraises dans l'autre, il avait bien du mal à entrevoir la justification en question.

Les invités étaient les mêmes. Seule variation au programme : le menu.

S'il avait été en charge de l'organisation, il aurait renoncé sans hésitation à toutes ces stupides mondanités et se serait contenté de se présenter le jour dit devant le pasteur. Mais personne n'avait jugé bon de lui demander son avis et, pour être juste, il n'avait à aucun moment manifesté le moindre intérêt pour la question.

Quoi qu'il en soit, tout le monde semblait passer une agréable soirée, ce qui était une bonne chose, supposait-il, car, pour autant qu'il sache, c'était lui qui payait l'addition. Il soupira, se rappelant vaguement une conversation durant laquelle il avait sorti une ânerie du genre « bien sûr, Lydia doit avoir le mariage de ses rêves ».

Il regarda les trois fraises sur son assiette. Au début, il y en avait eu cinq, et les deux qui se trouvaient dans son estomac constituaient jusqu'à présent son seul repas de toute la soirée.

Les fraises les plus onéreuses qu'il avait jamais consommées.

Ce n'était pas qu'il n'avait pas les moyens, bien au contraire. L'argent ne manquait pas, et il ne lui serait jamais venu à l'idée de refuser à sa future épouse le mariage de ses rêves. Le problème, bien sûr, était que l'intéressée s'était révélée ne pas être la future épouse de ses rêves à *lui*. Et ce n'était que maintenant, alors qu'il était beaucoup trop tard pour changer la donne, qu'il prenait conscience de l'importance de la chose.

Le plus triste dans l'histoire, c'était qu'il ne s'était pas rendu compte qu'il avait des rêves. Ce n'était que maintenant qu'il se disait que lui aussi pourrait avoir envie d'un grand amour et d'un mariage romantique – à savoir, s'il se fiait à l'horloge dans l'angle, environ douze heures avant de se traîner jusqu'à l'église et de faire en sorte qu'il n'aurait ni l'un ni l'autre.

Il s'adossa contre le mur, se sentant bien plus fatigué qu'un homme de son âge n'aurait dû l'être. D'ici combien de temps pourrait-il quitter cette réception sans paraître impoli ? se demanda-t-il.

À vrai dire, personne ne semblait s'intéresser à lui. Les convives donnaient l'impression de s'amuser follement et n'accordaient pas la moindre attention au futur époux. Pas plus que la future mariée, d'ailleurs, remarqua soudain Ned avec un regard surpris à la ronde.

Où était donc Lydia ?

Il fronça les sourcils, puis haussa les épaules, décidant que c'était sans importance. Il lui avait parlé un peu plus tôt, lorsqu'ils s'étaient acquittés de la valse obligatoire à l'ouverture du bal. À ce moment-là, elle était de bonne humeur, bien qu'un peu distraite. Depuis, il l'avait aperçue de loin, discutant à droite et à gauche avec les invités. Sans doute s'était-elle retirée dans le vestiaire des dames pour y recoudre un ourlet, se rosir les joues ou se livrer à toute autre activité habituelle d'une lady dans l'intimité de ce gynécée.

Étrangement, les femmes semblaient toujours s'y rendre par deux. Charlotte avait disparu, elle aussi, et il aurait parié les trois fraises qui restaient sur son assiette – une mise hors de prix, répétons-le – qu'elle y avait été entraînée par sa sœur.

Pourquoi diable cela l'irritait-il à ce point ? Bonne question.

— Ned !

Se redressant brusquement, il plaqua un sourire de façade sur sa figure, puis décida que l'effort n'en valait pas la peine. C'était sa sœur qui se faufilait parmi les invités, halant Emma à sa suite.

— Que fais-tu donc ici tout seul ? s'étonna Belle, une fois à sa hauteur.

— Je profite de ma compagnie en solitaire.

Il n'avait pas voulu se montrer insultant, mais Belle dut mal prendre sa réponse, car elle fit la grimace.

— Où est Lydia ? s'enquit-elle.

— Je n'en ai aucune idée, répondit-il en toute honnêteté. Sans doute avec Charlotte.

— Charlotte ?

— Sa sœur.

— Je sais qui est Charlotte, dit-elle d'un ton grognon. Je suis juste surprise que tu… Enfin, peu importe, s'interrompit-elle.

Ce fut l'instant que choisit Emma pour faire irruption dans la conversation, le ventre en avant.

— Comptes-tu manger ces fraises ? demanda-t-elle.

Ned lui tendit l'assiette.

— Je t'en prie, sers-toi.

Elle le remercia et prit un des fruits qu'il lui présentait.

— J'ai faim tout le temps en ce moment, soupira-t-elle. Sauf, bien sûr, quand ce n'est pas le cas.

Ned la dévisagea comme si elle s'exprimait en grec ancien, tandis que Belle hochait la tête, semblant comprendre parfaitement ce charabia.

— Je suis vite rassasiée, expliqua Emma, prenant son ignorance en pitié. C'est parce que… Enfin, tu comprendras un jour, se contenta-t-elle de dire en lui tapotant le bras.

L'image de Lydia enceinte de lui s'imposa dans l'esprit de Ned. Une image qui ne collait pas du tout.

Puis une singulière métamorphose se produisit. Très légère. Les yeux étaient les mêmes, et le nez presque semblable aussi. La bouche, en revanche…

Ned se laissa de nouveau aller contre le mur, soudain perturbé. Le visage qui était apparu au-dessus du corps de femme enceinte dans son imagination était celui de Charlotte. Et cette vision-là n'était nullement dérangeante.

— Je dois y aller, bredouilla-t-il.

— Déjà ? s'étonna Belle. Il est à peine 21 heures.

— J'ai une grosse journée demain, bougonna-t-il.

Ce qui était la vérité.

— Tu as raison, je suppose, répondit sa sœur. Lydia est partie, de toute façon, alors ce qui vaut pour l'une vaut pour l'autre.

Il hocha la tête.

— Si quelqu'un pose des questions...

— Ne t'inquiète pas, dit Belle. Je suis très douée pour les excuses.

Emma signifia son approbation d'un vigoureux coup de menton.

— Oh, et Ned..., reprit Belle avec juste assez de douceur dans la voix pour attirer son attention.

Il leva les yeux vers elle.

— Je suis désolée, lui souffla-t-elle.

C'était la chose la plus gentille – et la plus affreuse – qu'elle aurait pu lui dire. Il la remercia néanmoins d'un signe de tête, parce qu'elle était sa sœur et qu'il l'aimait. Puis il s'éclipsa sur la terrasse par une porte-fenêtre, avec l'intention de contourner la maison et de rentrer par une porte latérale, espérant pouvoir monter tranquillement dans sa chambre sans croiser un importun qui voudrait lui tenir la jambe.

À cet instant, il se rendit compte qu'il avait toujours son assiette à la main. Il aurait volontiers mangé encore pour quelques milliers de livres de fraises.

— Tu dois absolument y retourner !

Sans même un regard pour sa sœur, Lydia secoua la tête avec détermination tout en lançant une autre paire de chaussures dans sa valise.

— Je ne peux pas. Je n'ai pas le temps.

— Tu ne dois retrouver Rupert qu'à 14 heures, objecta Charlotte. Il te reste encore cinq heures.

Lydia leva les yeux, horrifiée.

— C'est tout ?

Charlotte regarda les deux valises sur le lit. Elles étaient plutôt grandes, mais il ne faudrait quand même pas cinq heures pour les remplir. Elle décida de changer de tactique.

— Lydia, dit-elle d'une voix posée, celle de la raison. Cette réception est donnée en ton honneur. On va remarquer ton absence.

En guise de réponse, Lydia se contenta de brandir deux déshabillés, se demandant à l'évidence lequel elle allait emporter.

— Lydia, insista Charlotte avec sans doute plus de fermeté qu'elle ne l'aurait dû. Est-ce que tu m'écoutes ? On va remarquer ton absence.

Sa sœur haussa les épaules.

— Retournes-y, toi.

— Je ne suis pas la future mariée, fit remarquer Charlotte en se plantant devant elle.

Lydia la gratifia d'un regard distrait avant de se replonger dans sa contemplation.

— Lavande ou rose ?

— Lydia...

— Lequel, selon toi ?

Sans trop savoir pourquoi – peut-être à cause de l'absurdité de la situation –, Charlotte observa les deux déshabillés, songeant à ses propres dessous, tous blancs et si sages.

— D'où les sors-tu ? s'enquit-elle.

— De mon trousseau.

— Ton trousseau de mariage avec le vicomte ? s'exclama Charlotte, horrifiée.

— Évidemment.

Lydia opta pour le déshabillé lavande et le lâcha dans sa valise.

— Tu n'y penses pas ! C'est immoral !

— Mais non, voyons, répliqua sa sœur, qui lui accorda son attention pour la première fois depuis qu'elles s'étaient retrouvées en catimini dans sa chambre. Juste pragmatique. Et puisque j'épouse Rupert, je suis bien forcée de l'être.

Charlotte en resta muette de surprise. Jusqu'à cet instant, elle n'avait pas pensé que Lydia comprenait vraiment à quoi elle s'engageait en épousant un panier percé tel que Rupert.

— Je ne suis pas aussi insouciante que tu l'imagines, reprit sa sœur.

Gênée qu'elle ait lu dans ses pensées comme dans un livre ouvert, Charlotte s'enferma dans le silence.

— Le rose me plaît bien, finit-elle par dire avec, dans la voix, une gentillesse qui revenait à une excuse tacite.

— Ah oui ? fit Lydia avec un sourire. À moi aussi. Je crois que je vais prendre les deux.

Mal à l'aise, Charlotte regarda sa sœur continuer à faire ses bagages.

— Tu devrais au moins faire une apparition de quelques minutes en bas, suggéra-t-elle de nouveau.

Lydia hocha la tête.

— Tu as sans doute raison. Je redescends dès que j'ai fini ici.

Charlotte s'avança vers la porte.

— J'y vais. Si quelqu'un me demande où tu es, je dirai…

L'inspiration ne lui vint pas. D'impuissance, elle leva les bras au ciel.

— Je trouverai bien quelque chose.

— Merci, dit Lydia.

Perturbée par cette atmosphère de conspiration, Charlotte se contenta d'un hochement de tête. Elle se glissa dans le couloir, referma la porte sans bruit et fila d'un pas furtif vers l'escalier. Cette situation lui déplaisait au plus haut point ; elle pouvait se montrer plutôt bonne menteuse quand il le fallait, mais elle détestait raconter des histoires et, surtout, elle réprouvait l'idée que le vicomte soit la victime de ces manigances.

La tâche aurait sans doute été plus aisée s'il n'avait pas été aussi gentil.

Gentil. Elle sourit. Il aurait à coup sûr détesté ce qualificatif et lui aurait préféré quelque chose de plus flatteur. Fringant, peut-être. Redoutable séducteur, sans aucun doute. Mais, que cela lui plaise ou non, il *était* gentil. Elle avait découvert en lui un homme bon et franc qui ne méritait certainement pas le sort que lui réservait Lydia.

Lydia et...

Charlotte s'arrêta sur le palier et ferma les yeux, prise d'une brusque nausée qu'elle s'efforça de réprimer. Elle ne voulait pas penser à son propre rôle dans ce fiasco annoncé. Pas encore, du moins. Il lui fallait se concentrer sur l'aide que sa sœur attendait d'elle.

Ensuite, elle pourrait rendre justice au vicomte – aller le trouver et le prévenir de ce qui l'attendait. Elle frissonna, imaginant la scène à l'église. Impossible de laisser faire cela. Elle ne pouvait tout simplement pas...

— Charlotte ?

Elle ouvrit brusquement les yeux et sursauta.

— Lord Burwick ! lâcha-t-elle d'une voix étranglée.

Cette rencontre inopinée n'aurait pu plus mal tomber. Elle n'avait aucune envie de le voir avant que tout soit fini, encore moins de lui parler. Elle n'était pas certaine que sa conscience puisse supporter l'épreuve.

— Tout va bien ?

La sollicitude dans sa voix brisa le cœur de Charlotte.

— Oui, ça va, répondit-elle, la gorge serrée, s'arrachant un pâle sourire. Je suis juste un peu... nerveuse.

— Imaginez si vous étiez à la place d'un des futurs époux, dit Ned avec un rictus un peu guindé.

— Je l'imagine sans peine. Ce doit être très difficile. Je veux dire, ça ne devrait pas l'être, mais...

Jamais de sa vie elle n'avait dû prononcer une phrase aussi creuse.

Il l'observa d'un œil intrigué, avec une intensité qui la mit mal à l'aise.

— Vous n'en avez pas idée, finit-il par répondre. Une fraise ? proposa-t-il en tendant son assiette à dessert.

Elle refusa d'un signe de tête. Elle avait l'estomac bien trop noué pour envisager d'avaler quoi que ce soit.

— Où allez-vous ? s'enquit-elle, afin de briser le silence qui s'était installé.

— À l'étage. Lydia n'est plus à la soirée et...

— Elle est nerveuse, elle aussi, prétendit-elle.

Il n'avait quand même pas l'intention d'aller lui rendre visite dans sa chambre ! Ce serait de la plus haute inconvenance. Pire encore, il la surprendrait en train de faire ses bagages.

— Elle est allée s'allonger un moment, s'empressa-t-elle d'ajouter. Mais elle a promis de redescendre bientôt à la réception.

Il haussa les épaules.

— Une longue journée nous attend demain. Si elle veut se reposer, qu'elle le fasse.

Charlotte hocha la tête, libérant discrètement l'air bloqué dans ses poumons, soulagée qu'il n'ait pas eu l'intention d'aller voir sa sœur.

Puis elle commit la plus grande erreur de sa vie.

Elle leva les yeux vers lui.

C'était étrange, car, à la lueur vacillante de la seule applique dans son dos, elle n'aurait pas dû être capable de distinguer la couleur de ses yeux. Mais lorsqu'elle croisa son regard, celui-ci était d'un bleu si intense qu'elle en fut comme hypnotisée. La maison aurait pu s'écrouler autour d'eux qu'elle n'aurait pas détourné le regard.

Ned s'était faufilé par l'escalier de service dans le but d'éviter toute rencontre inopportune, mais lorsqu'il aperçut Charlotte sur le palier de l'étage, il eut une révélation : « toute rencontre inopportune » n'incluait pas la jeune femme.

Ce n'était pas une explosion de désir brut qu'il ressentait, comme il aurait pu le redouter, même si, chaque fois qu'il s'autorisait à poser les yeux sur ses lèvres, il éprouvait au creux du ventre des sensations tout à fait inacceptables en compagnie d'une future belle-sœur.

Non, le fait de la voir là, sur le palier, lui faisait davantage l'impression d'avoir un roc face à lui, un point d'ancrage stable dans un monde qui tanguait autour de lui tel un bateau ivre. Il lui suffirait, semblait-il, de la toucher, juste de lui prendre la main, pour que tout aille bien.

— Voulez-vous danser ? demanda-t-il, surpris par ses propres paroles.

Il lut la sidération dans le regard de Charlotte.

— Danser ? répéta-t-elle avec un léger hoquet.

— En avez-vous eu l'occasion ce soir ? insista-t-il, conscient de s'engager sur un chemin périlleux, mais incapable de résister. Je ne vous ai pas vue parmi les danseurs au bal.

Elle fit non de la tête.

— Mère m'a tenue occupée, expliqua-t-elle. Des détails à régler, vous comprenez.

Elle semblait distraite. On eût dit que les mots qui sortaient de sa bouche n'avaient aucun rapport avec les pensées qui occupaient son esprit.

Il opina du chef et posa son assiette sur une marche de l'escalier tout proche.

— À quoi bon vous tordre la cheville, si vous ne vous amusez pas une fois guérie ?

Charlotte ne pipa mot. Elle le dévisageait, non pas comme si elle le prenait pour un fou – même s'il avait la quasi-certitude de l'être ce soir –, mais comme si elle ne comprenait pas un traître mot de ce qu'il lui racontait.

La musique dans la salle de bal leur provenait, un peu assourdie, par la cage d'escalier. En retrait par rapport aux marches, le coude formé par le petit palier les protégeait des regards, d'en haut comme d'en bas.

— Venez, l'encouragea-t-il, la main tendue.

— Non, refusa-t-elle. Je ferais mieux d'y aller.

Il laissa retomber la main et se rendit compte à cet instant qu'il l'avait levée dans l'intention de la poser dans le creux de ses reins pour une valse.

— Mère va se demander où je suis passée, reprit Charlotte. Et je ferais mieux d'aller voir comment va Lydia.

Il hocha la tête, compréhensif.

Elle leva les yeux vers lui, juste une fraction de seconde, assez longtemps cependant pour que leurs regards se noient l'un dans l'autre. Troublée, elle rompit le charme.

— Mais danser, non, ce n'est pas possible.

Et tous deux savaient qu'elle voulait dire en réalité « danser *avec vous* ».

5

Plus tard ce soir-là, tandis qu'il trouvait un peu de réconfort dans un verre de brandy et le silence de la bibliothèque peu fournie de Hugh Thornton, Ned ne pouvait chasser l'impression de se tenir au bord d'un précipice.

Il savait depuis le début, bien sûr, qu'il s'apprêtait à faire un mariage sans amour. Mais il se croyait en accord avec cette idée. Ce n'était que tout récemment – cette semaine, en réalité – qu'il avait compris qu'il en serait malheureux, ou au moins insatisfait, pour le restant de ses jours.

Et il ne pouvait rien y faire.

Peut-être, en d'autres temps ou d'autres lieux, un homme pouvait-il renoncer à un mariage à peine quelques heures avant la cérémonie. Mais pas en 1824, et pas en Angleterre.

Quelle mouche l'avait donc piqué ? Il n'aimait pas la femme qu'il s'apprêtait à épouser, et elle non plus ne l'aimait pas. Pour être tout à fait franc, il n'était même pas sûr de la connaître, et c'était réciproque.

Par exemple, il ignorait que Lydia était férue de poésie jusqu'à ce que Charlotte le lui apprenne durant la chasse au trésor – qu'ils avaient remportée, soit dit en passant.

N'était-ce pas le genre de détail qu'un homme devait connaître sur sa future épouse ? Surtout si l'homme en question avait mis un point d'honneur à ne faire figurer aucun volume de poésie sur les rayonnages de sa propre bibliothèque ?

Désormais, il se demandait ce qui pouvait encore se cacher d'autre derrière les beaux yeux gris de Lydia Thornton. Aimait-elle les animaux ? Avait-elle la fibre sociale et un penchant pour les œuvres caritatives ? Parlait-elle français ? Jouait-elle du pianoforte ? Savait-elle chanter ?

Il ignorait pourquoi ces questions ne l'avaient pas préoccupé avant ce soir ; il lui semblait désormais évident que ç'aurait dû être le cas. Tout homme sensé aurait voulu en savoir davantage sur sa future moitié que la couleur de ses cheveux et de ses yeux.

Assis dans l'obscurité, méditant sur sa triste vie à venir, Ned ne put s'empêcher de penser que c'était ce que Belle avait vainement tenté de lui faire comprendre ces derniers mois.

Il soupira. Belle avait beau être une sœur agaçante, cela ne signifiait pas pour autant qu'elle n'avait pas raison de temps à autre – même s'il répugnait à le reconnaître.

Il ne connaissait pas Lydia Thornton.

Et pourtant, il allait l'épouser.

Toutefois, songea-t-il avec un soupir, le regard perdu sur une pile de livres reliés posés dans un coin, cette union n'était pas nécessairement vouée à l'échec. Des tas de couples trouvaient l'amour après le mariage, n'est-ce pas ? Ou du moins l'amitié et une certaine satisfaction. Tout ce qu'il recherchait au début dans le mariage, s'il voulait être sincère avec lui-même.

Il lui faudrait apprendre à s'en contenter, parce que, depuis cette dernière semaine, il connaissait un peu mieux Lydia Thornton. Juste assez pour savoir qu'il ne l'aimerait jamais, pas comme un homme devrait aimer son épouse.

Et puis, il y avait Charlotte.

Charlotte, qu'il n'aurait sans doute jamais regardée deux fois à Londres. Charlotte, qui le faisait rire, à qui il pouvait dire des blagues stupides sans se sentir gêné.

Et qui, se rappela-t-il subitement, deviendrait sa belle-sœur d'ici environ sept heures.

Il baissa les yeux sur le verre vide dans sa main, se demandant quand il l'avait fini. Il envisageait sérieusement de s'en servir un autre lorsqu'un bruit se fit entendre derrière la porte.

« Bizarre », se dit-il. Tous les invités étaient pourtant montés dans leurs chambres. Il jeta un regard à la pendule sur le manteau de la cheminée – il était presque 2 heures. Avant de quitter la réception, il avait entendu les Thornton exprimer leur intention d'envoyer les invités se coucher dès 23 heures, autant dire avec les poules, soucieux que tout le monde soit frais et dispos pour la cérémonie du lendemain.

Ned s'approcha sur la pointe des pieds de la porte, qu'il n'avait pas pris la peine de fermer complètement, et glissa un coup d'œil discret dans le vestibule par l'entrebâillement. Comme il n'eut pas à prendre le risque de faire grincer la poignée ou le battant, il put satisfaire sans crainte sa curiosité.

— Chut ! fit une voix dans l'entrée.

Sans nul doute celle d'une femme.

Il fronça les sourcils. On aurait dit celle de Charlotte. Il avait passé tant de temps en sa compagnie ces derniers jours qu'il connaissait sans doute mieux sa voix que celle de Lydia.

Que diable faisait Charlotte debout au milieu de la nuit ?

Un brusque soupçon lui fit l'effet d'un coup de poing au creux de l'estomac. Avait-elle un amant ? Charlotte ne pouvait avoir l'inconscience de mettre ainsi sa réputation en péril.

— Je ne peux quand même pas partir avec une seule robe de jour ! fit une deuxième voix féminine. Tu voudrais que j'aie l'air d'une pauvresse ?

Tiens, tiens... Apparemment, il connaissait mieux la voix de Lydia qu'il ne l'imaginait, car celle qu'il venait d'entendre avait une étonnante ressemblance avec la sienne.

Il tendit l'oreille, oubliant Charlotte et se concentrant sur Lydia. Que mijotait-elle donc ? Où diable allait-elle ainsi la nuit juste avant son mariage ?

Ned approcha son visage de l'interstice, content que la lune soit visible cette nuit. Sa clarté laiteuse, qui filtrait par les fenêtres, l'avait dissuadé d'allumer une chandelle. Sans lumière dans la bibliothèque, rien ne venait trahir sa présence. À moins que Charlotte et Lydia ne décident de jeter un coup d'œil dans la pièce, elles ne le verraient pas en passant.

Il les observa tandis qu'elles descendaient l'escalier, chargées chacune d'une valise ventrue. L'unique lumière provenait de la chandelle que Charlotte tenait dans sa main libre. À l'évidence, Lydia avait revêtu une tenue de voyage. Quant à Charlotte, elle portait une robe de jour passe-partout d'une couleur indéfinissable dans la pénombre.

Des toilettes que l'on ne s'attendait pas à voir sur une femme au beau milieu de la nuit.

— Es-tu sûre que Rupert t'attendra au bout de l'allée ? murmura Charlotte.

Ned n'entendit pas la réponse de Lydia et n'aurait même pas su dire s'il y en eut une. Sous le choc, il ne percevait plus un son et était incapable de formuler la moindre pensée sauf une seule, douloureusement pertinente.

Lydia le laissait tomber. Elle s'apprêtait à filer à l'anglaise avec ce crétin de Marchbanks.

Et pendant ce temps, lui se résignait à une union dont il ne voulait pas, alors que, depuis le début, la mariée rougissante mijotait sa fuite !

Il avait envie de hurler. De flanquer son poing à travers un mur. De...

Charlotte.

Charlotte était sa complice.

Sa colère décupla. Comment pouvait-elle le trahir de la sorte ? Ils étaient amis, bon sang ! Amis ! Leur rencontre ne remontait qu'à quelques jours, mais il avait appris à la connaître. À *vraiment* la connaître. Tout au moins le croyait-il. Il devait se rendre à l'évidence : elle n'était pas aussi sincère et loyale qu'il l'avait cru.

Charlotte. Chaque muscle de son corps se crispa un peu plus de rage. La désillusion était terrible. Elle devait quand même bien se rendre compte du camouflet qu'elle lui infligeait en facilitant la fuite de Lydia. Avait-elle songé un instant au calvaire qu'il endurerait le lendemain, seul devant l'autel dans l'église bondée, attendant une mariée qui ne viendrait jamais ?

Les deux jeunes femmes avançaient avec lenteur, encombrées par les grosses valises. Lydia traînait la sienne maintenant, visiblement pas aussi forte que Charlotte, qui parvenait au moins à soulever son fardeau de quelques centimètres. Les mâchoires crispées, rongeant son frein, Ned attendit qu'elles approchent. Dès qu'elles atteignirent la porte d'entrée, il sortit de sa cachette.

— Alors, mesdemoiselles, où va-t-on à cette heure ?

Le calme dédaigneux de sa voix le sidéra. Il s'attendait plutôt à une bruyante vocifération.

Lydia fit un bond en arrière, et Charlotte poussa un petit cri qui monta encore d'un ton lorsqu'elle lâcha la valise sur son pied.

Il cala une épaule contre l'encadrement de la porte et croisa les bras, conscient de devoir tenir la bride serrée à ses émotions. Une seule étincelle, et il exploserait.

— C'est un peu tard pour une balade, ne pensez-vous pas ? demanda-t-il d'une voix doucereuse.

Les sœurs Thornton le regardaient sans un mot avec de grands yeux affolés.

— On s'attendrait plutôt à vous voir en chemise de nuit à cette heure tardive.

— Ce n'est pas ce que vous imaginez, bredouilla Charlotte.

Ned regarda Lydia pour voir si elle retrouvait sa langue, mais la terreur paraissait l'avoir rendue muette. Il reporta son attention sur Charlotte, qui semblait faire davantage le poids comme adversaire.

— Intéressant, dit-il, parce que je ne suis pas sûr de ce que j'imagine, justement. Peut-être pourriez-vous éclairer ma lanterne.

La gorge nouée, Charlotte se tordit les mains.

— Eh bien... euh...

Elle cherchait visiblement à gagner du temps.

— Si j'avais l'esprit tordu, je pourrais croire que ma fiancée bien-aimée cherche à s'enfuir la veille de notre mariage. Mais je me dis que ce n'est pas possible. Que les sœurs Thornton ne seraient pas assez viles et stupides pour me jouer un tour pareil.

Il n'était pas peu fier de les avoir réduites au silence, les sœurs Thornton. Charlotte clignait des yeux avec frénésie, et il voyait presque les rouages de son cerveau fonctionner à plein régime, cherchant en vain quelque chose à dire. Lydia, elle, donnait l'impression d'avoir fixé le soleil un peu trop longtemps.

— Bref, continua-t-il, savourant la situation avec une satisfaction plutôt malsaine et pathétique, puisque, de toute évidence, vous ne prenez pas la poudre d'escampette, Lydia, et que, de toute évidence, vous ne l'aidez pas, ajouta-t-il en transperçant Charlotte d'un regard hostile, peut-être auriez-vous l'amabilité de m'expliquer ce que vous êtes en train de fabriquer.

Lydia implora sa sœur du regard. Charlotte déglutit à plusieurs reprises avant d'être capable d'émettre le moindre son.

— Eh bien, en fait, je...

Elle leva les yeux vers Ned, qui soutint son regard sans ciller. Elle bredouilla de plus belle, puis baissa la tête.

— Oui, elle s'enfuit, finit-elle par avouer dans un souffle.

— Charlotte ! protesta Lydia d'une voix qui perça le silence de la nuit, pivotant vers sa sœur avec une irritation mêlée d'incrédulité. Comment oses-tu ?

— Oh, par pitié, Lydia, il est clair qu'il sait déjà tout.

— Peut-être qu'il...

— Vous me prenez vraiment pour le dernier des imbéciles ! Comment avez-vous pu imaginer que votre fiancé serait assez bête pour ne pas percer à jour cette... cette mascarade ? s'offusqua Ned, les bras au ciel.

— Je t'avais bien dit que c'était voué à l'échec, dit Charlotte à sa sœur d'une voix pressante et peinée. Je t'avais dit que c'était mal. Que tu ne t'en sortirais pas à bon compte !

Lydia se tourna vers Ned avec gravité.

— Allez-vous me battre ?

Il la dévisagea, choqué. Bigre, c'était elle qui avait réussi à son tour à lui couper le sifflet.

— Alors ? insista-t-elle.

— Bien sûr que non, lâcha-t-il. Mais vous pouvez être sûre que s'il me prenait un jour l'idée saugrenue de frapper une femme, vous seriez la première à laquelle je penserais.

Charlotte agrippa Lydia par le bras et tenta de l'entraîner vers l'escalier.

— Nous remontons tout de suite, assura-t-elle en hâte, tandis que son regard accrochait celui de Ned le temps d'une seconde qui lui parut durer une éternité. Elle est désolée. Moi aussi. Nous sommes désolées toutes les deux.

— Pensez-vous sérieusement que les choses puissent en rester là ?

Il la vit blêmir malgré la faible luminosité de la chandelle. Elle se saisit d'une des deux valises.

— Nous allons nous préparer pour le mariage. Je m'assurerai que Lydia soit à l'heure pour la cérémonie. Vous pouvez compter sur moi.

Ce fut la goutte d'eau qui fit déborder le vase. *Vous pouvez compter sur moi ?* Comment osait-elle ?

— Pas si vite, siffla-t-il entre ses dents, stoppant la progression laborieuse des deux sœurs.

Charlotte pivota vers lui, une lueur de désespoir au fond des yeux.

— Que voulez-vous de plus ? Je viens de vous dire que je m'occupais de tout. Que Lydia serait à l'église à l'heure. Je ferai en sorte que personne n'apprenne ce qui s'est passé cette nuit et que vous n'ayez aucun ennui à cause de sa lubie.

— C'est très généreux de votre part, répondit Ned. Mais, à la lumière des récents événements, un mariage avec votre sœur me paraît un tantinet compromis.

Lydia en resta bouche bée, l'air blessé, et il dut détourner le regard, écœuré par sa réaction. À quoi s'attendait-elle donc ?

Son regard se posa sur Charlotte, qui, soudain, dans le halo dansant de la chandelle qui embrasait sa chevelure de reflets rougeoyants, le sidéra par sa divine beauté.

— Que voulez-vous ? murmura-t-elle, les lèvres tremblantes.

Elle le regardait comme elle l'avait fait plus tôt sur le palier, lorsqu'il avait eu l'envie un peu saugrenue de valser avec elle. À la lueur de la flamme, le gris de ses yeux se teintait d'un éclat argenté. Maintenant que tout avait changé, il parvenait enfin à s'avouer qu'il en voulait davantage. En proie à un tourbillon d'enivrantes pensées sensuelles – et de quelque chose de plus qu'il ne put identifier –, il regarda Charlotte droit dans ses sublimes yeux gris.

— C'est *vous* que je veux.

Un instant, le temps resta comme suspendu. Personne ne parlait. Personne ne respirait.

Puis Charlotte retrouva sa voix.

— Vous êtes fou.

Le vicomte attrapa les deux valises et les souleva comme si elles étaient remplies de plumes.

— Que faites-vous avec mes bagages ? s'écria Lydia – assez discrètement tout de même, sembla-t-il, car personne ne dévala l'escalier pour s'enquérir de ce tapage.

Il s'avança d'un pas décidé jusqu'à la porte d'entrée restée ouverte et lança les valises dehors.

— Fichez le camp, ordonna-t-il durement à Lydia.

Elle ouvrit de grands yeux sidérés.

— Vous me laissez partir ?

Avec un ricanement narquois en guise de réponse, il revint vers elle, l'agrippa par le bras et l'entraîna manu militari vers la sortie.

— Croyez-vous sérieusement que j'aie envie de vous épouser après une trahison pareille ? siffla-t-il entre ses dents, haussant le ton. Filez, je vous dis !

— Mais j'ai encore un bon demi-kilomètre de marche avant de rejoindre Rupert, protesta Lydia, qui regarda tour à tour sa sœur et Ned d'un air perdu. Charlotte était censée m'aider à porter mes bagages.

Ned foudroya Lydia d'un regard venimeux au possible.

— Vous êtes une grande fille, grogna-t-il. Vous trouverez bien une solution.

— Mais je ne peux pas...

— Pour l'amour du Ciel ! explosa-t-il. Vous n'avez qu'à demander à Marchbanks de venir les chercher ! S'il vous veut tant que ça, il les portera, vos maudites valises !

Puis, sous les yeux horrifiés de Charlotte, il poussa sa sœur sur le perron et claqua la porte.

— Lydia, gémit-elle d'une voix blanche.

Aussitôt, Ned se tourna vers elle.

— Vous...

Ce petit mot semblait contenir à lui seul tout le fiel qu'il s'apprêtait à lui déverser sur la tête.

— Attendez ! s'écria-t-elle. Je dois dire au revoir à ma sœur.

— Vous ferez ce que je vous dis quand je...

Ignorant son injonction, elle passa devant lui et courut jusqu'à la porte.

— Je dois lui dire au revoir, insista-t-elle avec une fêlure dans la voix. Je ne sais pas quand je la reverrai.

— Pas avant un moment, je parie.

— S'il vous plaît, supplia-t-elle. Lâchez-moi...

Ned, qui l'avait attrapée par la taille au passage, relâcha son étreinte.

— Très bien, allez-y, marmonna-t-il. Vous avez trente secondes.

Charlotte n'osa pas protester. Après tout, il était la victime dans cet affligeant mélodrame, et même si sa colère lui déplaisait au plus haut point, elle ne la trouvait pas moins légitime.

Mais que diable signifiait son étrange aveu ? Qu'avait-il donc voulu dire ? « C'est *vous* que je veux. » Au souvenir du bleu étincelant de ses yeux quand il avait prononcé ces mots, elle frissonna.

Impossible cependant d'y réfléchir pour l'instant. Pas avec sa sœur seule dehors dans la nuit. Elle ouvrit la porte à la volée et dévala les marches du perron comme si elle avait le diable à ses trousses. Peut-être était-ce le cas, d'ailleurs.

— Lydia ! appela-t-elle avec inquiétude. Lydia !

Charlotte trouva sa sœur assise au pied d'un arbre, en pleurs. Elle se précipita à ses côtés.

— Lydia ! Que t'arrive-t-il, voyons ?

— Ça n'était pas censé se passer ainsi, dit sa sœur en levant vers elle des yeux embués de larmes.

— C'est sûr, approuva Charlotte, qui jeta un regard nerveux en direction de la porte. Mais on ne peut plus rien y changer.

Trente secondes, avait dit Ned. À son avis, il ne plaisantait pas.

— Il n'était pas censé me trouver, protesta Lydia. Juste être fâché.

— Pour le coup, il l'est, fit remarquer Charlotte, se demandant ce qui n'allait pas chez sa sœur.

N'était-ce pas ce qu'elle voulait depuis le début ? Épouser Rupert ? De quoi se plaignait-elle ?

Lydia s'essuya les yeux du dos de la main.

— Oui, mais j'aurais préféré qu'il le soit après mon départ. Je n'avais pas envie d'avoir à subir tout ça !

Charlotte serra les dents.

— C'est bien dommage, Lydia.

— Et je ne pensais pas qu'il serait si content de me voir partir !

Lydia sanglota de plus belle.

— Lève-toi, ordonna Charlotte, tirant sa sœur par la main sans ménagement.

Là, c'en était trop. Un vicomte furieux l'attendait à l'intérieur, prêt à la tailler en pièces, et Lydia osait se plaindre ?

— J'en ai plus qu'assez ! poursuivit-elle avec agacement. Si tu ne voulais pas épouser le vicomte, tu n'aurais pas dû accepter sa demande.

— Tu sais pourquoi j'ai dit oui ! Je l'ai fait pour toi, Caroline et Georgina. Il avait promis de financer vos dots.

Lydia marquait un point. Mais si Charlotte appréciait le sacrifice que sa sœur avait failli faire, elle n'avait guère envie pour l'instant de lui lancer des fleurs.

— Puisque tu voulais t'enfuir, tu aurais dû le faire il y a des semaines.

— Mais la banque...

— Je me moque comme d'une guigne des finances catastrophiques de Rupert, coupa Charlotte d'un ton cassant. Tu t'es comportée comme une gamine.

— Je t'interdis de me parler sur ce ton ! rétorqua Lydia, redressant les épaules. Je suis l'aînée, ne l'oublie pas.

— Alors comporte-toi comme telle !

— C'est bien ce que j'ai l'intention de faire !

Sur ces mots, Lydia empoigna les deux valises et tourna les talons. Au bout de huit pas, elle lâcha son fardeau avec un juron et foudroya les bagages du regard, les mains calées sur les hanches.

— Qu'ai-je bien pu mettre là-dedans ?

Soudain, Charlotte se surprit à sourire.

— C'est ce que je me demande, dit-elle en dodelinant du chef, désarmée.

Lydia tourna la tête vers elle, les traits radoucis.

— Je ne peux quand même pas me contenter d'une seule robe de jour, non ?

— Sans doute que non.

Lydia soupira.

— Rupert viendra les chercher, dit Charlotte avec gentillesse.

— Il a intérêt, répondit sa sœur avec un sourire.

Charlotte lui fit au revoir de la main.

— Sois heureuse.

— Et toi, sois prudente, dit Lydia avec un regard inquiet vers la porte d'entrée.

Ned venait de sortir et avançait à grands pas décidés dans leur direction.

Lydia s'enfuit en courant.

Charlotte regarda sa sœur disparaître au bout de l'allée et prit une profonde inspiration, tentant de s'armer de courage pour l'affrontement qui n'allait pas manquer de se produire. Elle entendait les pas de Ned se rapprocher, lourds et menaçants sur le gravier dans le silence de la nuit.

— Rentrez, ordonna-t-il avec un signe de tête vers le manoir.

— Ça ne peut pas attendre demain matin ?

Il lui avait accordé bien plus de trente secondes pour faire ses adieux à Lydia. Peut-être continuerait-il à se montrer généreux.

— Je ne crois pas, non, répondit-il d'une voix qui ne laissait rien présager de bon.

— Mais...

— Tout de suite !

Il lui prit le coude, mais tandis qu'il l'entraînait vers la maison, Charlotte s'étonna de la douceur de son geste. Elle trottina à ses côtés, courant à moitié pour suivre le rythme de ses grandes enjambées. Sans avoir eu le temps de dire ouf, elle se retrouva dans la bibliothèque de son père, derrière la porte close.

— Asseyez-vous, ordonna Ned, l'index braqué sur un fauteuil.

Elle se tordit les mains.

— Je préférerais rester debout, si vous n'y voyez pas d'inconvénient.

— Asseyez-vous !

Elle obtempéra, jugeant inutile de faire des histoires pour un détail aussi futile, alors que bien pire s'annonçait.

Durant un long moment, il se contenta de la fixer sans un mot. C'était si perturbant qu'elle aurait préféré qu'il crie. Tout aurait été plus supportable que ce silence pesant, ce regard dédaigneux. Un rayon de lune éclairait juste assez ses yeux bleus, qui paraissaient la transpercer.

— Lord Burwick ? finit-elle par lancer.

Ned, qui semblait ailleurs, parut revenir brusquement à la réalité.

— Vous rendez-vous compte de ce que vous avez fait ? demanda-t-il d'une voix étrangement calme.

Elle ne répondit pas. D'ailleurs, ce n'était pas ce que semblait attendre le vicomte. Elle en eut la confirmation trois secondes plus tard lorsqu'il poursuivit son interrogatoire :

— Aviez-vous toujours l'intention d'arborer votre jolie robe de demoiselle d'honneur demain matin ? De vous asseoir au premier rang dans l'église pendant que j'attendrais en vain l'arrivée de Lydia ?

Le cœur de Charlotte se serra. Il avait l'air furieux, bien sûr, mais aussi... accablé. Même s'il faisait de son mieux pour le cacher.

— Je comptais vous prévenir, dit-elle d'une petite voix. Je vous le jure sur la tombe de...

— Oh, épargnez-moi ces accents mélodramatiques !

Il se mit à arpenter la pièce avec tant d'emportement que Charlotte s'attendait presque à voir les murs reculer sous l'assaut de ses pas.

— C'est vrai, assura-t-elle. J'avais l'intention de venir vous le dire une fois Lydia partie.

Une étrange lueur s'alluma dans les yeux de Ned.

— Vous comptiez venir dans ma chambre ?

— Euh… plutôt ici, dans la bibliothèque.

— Vous ignoriez que je m'y trouvais.

— Certes, admit-elle, mais…

Elle ravala le reste de sa phrase lorsqu'il fondit sur elle tel un oiseau de proie et planta les mains sur les accoudoirs du fauteuil, son visage à quelques centimètres du sien.

— Vous comptiez venir dans ma chambre, répéta-t-il. Voilà qui aurait été intéressant.

Charlotte resta muette.

— M'auriez-vous réveillé ? Comment vous y seriez-vous prise ? En touchant doucement mon front ?

Elle baissa les yeux sur ses mains qu'elle tordait sur ses genoux. Elles tremblaient. Il s'approcha un peu plus encore, jusqu'à ce qu'elle sente son souffle sur ses lèvres.

— Ou peut-être d'un baiser ?

— Arrêtez, l'adjura-t-elle à voix basse. Ce n'est pas digne de vous.

Il eut un brusque mouvement de recul.

— Vous êtes mal placée pour me faire la morale, mademoiselle Thornton.

— J'ai fait ce que je pensais juste, se défendit-elle, droite comme un I sur son siège.

— Ce que vous pensiez juste ? répéta Ned, articulant chaque syllabe avec un dégoût évident.

— Peut-être pas juste, concéda-t-elle. Mais le mieux vu la situation.

Il faillit s'étrangler.

— Le mieux ? Humilier un homme devant des centaines de personnes ? Filer en douce au milieu de la nuit au lieu d'affronter…

— Qu'aurais-je dû faire, selon vous ?

Ned resta silencieux un long moment, puis, s'efforçant de reprendre le contrôle de ses émotions, s'avança jusqu'à la fenêtre et s'accouda lourdement sur le rebord.

— Il n'y a rien que je chérisse davantage au monde que la loyauté, dit-il avec gravité.

— Tout comme moi.

Il agrippa le bois du rebord avec tant de force que ses articulations blanchirent.

— Oh, vraiment ? fit-il, si furieux qu'il n'osait pas se retourner vers elle. Alors comment expliquez-vous *ceci* ?

— Je ne comprends pas...

— Vous m'avez trahi.

Il y eut un silence.

— Pardon ?

Ned fit volte-face avec tant de rage qu'elle s'aplatit contre le dossier du fauteuil.

— Vous m'avez trahi ! Comment avez-vous pu ?

— J'aidais ma sœur !

Les mots résonnèrent à travers la pièce, et il en resta pétrifié. Elle avait voulu aider sa sœur. « Bien sûr », se dit-il, presque sans émotion. À quoi d'autre aurait-il pu s'attendre ? Lui-même avait chevauché un jour d'Oxford à Londres à bride abattue juste pour empêcher sa sœur de faire un mariage précipité. Il était le mieux placé pour comprendre la loyauté fraternelle.

— Je suis désolée de ce que nous vous avons fait, reprit Charlotte d'une voix douce et non dénuée de dignité dans la pénombre de la bibliothèque. Mais Lydia est ma sœur. Je voulais qu'elle soit heureuse.

Pourquoi s'était-il imaginé que Charlotte le ferait passer avant sa famille ? Comment avait-il pu croire que leur amitié l'emporterait sur le lien de sang qui l'unissait à sa sœur ?

Il l'entendit se lever dans son dos.

— Je comptais vous le dire, je vous assure. Jamais je ne vous aurais laissé attendre en vain à l'église. Mais... mais...

— Mais quoi ? demanda-t-il d'une voix lasse.

Il se tourna vers elle, pris du besoin irrésistible de voir son visage. Il lui faisait soudain l'effet d'un aimant : il devait voir ses yeux, savoir ce qu'il y avait dans son cœur, dans son âme.

— Vous n'auriez pas été bien assortis, dit-elle. Cela n'excuse en rien le comportement de Lydia, ni le mien, je le concède, mais elle n'aurait pas été une bonne épouse pour vous.

Il hocha la tête, sous le choc d'une brusque révélation, comme si toutes les pièces d'un incompréhensible puzzle se mettaient soudain en place. Quelque chose bouillonnait tout à coup en lui, quelque chose de léger et de délicieux qui lui donnait presque le vertige.

— Je sais, dit-il en se penchant au-dessus d'elle pour humer son parfum. Voilà pourquoi c'est vous que je vais choisir à sa place.

6

Charlotte savait désormais l'impression que cela faisait de subir un étranglement.

— Pardon ? bredouilla-t-elle, s'efforçant de lutter contre la sensation d'oppression qui lui nouait la gorge.

Ned haussa les sourcils.

— N'ai-je pas été clair ?

— Lord Burwick !

— Il n'y a pas de lord Burwick qui tienne ! Nous nous verrons à l'église demain matin, continua-t-il d'un ton qui ne souffrait aucune contradiction. Je pense que la robe de Lydia vous ira très bien. Ne soyez pas en retard.

Elle fixa son dos avec impuissance tandis qu'il s'éloignait.

— Je ne peux pas vous épouser, voyons !

Il se retourna posément.

— Ah bon ? Pourquoi ? Ne me dites pas qu'un stupide poète vous attend au bout de l'allée, vous aussi.

Elle réfléchit à toute allure, cherchant désespérément un argument à faire valoir pour mettre fin à cette conversation surréaliste.

— Eh bien, pour commencer, les bans ont été publiés au nom de Lydia !

Il balaya l'objection d'un signe de tête dédaigneux.

— Ce n'est pas un problème.

— Pour moi, si ! insista-t-elle, les yeux écarquillés. Une dispense de bans est obligatoire. Sinon cette union ne serait pas légale !

Un détail qui ne semblait guère préoccuper Ned.

— J'obtiendrai une licence spéciale d'ici demain matin.

— Où croyez-vous donc vous en procurer une dans les heures qui viennent ?

Il fit un pas dans sa direction, le regard pétillant de satisfaction.

— Par chance pour moi, et pour vous aussi, comme vous le constaterez bientôt, l'archevêque de Canterbury fait partie des invités.

Charlotte en resta bouche bée.

— Il ne vous accordera pas une dispense de bans. Pas dans une situation aussi irrégulière.

— C'est drôle, dit-il en feignant de réfléchir, je croyais que les dispenses de bans étaient justement faites pour ce genre de situation.

— C'est de la folie pure. Jamais il n'acceptera de célébrer ce mariage. Pas après que vous avez été à deux doigts d'épouser ma sœur.

Ned se contenta d'un haussement d'épaules.

— Il me doit une faveur.

Charlotte s'appuya contre le bord du bureau de son père. Quel homme était-il donc pour que l'archevêque de Canterbury lui doive une faveur ? Elle savait que les Blydon étaient une famille influente en Angleterre, mais là, ça dépassait l'entendement.

Elle se tordit les doigts, en quête d'un argument imparable à opposer à cette idée folle. Un argument pertinent et rationnel qui finirait par lui faire entendre raison. Car c'était un homme raisonnable, après tout. C'était du moins l'impression qu'il lui avait faite ces derniers jours, une qualité qu'elle avait appréciée chez lui.

Elle s'éclaircit la gorge.

— Oui ? fit-il avec un petit sourire.

— Milord, vous semblez le genre d'homme capable d'entendre un argument pertinent et rationnel.

— En effet.

Il croisa les bras et s'appuya à côté d'elle contre la table, presque hanche contre hanche, une proximité pour le moins troublante.

— Vu les circonstances, reprit-il avec une lueur d'amusement au fond des yeux, ne pensez-vous pas que vous devriez vous familiariser avec mon prénom ?

— Oui, bien sûr. Si nous devions nous marier, je m'emploierais évidemment à...

— Nous *allons* nous marier.

Seigneur, elle avait l'impression de se heurter à un mur de briques.

— Peut-être, concéda-t-elle, conciliante, mais quoi qu'il en soit...

Il lui souleva le menton jusqu'à ce que leurs regards se croisent.

— Appelez-moi Ned, dit-il avec douceur.

— Je ne suis pas sûre que...

— Moi, je le suis.

— Milord...

— Ned.

Elle finit par céder.

— Ned.

Il lui lâcha le menton et se cala de nouveau contre la table, tandis que Charlotte se rappelait enfin comment respirer.

— Ned, répéta-t-elle, vous devriez prendre le temps de respirer un grand coup et de réfléchir à ce que vous proposez. Je ne suis pas sûre que vous y ayez accordé la considération adéquate.

— Vraiment ? fit-il d'un ton ironique.

— Avant cette semaine, nous avions à peine échangé quelques mots, dit-elle, le regard implorant. Vous ne me connaissez pas.

Il haussa les épaules.

— Je vous connais déjà beaucoup mieux que votre sœur, et j'allais l'épouser.

— En éprouviez-vous le désir ? murmura-t-elle.

Il lui fit face et lui prit la main.

— Rien de comparable avec celui que vous m'inspirez, répondit-il sur le même ton.

Elle entrouvrit les lèvres, mais aucun son n'en sortit, seulement la légère inspiration qui trahissait sa stupéfaction. Il l'attira un peu plus à lui, puis glissa un bras autour de sa taille, et elle se retrouva plaquée contre lui.

— Ned, lâcha-t-elle dans un souffle.

Il plaça l'index sur sa bouche.

— Chut... j'en ai envie depuis des jours.

Leurs lèvres se rencontrèrent, et s'il éprouvait de la colère envers elle, celle-ci ne transparut nullement dans ce baiser, doux et tendre, léger comme une voile dans le vent.

Pourtant, il déclencha en elle un frisson délicieux, si puissant qu'il se propagea jusqu'à l'extrémité de ses orteils.

— Avez-vous déjà été embrassée ainsi ? murmura Ned.

Elle secoua la tête.

Il afficha un sourire très satisfait, terriblement masculin.

— Bien, dit-il avant de capturer de nouveau ses lèvres, cette fois avec fougue.

Les mains étalées sur les reins de Charlotte, il la pressa avec fièvre contre lui, et elle se surprit à s'abandonner à cette étreinte. Tels des oiseaux, ses mains se posèrent sur le haut de son dos, dont elle sentait la musculature à travers le tissu fin de sa chemise.

Voilà ce qu'était le désir, comprit-elle, l'esprit embrumé. Lydia n'était qu'une imbécile.

Lydia !

Bonté divine, qu'est-ce qu'il lui prenait ? Charlotte s'arracha des bras de Ned.

— Nous ne pouvons pas ! s'exclama-t-elle, horrifiée.

Ned avait le regard voilé et le souffle court, mais il parvint quand même à afficher une certaine maîtrise.

— Pourquoi ?

— Vous êtes fiancé à ma sœur !

Il haussa un sourcil dubitatif.

— Bon, d'accord, concéda-t-elle, renfrognée. Je suppose que vous n'êtes plus fiancés, désormais.

— Difficile de le rester avec une femme engagée ailleurs.

— C'est vrai. Même si ce n'est pas encore officiel.

Décidément, les regards de Ned savaient être plus convaincants que les mots.

— D'accord, maugréa-t-elle. C'est comme si elle était mariée à un autre maintenant.

— Charlotte...

— Et ce serait vraiment trop vous demander...

— Charlotte...

— ... de lui garder votre loyauté après une trahison pareille...

— Charlotte !

Elle ferma enfin la bouche. Le regard de Ned était braqué sur elle avec une intensité si pénétrante que cinq apollons auraient pu danser nus sur la terrasse devant la porte-fenêtre qu'elle ne les aurait pas vus.

— Il y a trois choses que vous devez savoir, dit-il. Pour commencer, je suis seul avec vous, et c'est le milieu de la nuit. Deuxièmement, j'ai l'intention de vous épouser demain matin.

— Je ne suis pas sûre que...

— Moi, j'en suis sûr.

— Eh bien, pas moi, marmonna-t-elle dans une tentative pathétique pour avoir le dernier mot.

Il se pencha vers elle avec son sourire carnassier si troublant.

— Et troisièmement, ces derniers jours j'étais rongé par la culpabilité parce que je n'avais pas une seule fois pensé à Lydia en allant me coucher le soir.

— Non ?

Il secoua la tête avec gravité.

— Pas à Lydia.

Elle en resta bouche bée, incapable de détacher son regard du sien lorsqu'il se pencha encore un peu plus.

— Seulement à vous, avoua-t-il dans un murmure qui caressa son visage.

Le cœur de Charlotte, ce traître, se mit à chanter.

— Dans tous mes rêves, il n'y avait que vous.

— Vraiment ? dit-elle, à court de mots.

Il descendit les mains sur sa chute de reins, et elle se retrouva plaquée contre lui.

— Oh oui, confirma-t-il, raffermissant encore sa prise. Et voyez-vous, tout ceci tombe plutôt bien, poursuivit-il en dessinant le contour de sa bouche du bout de la langue, parce que je ne vois aucune raison pour laquelle je n'embrasserais pas une femme que je compte épouser dans quelques heures, surtout si j'ai la chance de me trouver en tête à tête avec elle au milieu de la nuit, conclut-il avec un soupir satisfait.

Il l'embrassa de nouveau, dardant délicatement la langue entre ses lèvres, bien décidé à la faire chavirer.

— D'autant, murmura-t-il contre sa peau, que j'en rêve depuis des jours.

Ned nicha le visage de Charlotte entre ses paumes avec révérence et écarta le sien pour la regarder droit dans les yeux.

— C'est le destin, dit-il avec tendresse. Nous sommes faits l'un pour l'autre.

Sous le coup de l'émotion, Charlotte s'humecta les lèvres de bout de la langue, un geste séducteur en diable et pourtant si innocent. Dans le rayon de lune qui filtrait par la fenêtre, elle était belle comme un ange descendu du ciel, le regard pétillant de cette intelligence et de cette flamme qui manquaient à tant de femmes, Lydia la première. Son sourire était contagieux, son rire doux et cristallin comme une mélodie joyeuse.

Elle serait l'épouse parfaite. À ses côtés, dans son cœur, dans son lit. Pourquoi l'évidence ne s'était-elle pas imposée à lui plus tôt ?

Réprimant un rire, Ned songea qu'il devrait sans doute faire livrer à Rupert Marchbanks une caisse du meilleur bourbon importé de France par contrebande. Dieu lui était témoin qu'il devait à cet imbécile sa reconnaissance éternelle. S'il ne lui avait pas enlevé Lydia, il aurait épousé la mauvaise sœur.

Et passé sa vie à se languir de Charlotte.

Heureusement, tout était arrangé. Maintenant qu'elle était dans ses bras, elle ne le quitterait plus. Elle n'en avait peut-être pas encore conscience, mais c'était ainsi. À cette pensée, il ne put retenir un sourire béat, conscient d'avoir sans doute l'air un peu nigaud.

— Qu'y a-t-il ? s'enquit Charlotte, sur ses gardes, comme si elle redoutait qu'il n'ait tout à fait perdu la tête.

— Je suis plutôt satisfait par la récente tournure des événements, répondit-il, entrelaçant ses doigts avec les siens. Vous aviez raison tout à l'heure : Lydia et moi aurions été très mal assortis. Vous et moi, en revanche...

Il porta sa main à ses lèvres et déposa un baiser sur ses doigts, un geste qu'il avait fait un millier de fois avec d'autres femmes, en charmeur impénitent qu'il était.

Là, c'était différent. Certes, cela restait une tactique de séduction, mais cette fois, c'était lui qui était sous le charme. Il aurait volontiers prolongé ce baisemain, tant il voulait s'enivrer du contact de ses doigts fuselés entre les siens, de sa peau satinée contre sa bouche.

Avec lenteur, il retourna sa main et déposa un nouveau baiser dans sa paume, plus intime celui-ci.

Il était fou de désir pour cette femme. Un désir impérieux qui prenait naissance dans son cœur, puis irradiait dans son corps entier – un phénomène singulier, tout nouveau pour lui.

Comme s'il redoutait qu'elle ne s'enfuie, il lui prit l'autre main et les serra entre les siennes contre son torse.

— Je veux que vous me fassiez un serment, dit-il avec solennité.

— Lequel ? murmura-t-elle, un peu perplexe.

— Je veux que vous me promettiez de m'épouser demain matin.

— Ned, je vous ai déjà dit...

— Si j'ai votre parole, insista-t-il, balayant son objection, je vous laisserai remonter vous coucher.

Charlotte émit un petit rire un peu paniqué.

— Croyez-vous que je pourrai dormir ?

Il sourit. Cela se passait mieux qu'il ne l'avait espéré.

— Je vous connais, Charlotte.

— Vraiment ? fit-elle, sceptique.

— Mieux que vous ne le pensez. Vous n'avez qu'une parole, je le sais. Si vous me promettez de ne rien faire d'idiot, comme vous enfuir, je vous laisserai regagner votre chambre.

— Et si je refuse ?

Une brusque chaleur envahit Ned.

— Eh bien, vous resterez ici dans la bibliothèque avec moi. Toute la nuit.

Elle déglutit.

— Je vous donne ma parole que je ne m'enfuirai pas, dit-elle avec gravité. Mais je ne peux vous promettre de vous épouser.

Ned réfléchit. Il était à peu près certain de réussir à la convaincre. Elle se sentait déjà assez coupable d'avoir participé à la fuite de Lydia. C'était un atout qu'il parviendrait sans nul doute à tourner à son avantage.

— Dans tous les cas, vous devrez parler à mon père avant, ajouta-t-elle.

Il lui lâcha les mains et fit glisser les siennes le long de ses bras. Si elle lui suggérait de parler à son père, la bataille était gagnée.

— Nous nous reverrons demain matin, dit-il avec un signe de tête respectueux.

— Vous me laissez partir ?

— Vous m'avez donné votre parole. Je n'ai pas besoin d'assurance supplémentaire.

Les prunelles de Charlotte s'écarquillèrent, et Ned y lut une émotion qu'il ne put tout à fait identifier. Mais c'était bon signe. Indéniablement.

— Je vous retrouverai ici à 8 heures. Pourriez-vous faire en sorte que votre père soit présent ?

Elle fit oui du menton.

Il recula et exécuta une élégante courbette.

— À demain matin, alors, milady.

Lorsqu'elle voulut le corriger – elle n'avait pas droit à ce titre honorifique –, il la coupa d'un geste de la main.

— Demain, vous serez vicomtesse. Vous prendrez vite l'habitude que les gens vous appellent ainsi.

Elle désigna la porte.

— Je ferais mieux de partir seule.

— Bien sûr, acquiesça-t-il avec un sourire en coin. Nous ne voudrions pas être surpris ensemble au milieu de la nuit. Cela ferait jaser.

Elle sourit à son tour avec une pointe d'autodérision adorable. Comme s'ils allaient pouvoir échapper aux potins ! Leur mariage promettait d'être le sujet numéro un de toutes les conversations des mois durant.

— Allez-y, l'encouragea-t-il avec tendresse. Un peu de sommeil ne sera pas superflu.

Sur le seuil, le regard qu'elle lui lança disait qu'elle ne risquait pas de fermer l'œil. Elle se faufila discrètement dans le couloir.

Il fixa quelques instants la porte restée ouverte.

— J'espère que vous rêverez de moi, murmura-t-il.

Par chance pour Charlotte, son père était un lève-tôt. Quand elle entra dans la petite salle à manger à 7 h 45 le lendemain matin, il était déjà là, comme à son habitude, devant une assiette chargée d'œufs brouillés et d'une épaisse tranche de bacon

— Bonjour, Charlotte, lui lança-t-il de bonne humeur. Magnifique journée pour un mariage, n'est-ce pas ?

— Euh... oui.

Elle tenta de s'arracher un sourire, mais échoua lamentablement.

— Bonne idée de venir prendre ton petit déjeuner ici. Ta mère attend les invités dans la grande salle à manger, même s'ils seront peu nombreux à vouloir se lever de si bon matin.

— En fait, j'ai entendu quelques conversations en passant, répondit Charlotte, se demandant pourquoi elle prenait la peine de faire cette remarque.

Il ricana avec dédain.

— Comme s'il était possible de digérer correctement dans pareil tapage.

— Père, dit-elle, hésitante. J'ai quelque chose à vous dire.

Il leva vers elle un regard interrogateur.

— Je devrais peut-être juste vous montrer ceci.

Charlotte lui tendit le billet que Lydia avait laissé à l'attention de ses parents pour expliquer son geste. Puis elle fit un pas prudent en arrière. Dès que son père prendrait connaissance de son contenu, sa fureur serait terrible.

Étrangement, lorsque son père eut fini de parcourir les quelques lignes, il se contenta de murmurer :

— Tu étais au courant ?

Plus que tout, Charlotte aurait voulu mentir, mais elle en était incapable. Elle hocha la tête.

M. Thornton resta comme pétrifié plusieurs secondes. La seule preuve de sa colère était les articulations blanchies de ses mains, agrippées au bord de la table.

— Le vicomte est dans la bibliothèque, ajouta-t-elle, plus terrifiée par le silence de son père que par ses éclats. Je crois qu'il veut vous parler.

— Est-il au courant ?

De nouveau, elle hocha de tête.

À cet instant, son père proféra un chapelet de jurons – dont un ou deux qu'elle ne connaissait pas – que jamais elle n'aurait imaginé franchir ses lèvres.

— Bravo ! Maintenant, nous sommes ruinés ! siffla-t-il entre ses dents. Ruinés ! Et c'est à ta sœur – et à toi – que nous le devons !

— Peut-être devriez-vous aller voir le vicomte, dit Charlotte, malheureuse.

Si elle n'avait jamais été très proche de son père, elle avait toujours recherché son approbation.

M. Thornton se leva brusquement et jeta sa serviette sur la table. Charlotte s'écarta de son passage, puis le suivit dans le vestibule, à une distance respectueuse de trois pas.

Devant la porte de la bibliothèque, son père fit volte-face vers elle.

— Que viens-tu donc faire ici ? Tu en as déjà assez fait. Monte dans ta chambre immédiatement. Tu n'en sortiras qu'avec mon autorisation.

La colère vibrait dans chacun de ses mots.

— Je crois qu'il vaudrait mieux qu'elle reste, dit une voix d'homme.

Charlotte leva les yeux vers l'escalier. Ned descendait les dernières marches, d'une sublime élégance dans son costume de noces.

M. Thornton flanqua un coup de coude dans les côtes de sa fille.

— Tu disais qu'il était au courant.

— Il l'est.

— Alors que fait-il donc habillé ainsi ?

Elle n'eut pas à répondre. Ned les avait rejoints.

— Hugh, dit-il, saluant M. Thornton.

— Milord, répondit son père, à la surprise de Charlotte.

D'ordinaire, il s'adressait à Ned par son prénom, mais peut-être la nervosité le poussait-elle à lui témoigner un respect plus formel ce matin.

— Je vous en prie, dit Ned avec un signe de tête en direction de la bibliothèque.

M. Thornton voulut s'avancer, mais il le retint poliment.

— Charlotte d'abord.

Celle-ci voyait que son père mourait de curiosité, mais il s'écarta pour la laisser passer. Tandis qu'elle entrait dans la pièce, Ned se pencha vers elle.

— Intéressant choix de robe, murmura-t-il à son oreille.

Charlotte se sentit rougir. Elle portait une de ses toilettes de jour ordinaires, et non la robe de mariée de Lydia, comme il le lui avait suggéré.

Un instant plus tard, tous trois étaient réunis dans la bibliothèque, derrière la porte close.

— Lord Burwick, je vous assure que j'ignorais tout..., commença M. Thornton.

— Je n'ai aucune envie de parler de Lydia ou de sa fuite avec Marchbanks, le coupa Ned, qui se tenait avec un aplomb tout aristocratique au centre de la pièce.

La pomme d'Adam de M. Thornton fit le yo-yo sous son double menton.

— Ah ?

— Naturellement, j'ai été très courroucé par la trahison de votre fille...

Laquelle ? se demanda Charlotte. La nuit précédente, il semblait presque plus remonté contre elle que contre Lydia.

— Mais il ne sera pas difficile de mettre bon ordre dans cette affaire, poursuivit le vicomte.

— Tout ce que vous voulez, milord, assura M. Thornton. S'il est en mon pouvoir de...

— Parfait. Dans ce cas, je reporte mon choix sur mademoiselle, le coupa Ned, désignant Charlotte.

M. Thornton en resta pantois.

— Charlotte ? finit-il par bredouiller.

— En effet. Je n'ai aucun doute qu'elle sera pour moi une meilleure épouse que ne l'aurait été Lydia.

La tête de M. Thornton pivota à plusieurs reprises entre sa fille et le fiancé de son autre fille.

— Charlotte ?

— Oui.

Il n'en fallut pas davantage pour le convaincre.

— Elle est à vous quand vous voulez, déclara M. Thornton avec emphase.

— Père, voyons ! protesta Charlotte.

Il parlait d'elle comme d'un vulgaire sac de farine.

— Ce matin me convient parfaitement, répondit Ned. J'ai obtenu une licence spéciale et l'église est déjà prête pour des noces, ce serait dommage de ne pas en profiter.

— Merveilleux, merveilleux, dit M. Thornton avec un soulagement évident derrière sa nervosité. Je n'y vois aucune objection. Dites-moi... notre arrangement tient-il toujours ?

L'air empressé de son futur beau-père fit sourire Ned, mais il se contenta de répondre :

— Bien entendu.

Cette fois, M. Thornton ne prit même pas la peine de dissimuler son soulagement.

— Parfait. Je...

Il se tourna brusquement vers Charlotte.

— Qu'attends-tu donc, ma fille ? Va te préparer !

— Père, je...

— Plus un mot ! Hors d'ici, j'ai dit !

— Je vous conseillerais de vous adresser à ma future épouse en des termes plus courtois, intervint Ned avec un calme menaçant.

M. Thornton cligna des yeux, interdit.

— Euh... oui, bien sûr, comme vous voulez. Elle est à vous maintenant, de toute façon.

— Ce que je veux, ce sont quelques instants seul, dit Ned.

— Absolument, approuva M. Thornton, qui attrapa Charlotte par le poignet. Viens. Le vicomte désire être seul.

— Seul avec Charlotte, précisa celui-ci.

M. Thornton les dévisagea tour à tour.

— Je crains que cette idée ne soit guère raisonnable.

Ned haussa un sourcil narquois.

— Les idées déraisonnables n'ont pas manqué ces derniers temps, ne trouvez-vous pas ? Si vous voulez mon avis, c'est la moins déraisonnable du lot.

— Bien sûr, bien sûr, marmonna M. Thornton, qui quitta la pièce sans demander son reste.

Ned regarda sa fiancée observer le départ de son père. Elle se sentait impuissante, il le lisait sur son visage. Et sans doute manipulée, aussi. Cependant, il refusait de culpabiliser. Au fond de son cœur, il avait la certitude que ce mariage avec Charlotte Thornton était la meilleure des décisions. Il regrettait juste d'avoir dû l'imposer de manière aussi autoritaire, mais Charlotte n'était pas non plus l'innocence incarnée, comme l'avaient prouvé les récents événements.

Il s'avança vers elle et lui caressa la joue.

— Je suis désolé que vous vous sentiez bousculée, dit-il avec douceur. Tout est arrivé si vite.

Elle garda le silence.

— Je puis vous assurer...

— Il ne m'a même pas demandé mon avis, s'indigna-t-elle, la voix étranglée.

Ned lui souleva le menton. Elle était au bord des larmes et s'employait de son mieux à les refouler.

— Pas une seule fois, vous rendez-vous compte ? Il s'est comporté comme si je n'étais pas là.

Elle faisait de son mieux pour rester forte et stoïque. Touché par son désarroi et son courage, il ressentit soudain le besoin impérieux de se racheter.

Charlotte Thornton devrait peut-être se contenter d'un mariage précipité organisé pour sa sœur, mais elle aurait droit à une demande en bonne et due forme. C'était quand même la moindre des choses.

Il mit un genou à terre.

— Charlotte, dit-il, la gorge nouée par l'émotion. Permettez-moi de vous demander humblement votre main.

— Humblement ? répéta-t-elle, sceptique.

Il prit sa main entre les siennes et la porta avec tendresse à ses lèvres.

— Si vous refusez, je passerai le restant de mes jours à me morfondre de votre absence, à regretter une vie qui sans vous n'aurait pas de sens...

— Vous venez de faire des vers, fit-elle remarquer avec un rire nerveux.

— Je ne l'ai pas fait exprès, je vous assure.

Le visage de Charlotte s'éclaira d'un sourire. Pas le sourire radieux et exubérant qui avait signé pour Ned le début de la fin. Non, un sourire plus tendre, plus timide.

Mais d'une totale sincérité, lui aussi.

À cet instant, les yeux rivés sur son visage d'ange, il sut avec une certitude aussi incroyable qu'inébranlable qu'il aimait cette femme de tout son être et que jamais il ne pourrait vivre sans elle.

— Épousez-moi, Charlotte. S'il vous plaît, dites oui, la pressa-t-il.

Sa sincérité dut avoir raison de l'ultime réticence de Charlotte, car son regard perdu quelque part sur le mur derrière lui croisa de nouveau le sien.

— Oui, murmura-t-elle. Mille fois oui.

7

Deux heures plus tard, Charlotte était vicomtesse. Six heures après, elle montait en voiture et disait adieu à tout ce qui lui était familier.

Ned l'emmenait à Middlewood, le petit domaine situé seulement à une vingtaine de kilomètres de son foyer. Il ne souhaitait pas qu'ils passent leur nuit de noces à Thornton Hall. Ses intentions, avait-il dit, exigeaient davantage d'intimité.

La journée avait défilé comme dans un brouillard. Encore sous le choc de la demande si romantique de Ned, elle n'avait pu se concentrer sur rien, à part dire « oui » au bon moment. Un jour ou l'autre, elle en était sûre, les commentaires échangés par les invités sidérés par cet incroyable changement de distribution ne manqueraient pas de revenir à ses oreilles, mais aujourd'hui, au moins, elle n'en avait pas entendu un mot.

Ned et elle ne parlèrent guère pendant le trajet. C'était un silence étrangement agréable. Charlotte était tendue et aurait été en droit de se sentir mal à l'aise ; or tel n'était pas le cas : la présence de Ned avait quelque chose de rassurant et de réconfortant, même s'ils ne se disaient rien.

C'était étrange comme un attachement aussi profond et naturel avait pu s'installer aussi rapidement entre eux.

Tandis que la voiture s'arrêtait devant le perron de son nouveau domicile – tout au moins l'un d'eux –, Ned lui prit la main.

— Êtes-vous nerveuse ?

— Évidemment, répondit-elle sans réfléchir.

Il rit de bon cœur tandis qu'un valet ouvrait la portière. Ned descendit, puis tendit la main à Charlotte pour l'aider à en faire autant.

— Quel bonheur d'avoir épousé une femme honnête, lui murmura-t-il, ses lèvres s'attardant dans le creux sensible sous son oreille.

Troublée, Charlotte s'efforça de faire abstraction de la brusque chaleur qu'elle sentit naître en elle à cette remarque.

— Avez-vous faim ? s'enquit Ned, qui la guida à l'intérieur.

Elle fit non de la tête. Elle aurait été bien incapable d'avaler quoi que ce soit.

— Tant mieux, dit-il avec satisfaction. Moi non plus.

Charlotte jeta un regard à la ronde. La demeure n'était pas excessivement grande, mais élégante et confortable.

— Venez-vous ici souvent ?

— À Middlewood ? Je suis plus souvent à Londres, répondit-il. Mais nous pourrions choisir de passer davantage de temps à la campagne si vous souhaitez être plus proche de votre famille.

— Pourquoi pas ? répondit-elle avant de se mordre la lèvre, hésitante. À condition que ce soit votre souhait, à vous aussi.

Il se dirigea vers l'escalier.

— Où est donc passé le feu follet que j'ai épousé ? La Charlotte Thornton que je connais n'est pas du genre à demander la permission pour quoi que ce soit.

— C'est Charlotte Blydon désormais, le corrigea-t-elle. Et je vous l'ai dit, je suis nerveuse.

En haut des marches, il lui prit la main et l'entraîna dans le couloir.

— Il n'y a aucune raison de l'être, voyons.

— Aucune, vous êtes sûr ?

— Enfin, très peu.

— Vraiment ?

Il lui décocha un sourire taquin.

— Fort bien, il y en a beaucoup, dit-il en la faisant entrer dans sa chambre ouverte avant de refermer avec soin la porte derrière eux. Avec toutes ces choses nouvelles que je compte vous faire découvrir.

La gorge de Charlotte se noua. Dans le chaos de la journée, sa mère avait oublié de la prendre à part pour la traditionnelle conversation entre femmes. En fille de la campagne qu'elle était, elle était un peu au courant de ce qui se passait dans le lit conjugal, mais ses connaissances lui étaient d'un piètre réconfort tandis que son époux se tenait devant elle, la dévorant littéralement du regard.

— Combien de fois avez-vous été embrassée ? demanda-t-il, se débarrassant d'un coup d'épaule de sa redingote.

La question la prit au dépourvu.

— Euh... une fois.

— Par moi, je présume ?

Elle hocha la tête.

— Parfait.

Charlotte se rendit compte à cet instant qu'il avait déjà défait ses manchettes. La bouche sèche, elle regarda ses doigts s'affairer sur les boutons de sa chemise.

— Et vous ? s'enquit-elle d'une voix timide.

— Une seule, moi aussi, répondit-il avec un sourire en coin.

Elle le dévisagea d'un air stupéfait.

— Après notre baiser, j'ai compris que tous les précédents ne méritaient pas ce nom, expliqua-t-il, la voix un peu rauque.

L'atmosphère se chargea brusquement d'électricité et Charlotte eut soudain les jambes en coton, au point qu'elle crut qu'elle allait s'écrouler.

Ned franchit la distance qui les séparait, lui prit les mains et les porta à ses lèvres.

— Mais je ne finirai pas mes jours avec ce seul baiser, j'en suis sûr, murmura-t-il avec tendresse.

Charlotte tenta de reprendre ses esprits.

— Comment est-ce arrivé ? demanda-t-elle dans un souffle.

Il inclina la tête, intrigué.

— Quoi donc ?

— Tout cela, répondit-elle, comme si ces deux petits mots pouvaient tout expliquer. Vous. Moi. Ce mariage.

Il lui sourit.

— C'est incroyable, je sais.

— J'ai une confidence à vous faire.

Les mots avaient jailli de sa bouche malgré elle.

— Allez-y, je vous en prie, dit Ned, apparemment un peu amusé par sa gravité.

Charlotte avait conscience de l'importance du moment. Malgré la précipitation de leur union, elle tenait à ce que celle-ci soit fondée sur l'honnêteté. Elle devait lui avouer ce qu'elle avait sur le cœur.

— Quand vous m'avez demandé de prendre la place de Lydia...

— Ne parlez pas ainsi, la coupa-t-il d'une voix posée, mais ferme. Je ne veux pas que vous pensiez avoir pris la place d'une autre. Vous êtes ma femme, Charlotte. Celle que j'ai vraiment choisie. La seule.

Il resserra les mains sur les siennes, ses beaux yeux bleus emplis d'une ferveur émouvante.

— Je remercie le Ciel pour le jour béni où votre sœur a décidé qu'il fallait davantage de poésie dans sa vie.

Cet aveu toucha Charlotte au plus haut point. Elle se sentait non seulement aimée, mais chérie. Toutefois, elle se força à mettre cet émouvant cri du cœur entre parenthèses, sinon elle risquait de s'abandonner dans ses bras avant d'avoir pu se confier à son tour.

— Je tiens à vous faire part de mon intime conviction d'avoir pris la bonne décision en vous disant oui ce matin. J'ignore comment je le sais, mais c'est ainsi. Ce n'est pas très logique, je l'avoue, et Dieu sait que j'attache la plus haute importance à la logique, mais... mais...

Il la prit dans ses bras et nicha sa tête dans le creux de son épaule.

— Je sais, je sais.

Maintenant qu'elle ne le regardait plus, elle trouva enfin le courage de prononcer les mots :

— Je crois que je vous aime, lâcha-t-elle dans un souffle contre sa chemise.

Il se figea.

— Qu'avez-vous dit ?

Face à cette réaction, les épaules de Charlotte s'affaissèrent.

— Pardonnez-moi. Je n'aurais pas dû. Pas encore.

Il blottit son visage dans ses paumes et le leva vers le sien jusqu'à ce qu'elle n'ait plus d'autre choix que de le regarder dans les yeux.

— Qu'avez-vous dit ? insista-t-il.

— Je vous aime, murmura-t-elle d'une petite voix. Enfin, je crois. Je n'ai encore jamais aimé personne, alors ce sentiment ne m'est pas familier, mais...

— De mon côté, je n'ai aucun doute, affirma-t-il, la voix vibrante d'émotion. Je vous aime, Charlotte, et j'ignore ce que j'aurais fait si vous ne m'aviez pas dit oui.

— Je vous fais confiance, vous auriez trouvé le moyen de me convaincre, dit-elle avec un petit rire qui la prit au dépourvu.

— Je vous aurais fait l'amour dans la bibliothèque, sur le bureau de votre père, s'il l'avait fallu, assura-t-il avec un sourire enjôleur.

— Je suis sûre que vous n'auriez pas hésité, répondit-elle avec un sourire amusé à cette idée.

Il lui embrassa l'oreille avec tendresse.

— Et je vous le promets, j'aurais su me montrer très, très convaincant.

— Je n'en doute pas une seconde, tenta-t-elle de plaisanter, malgré sa nervosité grandissante.

— En fait, murmura-t-il, tandis que ses doigts s'affairaient sur les boutons au dos de sa robe, j'ai bien envie de vous convaincre tout de suite.

Charlotte retint son souffle quand elle sentit l'air frais caresser son dos. À tout instant, le corsage de sa robe risquait de glisser, et elle se retrouverait debout devant lui en petite tenue, comme seule une épouse pouvait se montrer à son mari.

Ned était si proche qu'elle sentait la chaleur de sa peau, le souffle de sa respiration.

— Ne soyez pas nerveuse, lui murmura-t-il à l'oreille avec la douceur d'une caresse. Je vous promets que ce sera agréable.

— Je sais, répondit-elle, la voix tremblante. Mais j'ai quand même le droit d'être nerveuse, ajouta-t-elle avec une esquisse de sourire.

Il l'attira dans ses bras avec un rire plein d'allant qu'il voulait réconfortant.

— Tout ce que vous voulez, tant que vous restez mienne.

— Pour toujours, promit-elle.

Il relâcha son étreinte, le temps d'ôter sa chemise, laissant Charlotte debout à côté de lui, les mains plaquées sur son bustier, agréablement troublée de savoir son dos nu.

— Voulez-vous que je sorte ? demanda Ned.

Elle ouvrit de grands yeux. Elle ne s'était pas attendue à cette question.

— Ainsi, vous aurez davantage d'intimité, le temps de vous glisser sous les draps, expliqua-t-il.

— Ah, fit-elle, c'est ainsi que l'on procède ?

— Souvent, oui. Même si cela n'a rien d'obligatoire.

— Comment voulez-vous que nous procédions ?

Une lueur coquine s'alluma dans les yeux de Ned.

— Je meurs d'envie de vous enlever moi-même jusqu'au dernier de vos vêtements.

Elle frissonna.

— Ensuite, je vous allongerai sur le lit afin de vous contempler tout mon content.

Le cœur de Charlotte se mit à cogner dans sa poitrine. Ned lâcha sa chemise sur le tapis et s'avança vers elle.

— Puis je couvrirai votre corps nu de baisers.

Elle cessa de respirer.

— Si vous n'y voyez pas d'inconvénient, ajouta-t-il avec un sourire en coin aguicheur en diable.

— Je n'en vois aucun, bredouilla Charlotte en rougissant comme une pivoine, sidérée par son audace.

Ned se contenta de pouffer et, refermant les mains sur les siennes, abaissa doucement son corsage. Elle retint son souffle tandis qu'il dévoilait peu à peu sa nudité et ne put contenir un élan de fierté lorsqu'elle vit le désir s'aviver dans ses yeux.

— Vous êtes sublime, murmura-t-il avec une pointe de révérence dans la voix.

Ses paumes se refermèrent sur ses seins, qu'il pétrit doucement, les paupières closes, avec une expression presque douloureuse qu'elle ne lui avait encore jamais vue.

Il fit glisser la robe jusqu'au sol, puis souleva Charlotte dans ses bras et l'étendit sur le lit. Après avoir pris le temps de lui ôter ses escarpins et ses bas, il finit de se dévêtir en hâte et s'allongea sur elle.

— Si vous saviez à quel point j'ai envie de vous, murmura-t-il, pressant son bassin contre le sien. Je me consume littéralement de passion.

Charlotte entrouvrit la bouche, mais le seul mot qui en sortit fut le prénom de son époux.

Le souffle un peu court, Ned promena une main fébrile le long de sa hanche, puis sous elle, caressant sa chute de reins.

— Je rêve de ce moment depuis notre première rencontre. J'en brûlais d'envie, même si je savais que c'était mal. Et maintenant vous êtes à moi, se réjouit il, enfouissant son visage dans le creux chaud de son cou. À moi pour toujours. Je n'en reviens pas d'être aussi chanceux.

Du bout des lèvres, il dessina un sillon de petits baisers le long de sa gorge fine et élégante jusqu'à sa clavicule avant de descendre sur le renflement tentateur de son sein. Il l'emprisonna dans sa paume, puis en titilla la pointe rose et satinée qu'il sentit durcir entre ses doigts, un jeu irrésistible qu'il se força à interrompre, juste pour la contempler et savourer le bonheur de l'instant. Mais il ne put se retenir bien longtemps et captura le mamelon d'une bouche gourmande, ravi du petit cri de surprise qu'elle poussa.

Sous l'effet de ses baisers et de ses caresses, Charlotte ne tarda pas à laisser échapper de doux gémissements et à cambrer les hanches contre les siennes en quête d'un plaisir dont elle ignorait encore tout. Jamais il n'aurait soupçonné chez elle pareille sensualité à fleur de peau.

— Dis-moi ce que tu aimes, murmura-t-il, effleurant du plat de la main son mamelon tendu. Ceci ?

Elle fit un oui timide de la tête.

— Ceci ?

Cette fois, il pétrit son sein rond et ferme avec une lenteur enivrante.

Elle hocha de nouveau la tête, le souffle un peu court.

Ensuite, la main de Ned descendit jusqu'à son bas-ventre, puis s'aventura dans la toison soyeuse entre ses cuisses.

— Et ceci ?

Pour toute réaction, elle laissa échapper un « oh » interdit. Un petit « oh » charmant et parfait. Comme elle.

Ned détourna le visage afin qu'elle ne voie pas son sourire ému. Ses caresses s'enhardirent, et il insinua un doigt dans les replis de sa tendre intimité. Il avait les reins en feu, et il lui tardait de s'abandonner à la passion dévorante qui le consumait, de se perdre en elle si loin, si fort que leurs deux âmes fusionneraient en une seule.

Ce fut comme une révélation. Voilà ce qu'était l'amour, se dit-il, le visage enfoui avec délice dans le creux de son cou. Un embrasement bien plus puissant que dans ses rêves les plus érotiques. C'était la perfection à l'état pur. Une apothéose des sentiments et des sens.

Par un effort de volonté suprême, il parvint à contenir son désir jusqu'à ce qu'il ait la certitude que Charlotte était prête à le recevoir. Et même lorsque ses audacieuses caresses lui en apportèrent la confirmation, il se sentit obligé de lui poser la question.

— Es-tu prête, ma chérie ?

— Je crois, murmura-t-elle, un peu désorientée. J'ai envie... j'ai envie... de toi.

Cet aveu simple et franc bouleversa Ned, qui faillit en oublier sa méritoire retenue. Les dents serrées, il prit le temps de se placer en douceur entre ses cuisses et, avec une infinie délicatesse, s'apprêta à la pénétrer, engageant son membre érigé entre les pétales de sa féminité jusqu'à atteindre la preuve de son innocence. Allait-il lui faire mal en la déflorant ? Il soupçonnait que oui, peut-être un peu. Mais puisque la douleur était inévitable, il semblait vain de la mettre en garde – cela ne ferait que l'alarmer, et elle se crisperait. Il choisit de se fier à son instinct et s'enfonça dans sa douce chaleur, émerveillé de se sentir accueilli complètement en elle.

Surprise, Charlotte se raidit d'abord entre ses bras, puis se détendit peu à peu, tandis qu'il entamait une danse langoureuse, pressant son bassin contre le sien. Même si sa vie avait été en jeu, il aurait été bien incapable de s'arrêter.

— Charlotte, si tu savais ce que tu me fais... Seigneur, c'est divin.

En guise de réponse, elle tendit les hanches vers lui avec un gémissement lascif qui trahissait une fièvre égale à la sienne, et Ned sut que toute douleur était oubliée, si douleur il y avait eu. Son corps se mit à onduler sous le sien au rythme de ses coups de reins qui gagnèrent en puissance.

À chaque contraction de ses muscles, il n'avait qu'une obsession : faire passer le plaisir de sa bien-aimée avant le sien et résister aux sensations affolantes qu'elle lui faisait éprouver. Il n'était pas rare que l'orgasme mette un peu plus longtemps à venir chez une vierge, lui avait-on dit, mais c'était sa femme. Charlotte. Et il aurait du mal à se pardonner de ne pas la combler pour sa première fois.

— Ned, lâcha-t-elle dans un souffle, la respiration de plus en plus saccadée.

Avec ses joues empourprées et son regard de biche voilé par la passion, elle était si belle qu'il en eut les larmes aux yeux. « Je l'aime », ne pouvait-il s'empêcher de se répéter.

Elle y était presque, il le sentait. Ignorant combien de temps il pourrait encore tenir, il glissa la main entre leurs deux corps moites jusqu'au triangle de sa toison, et ses doigts s'activèrent avec habileté sur le bouton sensible niché dans les replis de sa chair.

La longue plainte de plaisir que Charlotte laissa échapper fit perdre tout contrôle à Ned, qui accéléra encore ses assauts.

Le résultat ne se fit pas longtemps attendre. Comme dans une chorégraphie parfaitement orchestrée, leurs corps se tendirent une dernière fois au même instant l'un vers l'autre avec un cri d'extase, puis ils s'effondrèrent sur les draps en désordre. Pris au dépourvu par la force de la jouissance qui les avait balayés, ils restèrent un moment alanguis sur leur petit nuage de béatitude, haletants et comblés.

— Je t'aime, murmura Ned, qui ressentait le besoin de prononcer les mots, à demi étouffés pourtant par l'oreiller dans lequel son visage était enfoui.

— Je t'aime aussi, répondit Charlotte dans un souffle, ses lèvres chaudes contre son cou.

Il se redressa sur les coudes. Ses muscles un peu endoloris protestèrent, mais il avait besoin de voir son visage.

— Je saurai te rendre heureuse, lui promit-il.

Elle lui offrit un sourire serein.

— C'est déjà fait.

Il voulut dire encore quelque chose, mais il n'y avait pas de mots pour exprimer les débordements de son cœur, alors il se laissa rouler sur le flanc et l'attira dos contre lui, leurs deux corps lovés l'un contre l'autre comme s'ils n'en formaient plus qu'un.

— Je t'aime, dit de nouveau Ned, presque gêné par son envie irrépressible d'exprimer son amour à tout bout de champ.

Elle soupira d'aise, puis, l'instant d'après, se mit à pouffer. Soudain, elle pivota d'un bloc et se retrouva face à lui, la mine étonnée comme si une idée venait de lui traverser l'esprit.

Il haussa un sourcil interrogateur.

— Crois-tu que Lydia et Rupert s'adonnent à la même occupation que nous en ce moment ?

— En ai-je quelque chose à faire ?

Elle lui flanqua une tape sur l'épaule.

— Bon, d'accord, soupira-t-il. Je suppose que j'en ai quelque chose à faire puisqu'elle est ta sœur et que Marchbanks m'a sauvé d'un mariage avec elle.

— Alors ? Que font-ils, à ton avis ? insista-t-elle.

— S'ils ont de la chance, sans doute à peu près la même chose que nous.

— Ils n'auront pas la vie facile, dit Charlotte avec une soudaine gravité. Rupert n'a pas un sou en poche.

Ned bâilla.

— Je ne m'en fais pas pour eux. Ils s'en sortiront, tu verras.

Charlotte ferma les yeux et nicha confortablement sa tête dans l'oreiller.

— Tu crois ?

— Mmm.

— Pourquoi ?

— Toi, quand tu as une idée en tête... Personne ne t'a jamais dit que tu étais une vraie tête de mule ?

Il sut qu'elle souriait, même s'il ne voyait pas son visage.

— Alors ? Pourquoi ?

Il ferma les yeux à son tour.

— Ne pose donc pas tant de questions. Tu n'auras jamais de surprises sinon.

— Je ne veux pas être surprise. Je veux tout savoir.

Il ne put retenir un rire ensommeillé.

— Sache, ma chère Charlotte, que tu as épousé un homme qui a de la ressource.

— Ah oui ? Beaucoup ou juste un peu ?

Voilà un défi qu'il ne pouvait ignorer. Déjà, il se redressait au-dessus d'elle, prêt à lui prouver de quoi il était capable. Ils allaient devoir attendre encore un peu pour une deuxième manche mais, entre-temps, il pouvait lui faire subir quelques délicieuses tortures.

— J'aurais besoin d'une preuve, le taquina Charlotte, tandis qu'il descendait entre ses cuisses, parsemant son ventre de baisers coquins, plus bas, toujours plus bas.

— C'est suffisant comme preuve ?

— Oh !

— Je n'ai pas bien entendu.

— Oh, Ned ! Oh oui !

Épilogue

Une semaine plus tard

— Vous voilà arrivée, madame Marchbanks !

Un sourire rêveur aux lèvres, Lydia franchit le seuil de Portmeadow House dans les bras de Rupert. La maison n'était pas aussi grandiose que Thornton Hall – qui ne méritait en réalité pas vraiment ce qualificatif non plus – et ne leur appartenait pas, tout au moins pas tant que le vieil oncle de Rupert serait encore de ce monde.

Mais rien de tout cela n'avait d'importance. Ils étaient enfin mari et femme, amoureux comme jamais, et du moment qu'ils étaient ensemble, ils se moquaient bien de vivre dans une maison prêtée.

Et puis, l'oncle de Rupert ne serait pas de retour de Londres avant une bonne semaine.

— Tiens, s'étonna Rupert en la déposant sur le sol. Qu'est-ce que c'est ?

Lydia suivit son regard et découvrit une boîte joliment enrubannée sur le guéridon du vestibule.

— Un cadeau de mariage, peut-être ? suggéra-t-elle, pleine d'espoir.

Il lui lança un regard amusé.

— Qui serait au courant ?

— À peu près tous les gens qui étaient venus me voir épouser lord Burwick, je suppose, répondit-elle.

Ils avaient appris le mariage du vicomte avec Charlotte. Lydia n'osait imaginer le retentissement de ce spectaculaire rebondissement dans la haute société.

L'attention de Rupert se concentrait déjà sur la boîte. Avec précaution, il dégagea l'enveloppe des rubans et glissa un doigt sous la cire du sceau.

— C'est un papier coûteux, remarqua-t-il. Une vraie enveloppe, pas juste une feuille pliée.

— Ouvrez-la, le pressa Lydia.

Il s'interrompit, juste le temps de lui lancer un regard faussement grognon.

— Je fais quoi, à votre avis ?

Elle lui arracha l'enveloppe des mains.

— Vous êtes trop lent.

Ses doigts impatients déchirèrent l'enveloppe, et elle sortit la lettre qu'elle contenait, puis la déplia de façon à ce qu'ils puissent la lire ensemble.

Par la présente missive, je viens vous remercier
Et des banques vous promettre une entière liberté.
Prenant ma fiancée, vous me fîtes une faveur
Et m'offrîtes à la place une vie de bonheur.
Dans cette boîte, trouvez le meilleur des bourbons
Et un assortiment de délicieux bonbons.
Mais mon réel cadeau arrive maintenant
Et vous épargnera la pire des plaies d'argent :
L'acte de donation d'une maison bien à vous
À cinq lieues d'ici, ainsi que quelques sous,

Un modeste pécule, à vous sans condition
Car votre fuite pour moi fut une bénédiction.
Je vous souhaite bonheur, santé et amour
(Qui, comme ma femme l'assure, rime avec toujours).

Edward Blydon, vicomte Burwick.

Une bonne minute s'écoula avant que Rupert et Lydia retrouvent leurs voix.

— Quelle générosité de sa part, murmura la jeune femme.

Rupert cligna des yeux à plusieurs reprises, encore sous le choc.

— Pour quelle raison a-t-il écrit en vers, croyez-vous ?

— Je n'en ai pas la moindre idée. J'ignorais qu'il avait l'esprit aussi dérangé. Pauvre Charlotte, soupira-t-elle, les larmes aux yeux.

Rupert passa un bras autour de ses épaules.

— Votre sœur a un caractère bien trempé. Elle saura tenir bon.

Lydia hocha la tête et se laissa entraîner jusqu'à la chambre, où elle eut tôt fait d'oublier qu'elle avait une sœur.

Pendant ce temps, à Middlewood

— Ned, tu n'as pas osé ! s'exclama Charlotte, une main plaquée sur la bouche avec horreur, lorsqu'il lui montra la copie du message qu'il avait fait parvenir à Rupert et à Lydia.

Il haussa les épaules.

— Je n'ai pas pu m'en empêcher.

— C'est très généreux de ta part, dit-elle, s'efforçant d'afficher une mine sérieuse.

— N'est-ce pas ? Il faut savoir montrer sa gratitude, tu ne trouves pas ?

Elle pinça les lèvres pour contenir son hilarité.

— J'ignorais que tu étais un poète aussi talentueux.

— Faire des rimes n'a rien de compliqué quand on s'applique un peu, fanfaronna-t-il.

— Vraiment ?

— Je t'assure.

— Combien de temps t'a-t-il fallu pour composer ce... poème ? Même s'il semble terriblement injuste pour Shakespeare et Marlowe de l'appeler ainsi, ajouta-t-elle en contemplant l'œuvre avec un froncement de sourcils.

— Shakespeare et Marlowe n'ont rien à craindre de moi...

— Ça, je crois que c'est clair, murmura-t-elle pour elle-même.

— Je n'ai nulle intention d'en écrire d'autres, termina Ned.

— Ce dont nous te sommes tous reconnaissants. Mais tu n'as pas répondu à ma question.

Il la regarda avec perplexité.

— Ta question ? Quelle question ?

— Combien de temps t'a-t-il fallu pour composer ce petit chef-d'œuvre ?

— Oh, pas longtemps, assura-t-il avec une pointe de prétention. À peine quatre heures.

— Quatre heures ? répéta-t-elle en s'étranglant de rire.

Les yeux de Ned se mirent à pétiller.

— Je tenais à m'appliquer.

— Bien sûr.

— À quoi bon faire quelque chose si le résultat n'est pas à la hauteur ?

— Bien sûr, répéta Charlotte qui dut en rester là, car il l'avait enlacée et l'embrassait maintenant dans le cou.

— Ne penses-tu pas que nous devrions cesser de parler poésie ? suggéra-t-il.

— Sans aucun doute.

Il l'entraîna vers le sofa.

— Et si nous nous étendions là, tout de suite, sur ces coussins moelleux ?

Elle lui sourit.

— Avec plaisir.

Ned écarta son visage du sien, subitement tendre et sérieux à la fois.

— Et tu me laisserais te prouver mon amour ?

— Oui, murmura Charlotte avec un baiser plein de promesses. Du moment qu'il rime avec toujours.

Lisa Kleypas

Après des études de sciences politiques, Lisa Kleypas publie à 21 ans son premier roman. Elle a reçu les plus hautes récompenses, et le prix Romantic Times du meilleur auteur de romance historique lui a été décerné en 2010. Ses livres sont traduits dans le monde entier. Elle écrit également de la romance contemporaine.

L'héroïne d'*Équation à deux inconnus* est la fille de Derek Craven et de Sarah, dont l'histoire est racontée dans *La loterie de l'amour*. Quant à Jake Linley, il apparaît pour la première fois dans *Courtisane d'un soir*. Tous ses livres sont publiés aux Éditions J'ai lu.

Lisa Kleypas

Équation à deux inconnus

Traduit de l'anglais (États-Unis)
par Maud Godoc

Prologue

Si un homme tenait l'alcool, c'était bien Jake Linley. Dieu sait qu'il avait une sacrée expérience en la matière – et c'était une bonne chose, car sinon, en cet instant, il tituberait. Malheureusement, quel que soit le nombre de verres qu'il avalerait ce soir, cela n'atténuerait en rien la douloureuse certitude de gâchis qui l'oppressait.

Jake était las. Il avait chaud, et son ressentiment allait croissant à chaque minute supplémentaire passée dans cette luxueuse salle de bal bondée et étouffante. Il quitta le groupe d'amis avec lesquels il se trouvait et se réfugia dans la galerie qui longeait la salle. Par une des fenêtres en enfilade, il jeta un coup d'œil au ciel noir, presque menaçant, qui contrastait avec le scintillement des lustres à l'intérieur.

À l'extrémité de la galerie, Robert, lord Wray, était entouré d'une foule d'amis et de connaissances qui, tout sourire, le félicitaient pour ses fiançailles annoncées une heure plus tôt.

Jake avait toujours apprécié Wray, un type plutôt sympathique et intelligent, spirituel mais sans agressivité, dont la compagnie était de ce fait unanimement reconnue comme agréable. Pour l'heure, cependant, il bouillait intérieurement à la seule vue du bonhomme. Il enviait Wray, qui ne réalisait pas encore sa bonne fortune d'avoir remporté la main de Mlle Lydia Craven. Le bruit courait déjà dans les salons que cette union était plus à l'avantage de Mlle Craven qu'à celui de Wray : le rang social de la jeune femme ferait un bond de géant lorsque sa fortune serait liée à un titre très respecté. Jake n'était pas de cet avis : c'était Lydia le véritable trophée, malgré ses origines roturières.

Avec ses cheveux noir corbeau et ce visage un brin sévère qu'elle tenait de son père, elle n'avait rien de la beauté conventionnelle qu'on imagine virevolter avec insouciance dans les bals. Et son menton, quoique joli, était un peu trop volontaire pour une femme. Sa silhouette fine et ses petits seins n'obéissaient pas aux canons en vogue qui privilégiaient les formes pulpeuses. Elle possédait toutefois un je-ne-sais-quoi d'irrésistible – peut-être cette adorable tendance à la distraction qui donnait à un homme envie de prendre soin d'elle, ou cette pointe intrigante d'espièglerie qui se dissimulait derrière sa mine réfléchie. Et, bien sûr, il y avait ses yeux… de grands yeux verts exotiques qui ne semblaient guère à leur place dans un visage aussi grave.

Avec un soupir morose, Jake quitta la galerie irrespirable et sortit dans la nuit printanière. L'air était humide, lourd des effluves des roses de Damas qui bourgeonnaient en contrebas dans les jardins en terrasses. Éclairée par des torches, la large allée pavée bordait une rangée d'étroits parterres carrés plantés de géraniums auréolés d'une nuée de fleurs blanches de camomille. Sans avoir de but précis en tête, Jake l'emprunta presque jusqu'à la fin où elle s'incurvait légèrement vers des degrés de pierre qui descendaient dans les jardins.

Il s'arrêta net en découvrant une femme assise sur un banc. Penchée sur quelque chose qu'elle tenait sur ses genoux, elle avait le visage détourné. En vétéran des soirées et bals londoniens, Jake émit comme première hypothèse qu'elle attendait sans doute un amant pour quelques moments volés. Quelle ne fut pas sa stupéfaction quand il identifia la sombre chevelure soyeuse et le profil délicat.

Lydia.

Il la scruta, incrédule. Que diable faisait-elle là, toute seule, si peu de temps après l'annonce de ses fiançailles ?

Il n'avait fait aucun bruit, pourtant, elle releva la tête et l'observa avec un manque évident d'enthousiasme.

— Docteur Linley.

En s'approchant, Jake découvrit sur ses genoux une liasse de papiers sur lesquels elle griffonnait avec un bout de crayon cassé. Des équations, supposa-t-il. L'obsession de Lydia Craven pour des centres d'intérêt aussi masculins que les mathématiques et les sciences faisait beaucoup parler depuis des années. Malgré les amis bien intentionnés qui conseillaient aux Craven de décourager ces passe-temps peu orthodoxes, ces derniers avaient fait l'inverse, fiers de l'intelligence et de l'érudition de leur fille.

Lydia fourra en hâte ses notes dans son réticule et lui adressa un regard peu amène.

— Vous ne devriez pas être à l'intérieur avec votre fiancé ? s'enquit Jake d'un ton gentiment moqueur.

— J'avais besoin de quelques minutes de tranquillité.

Elle s'était redressée, droite comme un I. Des jeux d'ombre et de lumière soulignaient la sveltesse de sa silhouette, déjà mise en valeur par le corsage moulant de sa robe de soie blanche. Le pli entre ses sourcils noirs et sa bouche pincée qui trahissaient sa mauvaise humeur étaient tellement incompatibles avec l'image de la future épouse radieuse que Jake ne put réprimer un sourire.

— Wray ignore que vous êtes ici, n'est-ce pas ?

— Personne n'est au courant et je vous saurais gré de tenir votre langue. À présent, si vous voulez bien me laisser...

— Pas avant de vous avoir présenté mes félicitations.

Il s'approcha d'elle d'un pas indolent. Comme chaque fois, sa seule présence le mettait dans tous ses états : son cœur cognait dans sa poitrine et ses nerfs étaient mis à rude épreuve.

— Bien joué, mademoiselle Craven, vous avez décroché le gros lot. Un comte, fortuné de surcroît. Je suppose qu'il n'y a pas de plus belle victoire pour une jeune femme de votre condition.

Lydia leva les yeux au ciel.

— Si seulement vos félicitations pouvaient être moins offensantes, Linley.

— Mes vœux sont d'une sincérité absolue, je vous assure.

Jake jeta un coup d'œil à la place vide à côté d'elle.

— Je peux ?

Il s'assit avant qu'elle ait pu refuser.

L'un et l'autre se dévisagèrent d'un air de défi.

— Vous avez bu, fit remarquer Lydia, qui avait visiblement senti les effluves de brandy dans son haleine.

— En effet. J'ai trinqué à votre bonheur avec votre fiancé. De manière répétée.

— J'apprécie que mes fiançailles vous enthousiasment à ce point, dit-elle d'un ton doucereux. À moins que ce ne soit le brandy de mon père ? ajouta-t-elle après une pause subtile.

Il laissa échapper un rire bref.

— Ce sont vos fiançailles avec Wray, évidemment. L'ardente dévotion que vous vous témoignez mutuellement réchauffe mon cœur cynique de célibataire.

Cette pique fit monter le rouge aux joues de Lydia. Le comte et elle ne formaient pas le plus démonstratif des couples. Entre eux, ni regards complices ni frôlements faussement accidentels des mains, rien qui trahissait ne serait-ce qu'un semblant d'attirance physique.

— Lord Wray et moi avons une grande affection et beaucoup de respect l'un pour l'autre, répliqua-t-elle sur la défensive. D'excellentes bases pour une union réussie.

— Et la passion ?

Elle haussa les épaules.

— Comme le dit l'adage, la passion ne dure qu'un temps, rétorqua-t-elle d'un air faussement blasé.

Jake ne put réprimer un ricanement.

— Qu'en savez-vous ? Vous n'avez jamais ressenti le moindre élan de réelle passion de votre vie.

— Comment osez-vous m'asséner ce genre d'argument à l'emporte-pièce ?

— Parce que si tel était le cas, vous n'accepteriez pas une union aussi tiède que les reliefs du dîner de ce soir.

— Vous vous trompez sur toute la ligne ! Sachez, monsieur, que lord Wray et moi éprouvons l'un pour l'autre un désir très profond.

— Vous ne savez pas de quoi vous parlez.

— Oh que si ! Mais ne comptez pas sur moi pour vous divulguer des détails de ma vie privée dans le seul but de vous le prouver.

Jake contemplait Lydia, en proie à une frustration mêlée de désir. Il semblait impossible qu'elle gâche sa vie avec un type aussi falot et assommant que Wray. Son regard se posa sur sa bouche si expressive qui l'avait tenté et tourmenté des années durant. Ses mains se refermèrent sur ses avant-bras tièdes sous la soie. C'était plus fort que lui, il devait la toucher. Il savoura la lente remontée de ses doigts vers ses épaules délicates.

— Vous l'avez laissé vous embrasser, je suppose. Quoi d'autre ?

Crispée, Lydia essayait tant bien que mal de rester stoïque.

— Comme si j'allais répondre à une question aussi indiscrète et inconvenante, bredouilla-t-elle.

— Ce n'est sans doute pas allé beaucoup plus loin qu'un baiser, insista-t-il. Une femme qui a connu la passion le laisse inconsciemment transparaître dans son regard. Ce n'est pas votre cas.

Depuis quatre ans qu'ils se connaissaient, Jake n'avait eu que de rares contacts physiques avec Lydia, à l'exception de certaines obligations imposées par l'étiquette ou la simple politesse, comme un baisemain ou un changement de partenaire à l'occasion d'un quadrille. Or, même ces moments banals, d'une superficialité toute mondaine, faisaient naître en lui des sensations impossibles à ignorer.

Plongeant le regard dans ses beaux yeux inquiets, Jake s'efforça de se faire une raison : tout espoir était perdu. Elle appartenait à un autre désormais. Il se maudit de la désirer encore tandis que son esprit, d'ordinaire rationnel, commençait à s'égarer étrangement. Il imaginait une vie entière de nuits froides et solitaires sans elle dans son lit, de baisers passionnés qu'ils ne partageraient jamais, de mots d'amour qui ne seraient jamais prononcés. Dans le cours général des choses, le moment qui s'annonçait n'aurait d'importance pour personne à part lui. Il méritait au moins cette petite consolation. En définitive, ce ne serait pas cher payé après toutes ces années d'attirance inavouée et de retenue méritoire.

Il se décida à sauter le pas.

— Peut-être vous dois-je une faveur, Lydia. Puisque vous persistez à vouloir épouser un éteignoir tel que Wray, il serait souhaitable que vous ayez quand même une vague idée de ce qu'on ressent quand on désire vraiment quelqu'un.

— Pardon ? fit-elle, les yeux écarquillés de stupéfaction.

Jake avait conscience que c'était une énorme erreur, mais il s'en moquait comme d'une guigne. Il se pencha vers elle et effleura ses lèvres avec une délicatesse presque respectueuse, tremblant de toute sa grande carcasse dans un suprême effort pour ne pas perdre complètement son sang-froid. La bouche de Lydia était chaude et pulpeuse, sa peau d'une douceur de soie tandis qu'il promenait les doigts le long de sa mâchoire. Enhardi par la saveur aussi fugace que tentatrice de cette ébauche de baiser, il intensifia la pression de ses lèvres sur les siennes, réclamant davantage. Les mains de Lydia se plaquèrent sans conviction contre son torse – il sentait son indécision, sa surprise face à ce baiser aussi sincère qu'inattendu. Jake lui prit les poignets avec douceur et les guida autour de son cou. Sa langue franchit le barrage de ses lèvres veloutées sans rencontrer de résistance. Cette divine incursion lui procura un plaisir qu'il aurait volontiers prolongé à l'infini, jusqu'à ce qu'il trouve la plénitude dont il rêvait depuis si longtemps.

La tendre capitulation de Lydia eut raison du peu de retenue qu'il s'efforçait de conserver. Lorsque, s'abandonnant à leur baiser, elle glissa une main fine sous la veste de son habit de soirée, Jake en ressentit une excitation si vive qu'il réalisa, non sans incrédulité, le danger imminent de perdre tout contrôle. Il s'arracha à contrecœur à sa bouche. « Quelle ironie », songea-t-il, frustré, peinant à se ressaisir. En dépit de son expérience, jamais un simple baiser ne l'avait bouleversé à ce point. Avec une innocente jeune femme, de surcroît.

Lydia se leva d'un bond. Au comble de l'embarras, elle tira sur sa robe et lissa ses jupes, frissonnant soudain malgré la douceur de l'air nocturne.

— Ma foi, voilà qui était instructif, Linley, lâcha-t-elle après un long silence sans oser le regarder. Mais dorénavant, je me passerai de vos leçons.

Sur ce, elle le planta là et s'éloigna d'un pas pressé, luttant visiblement pour ne pas courir.

1

Il y avait deux façons de choisir un mari : avec la tête ou avec le cœur. En jeune femme raisonnable, Lydia Craven avait bien entendu opté pour la première. Ce qui ne voulait pas dire qu'elle n'avait que faire de son futur époux. En réalité, elle éprouvait une grande affection pour Robert, lord Wray, un homme gentil et affable dont le charme discret ne l'irritait jamais. En dépit de ses traits aristocratiques qui auraient pu trahir une certaine froideur hautaine, il se montrait d'un abord agréable – que renforçaient un regard intelligent et un sourire qu'il utilisait à bon escient.

Nul doute dans l'esprit de Lydia que Wray ne trouverait jamais à redire à son travail. En fait, il partageait son intérêt pour les mathématiques et les sciences. Et là où d'aucuns auraient reculé devant le risque d'une mésalliance, il avait toujours entretenu des rapports très cordiaux avec sa famille – une famille unie et peu conventionnelle qui jouissait, certes, d'une immense fortune, mais ne se distinguait guère par le lustre de sa lignée, puisqu'elle n'appartenait pas à la noblesse. Selon Lydia, cette ouverture d'esprit était un point en faveur de Wray. D'un autre côté, concédait-elle avec ironie, la perspective d'une dot de cent mille livres tendait à rendre savoureux le moins appétissant des brouets. Depuis son entrée dans le monde deux ans plus tôt, à dix-huit ans, les coureurs de dot n'avaient cessé de la poursuivre de leurs assiduités sans jamais se laisser décourager. En tant que pair du royaume déjà en possession d'un héritage conséquent, Wray, lui, n'avait aucun besoin de l'argent de Lydia – un autre point positif à son actif.

Tout le monde approuvait cette union, même son père, pourtant protecteur à l'excès. La seule petite objection était venue de sa mère, Sara, que sa détermination à épouser Wray semblait laisser un peu perplexe.

— Le comte me donne l'impression d'être un homme tout à fait honorable, avait-elle confié à sa fille, tandis que toutes deux se promenaient dans les jardins du domaine des Craven, dans le Herefordshire. Et si c'est sur lui que ton cœur s'est porté, eh bien, je dirais que c'est un bon choix...

— Mais ? avait insisté Lydia.

Sara avait laissé son regard errer sur le parterre foisonnant d'iris jaunes et de boutons d'or qui bordait l'allée de brique. C'était une belle journée de printemps, avec un beau ciel bleu ponctué de nuages floconneux.

— Lord Wray possède d'indiscutables qualités, avait reconnu Sara. Pour autant, ce n'est pas le genre d'homme que je t'imaginais épouser.

— Pourtant, nous nous ressemblons tellement, lui et moi, avait protesté Lydia. Pour commencer, c'est le seul homme de ma connaissance qui s'est donné la peine de lire mon article sur la géométrie multidimensionnelle.

— Et il mérite d'être salué pour cet effort, avait répondu sa mère, le regard pétillant d'amusement.

Sans remettre en cause sa propre intelligence, incontestable, Sara admettait de bonne grâce que les raisonnements poussés de sa fille en mathématiques surpassaient de loin ses propres capacités.

— Cependant, j'avais caressé l'espoir que tu t'attacherais à un homme capable de compenser ta nature, disons, cérébrale, avec un peu plus de chaleur et d'irrévérence que lord Wray ne paraît en posséder. Tu es une enfant si sérieuse, ma très chère Lydia.

— Je ne suis pas si sérieuse que cela, s'était récriée l'intéressée.

Sara avait souri.

— Quand tu étais enfant, je m'employais en vain à te faire dessiner des arbres et des fleurs. Tu insistais pour tracer des lignes et m'expliquer la différence entre les angles obtus et les angles droits. Au jeu de construction, alors que je bâtissais des maisons et des villes, tu me montrais comment créer une pyramide diédrale...

— D'accord, j'ai compris, avait bougonné Lydia avec un sourire forcé. Mais ces exemples confirment juste que lord Wray est le mari idéal pour moi. Il adore les machines, la physique et les mathématiques. Si vous tenez à le savoir, nous envisageons d'écrire ensemble un article sur un projet de véhicule à propulsion atmosphérique. Plus besoin de chevaux !

— Fascinant, l'avait félicité distraitement Sara, avant de l'entraîner dans une prairie couverte de fleurs des champs, au-delà du verger.

Ses jupes relevées au-dessus des chevilles, sa mère s'était aventurée sur l'épais tapis de violettes et de narcisses. Le soleil accrochait des reflets dans sa chevelure châtain. Elle avait quarante-cinq ans, mais faisait beaucoup plus jeune que son âge. Elle s'était arrêtée pour cueillir des violettes, les avait portées à son visage pour en respirer le parfum enivrant. Par-dessus le petit bouquet, elle avait posé sur sa fille un regard songeur.

— Entre toutes ces conversations sur les machines et les mathématiques, est-il arrivé à lord Wray de t'embrasser ?

Sa curiosité avait fait rire Lydia.

— Vous n'êtes pas censée poser une question aussi indiscrète à votre fille.

— Alors ? L'a-t-il fait ?

Oui, il l'avait fait. Lord Wray l'avait embrassée à de nombreuses occasions et elle avait trouvé l'expérience agréable. Bien sûr, elle avait mené jusque-là une vie très protégée et n'avait aucun point de comparaison, à part...

Soudain, l'image de Jake Linley s'imposa à son esprit : son visage grave penché sur elle, la chaleur à la fois douce et vibrante de son baiser, le contact ensorcelant de ses mains et...

Comme tant d'autres fois auparavant, Lydia avait chassé cette pensée sur-le-champ. Cette soirée-là était une anomalie, un incident sans lendemain qu'il était préférable d'oublier. Linley s'était contenté de jouer avec elle : ce baiser n'était rien de plus qu'une farce, conséquence d'un abus de brandy. Trois mois s'étaient écoulés depuis ce troublant épisode et elle n'avait pas revu le médecin. Lors de leur prochaine rencontre, elle feindrait d'avoir tout oublié.

— Oui, le comte m'a embrassée, avait-elle avoué à sa mère. Et c'était très agréable.

— Je suis heureuse de te l'entendre dire.

Sara avait laissé filer les violettes entre ses doigts en une pluie de pétales éclatants. Frottant le bout de ses doigts parfumés derrière ses oreilles, elle avait adressé à sa fille un regard un brin malicieux.

— Il n'est pas souhaitable que votre relation se limite à une proximité essentiellement intellectuelle. Il y a de nombreux bonheurs à trouver dans les bras d'un époux. Si c'est le bon.

Le rouge était monté aux joues de Lydia qui n'avait su quoi répondre. Malgré la discrétion de sa mère à ce sujet, il avait toujours été évident que le couple formé par ses parents se fondait sur un amour passionné. Parfois, à la table du petit déjeuner, son père lâchait une insinuation qui faisait pouffer Sara dans son thé. D'autres fois, la porte de leur chambre à coucher était inexplicablement fermée à clé au milieu de l'après-midi. Et puis il y avait ces regards complices qu'ils échangeaient, à la fois coquins et tendres. Lydia devait admettre que jamais Wray ne l'avait regardée ainsi. Il fallait cependant être réaliste : l'amour inconditionnel que partageaient ses parents était un cadeau que bien peu de gens étaient amenés à recevoir au cours de leur vie.

— Je sais ce que vous souhaitez, maman, avait-elle répondu avec un soupir contrit. Que tous vos enfants trouvent le véritable amour, comme papa et vous. Toutefois, la probabilité que cela m'arrive est approximativement d'une sur quatre cent mille.

Habituée depuis longtemps à la manie de sa fille de tout traduire en statistiques, Sara avait souri.

— Comment as-tu obtenu ce résultat ?

— Je suis partie du nombre de célibataires en Angleterre et j'ai évalué combien d'entre eux me conviendraient en fonction de divers facteurs – âge, santé et autres. Ensuite, j'ai estimé la probabilité de rencontrer chacun d'eux par l'observation d'un échantillon aléatoire de nos connaissances mariées. Au moins la moitié des couples ont fini par tomber dans une indifférence polie, un tiers se sont séparés pour cause de décès ou d'adultère, et le reste affiche une apparente satisfaction sans pour autant considérer son conjoint comme une âme sœur. Bref, selon mes calculs, la chance de trouver le véritable amour dans ma chasse au mari se monte à une pour quatre cent mille. Avec une probabilité aussi faible, je m'en sortirai bien mieux en épousant un homme tel que lord Wray au lieu d'attendre un hypothétique coup de foudre.

— Pour l'amour du Ciel, Lydia ! s'était exclamée Sara, visiblement épouvantée. Je ne comprends pas comment l'un de mes enfants a pu devenir aussi cynique.

Lydia avait souri.

— Ce n'est pas du cynisme. Juste du pragmatisme. Et je le tiens de papa.

— J'en ai peur, avait admis Sara en levant les yeux au ciel comme pour rappeler à l'ordre une divinité beaucoup trop négligente. Ma chère enfant, lord Wray t'a-t-il dit qu'il t'aimait ?

— Non, mais cela viendra en son temps.

— Hum, avait marmonné sa mère, sceptique.

— Et puis, cela me laissera tout le temps dont j'ai besoin pour mes études, s'était réjouie Lydia.

Voyant combien sa mère semblait peinée, elle n'avait pu s'empêcher de l'étreindre.

— Ne vous inquiétez pas, maman, l'avait-elle rassurée, le visage enfoui dans sa chevelure au parfum de violette, tout ira bien. Je serai très, très heureuse avec lord Wray, je vous le promets.

Sara se plongea dans l'eau fumante, espérant que le bain l'aiderait à dénouer les tensions dans ses épaules et son dos. La salle de bains carrelée était éclairée par une seule lampe dont la flamme douce brûlait sous le globe en verre gravé à l'eau-forte. Avec un soupir d'aise, elle cala sa nuque contre le bord en acajou de la baignoire et réfléchit à ce qu'il convenait de faire au sujet de Lydia. Ses autres enfants, Nicholas, Ash, Harry et Daisy, étaient du genre à s'attirer des ennuis et à s'en sortir grâce à leur charme. Lydia, en revanche, était une jeune femme responsable, intellectuelle et posée, dont le génie pour les chiffres rivalisait avec celui de son père.

Depuis ses débuts dans le monde, deux ans plus tôt, elle avait maintenu gentiment ses soupirants à distance, la déception conduisant bon nombre d'entre eux à lui reprocher d'être glaciale. C'était loin d'être vrai. Lydia était une jeune femme chaleureuse et affectueuse, qui cachait en elle un trésor de passion qui ne demandait qu'à jaillir pour qui saurait en trouver la clé. Malheureusement, lord Wray n'était pas cet homme. Même après six mois de cour, Lydia et lui ne donnaient nullement l'impression d'être amoureux. Aux yeux de Sara, leur aimable relation ressemblait davantage à celle d'une sœur et d'un frère que d'un couple. Si Lydia était satisfaite de cet arrangement – et tout portait à croire qu'elle l'était –, une mère était-elle en droit d'émettre des objections ? Dans sa jeunesse, Sara s'était vu accorder la liberté de choisir elle-même son mari – un choix pour le moins peu conventionnel, de l'avis général. Lydia méritait sans aucun doute cette même chance.

Se remémorant le temps où Derek Craven la courtisait, Sara se laissa glisser davantage dans l'eau et se mit à déplacer paresseusement la mousse avec le pied. À l'époque, Derek était le propriétaire du cercle de jeu le plus sulfureux d'Angleterre. Il avait bâti sa fortune en exploitant la cupidité d'une clientèle d'aristocrates prêts à tout pour entrer dans ce club très fermé où jeux d'argent, beuveries et prostitution faisaient bon ménage. Lorsque Sara avait fait sa connaissance, il était déjà une légende : l'orphelin sans le sou qui, après avoir exercé les plus vils métiers, avait fini par s'extraire du ruisseau pour devenir l'homme le plus riche de Londres. Personne, et certainement pas Derek lui-même, n'aurait osé prétendre qu'un vaurien dans son genre, avec son élégance décadente, son accent cockney et ses manières parfois brutales, était un parti envisageable pour un bas-bleu tel que Sara, si simple, naturelle, innocente. Pourtant, ils avaient été irrésistiblement attirés l'un par l'autre, trop amoureux pour même envisager une seconde de faire un autre choix.

C'était ce qui la tracassait à propos de Lydia et de lord Wray. Elle craignait que leur relation ne s'enlise dans une fade et routinière sécurité. Bien sûr, elle savait que dans la haute société les mariages d'amour étaient considérés comme de mauvais goût et terriblement provinciaux. Cependant, venant de la campagne, façonnée par la tendre éducation de parents qui s'aimaient profondément, elle avait recherché ce bonheur pour elle-même. Et la mère qu'elle était devenue souhaitait le même destin à ses enfants.

Plongée dans ses pensées, elle n'entendit pas que quelqu'un était entré. Elle sursauta quand un gilet atterrit sur la chaise dans l'angle, aussitôt suivi par une cravate en soie sombre. Alors qu'elle se redressait dans l'eau, une paire de bras musclés l'entoura et elle sentit la bouche de son mari se poser sur son oreille. Doucement, il l'incita à se radosser contre la baignoire.

— Tu m'as manqué, mon ange, murmura-t-il.

Avec un sourire, Sara se détendit contre lui et arrangea les manches de chemise qu'il avait remontées à la hâte. Derek avait passé ces trois derniers jours à Londres, négociant un contrat entre sa compagnie de télégraphe et les chemins de fer du Sud-Ouest pour la pose de lignes télégraphiques le long des voies. Même si elle avait eu de quoi s'occuper en son absence, ses journées – et ses nuits – avaient été longues.

— Tu arrives bien tard, fit-elle remarquer d'une voix un peu aguicheuse. Je t'attendais pour le dîner. Tu as manqué un délicieux esturgeon.

— Je vais devoir me régaler de toi, alors.

Ses grandes mains plongèrent dans l'eau.

Sara se tourna vers lui en pouffant. Aussitôt, il captura sa bouche, la gratifiant d'un baiser brûlant qui lui coupa le souffle et fit caracoler son cœur. Elle agrippa les solides omoplates de Derek jusqu'à ce que l'eau du bain imbibe le tissu de sa chemise. Lorsque leurs lèvres se séparèrent, un petit soupir déçu s'échappa de sa gorge et elle plongea son regard dans celui de Derek. Elle avait beau vivre avec lui depuis plus de vingt ans, son regard vibrant d'audace et de passion ne manquait jamais de la faire chavirer.

Il prit son visage en coupe et, du pouce, essuya les gouttelettes d'eau sur sa joue rosie par la chaleur du bain. C'était un grand gaillard aux cheveux noirs, au visage barré d'une cicatrice, conséquence de l'agression au couteau à l'origine de leur rencontre. Elle lui conférait une rugosité virile qui n'était pas pour déplaire à Sara. À l'exception de quelques fils argentés sur les tempes, les années n'avaient que peu laissé leur empreinte sur lui. Et il possédait toujours ce charme enjôleur qui faisait souvent oublier la nature de prédateur dissimulée derrière la séduisante façade.

Il scruta Sara, le regard pénétrant.

— Que se passe-t-il ? s'enquit-il, sensible à la moindre nuance de son expression.

— Rien, rien. C'est juste que...

Une pause, puis :

— Pendant ton absence, j'ai parlé à Lydia. Elle a admis ne pas être amoureuse de lord Wray, mais elle est résolue à l'épouser quand même.

— Pourquoi ?

— Elle a décrété qu'elle ne trouverait sans doute jamais l'âme sœur et semble s'être résignée à un mariage de raison. Elle prétend que la probabilité de rencontrer l'amour vrai est négligeable.

— Elle n'a sans doute pas tort, commenta Derek.

Sara s'écarta en fronçant les sourcils.

— Que veux-tu dire ? Que tu dénies à nos enfants le droit d'être aussi heureux que nous en mariage ?

— C'est un bonheur que je souhaite à chacun d'eux, bien sûr. Pour autant, je ne crois pas nécessairement qu'ils trouveront tous le grand amour.

— Vraiment ?

— Sois réaliste, on peut passer une vie entière à chercher l'âme sœur sans jamais la rencontrer. De mon point de vue, Lydia fait preuve de sagesse en choisissant un homme de valeur tel que Wray au lieu d'attendre que les plus beaux partis lui passent sous le nez. Je veux bien être pendu si mon petit-fils a pour père un vulgaire coureur de dot de seconde zone.

— Oh, par pitié ! s'exclama Sara avec un rire étranglé. Entre Lydia et toi, je ne sais pas lequel des deux est le plus exaspérant. Et l'espoir, le romantisme, la magie ? Certaines choses ne s'expliquent pas par la science, pas plus qu'elles ne se calculent à l'aide d'équations mathématiques.

Tendant la main, elle caressa le triangle de peau hâlée que révélait l'encolure déboutonnée de la chemise de Derek.

— Moi, j'ai su attendre le grand amour et regarde, j'ai gagné le gros lot, dit-elle, enjôleuse.

Derek glissa la main derrière sa nuque et approcha le visage de Sara du sien.

— Vingt ans de mariage avec une crapule sans pitié qui ne peut s'empêcher de te tripoter avec ses grosses pattes.

Sara pouffa.

— J'ai appris à m'en accommoder.

La bouche de Derek glissa jusqu'au petit creux sensible sous l'oreille, tandis que ses doigts se promenaient sur ses épaules mouillées.

— Dis-moi ce que tu veux que je fasse pour Lydia, murmura-t-il tout contre sa peau.

— Il n'y a rien à faire, soupira Sara. Notre fille a pris sa décision et on peut difficilement lui reprocher son choix. Il n'y a plus qu'à s'en remettre au destin.

Elle sentit Derek sourire contre son cou.

— Il n'y a pas de mal à donner un petit coup pouce au destin, suggéra-t-il. Si l'occasion se présente.

Sur ce, il se redressa et se débarrassa de sa chemise. Son regard brûlant balaya le corps nu de son épouse qui apparaissait ici ou là sous la mousse.

— Tu n'as pas encore fini ?

— Pas tout à fait, répondit Sara, qui entreprit de faire courir langoureusement ses mains savonneuses sur ses jambes, un sourire provocant aux lèvres.

Derek déboucla en hâte son ceinturon.

— Dans ce cas, prépare-toi à avoir de la compagnie, annonça-t-il d'une voix qui la fit frissonner par anticipation. Fais-moi une petite place.

2

Dans deux jours, Lydia deviendrait lady Wray. À Craven Manor, les festivités, censées durer une semaine, avaient déjà débuté. Soirées, bals et dîners s'enchaînaient. Le dimanche, les célébrations se concluraient par une cérémonie à la chapelle familiale. Les invités étaient venus de toute l'Angleterre et même du Continent. Dans tout le Herefordshire, il n'y avait plus un seul hébergement de disponible, que ce soit sur les terres familiales ou dans les auberges locales. Au manoir, les vingt chambres d'amis étaient toutes occupées, et avec l'arrivée des domestiques dans le sillage de leurs maîtres, l'office avait pris l'allure d'une ruche bourdonnante.

Lydia avait la désagréable impression que toutes les questions qu'on lui adressait ces derniers temps se focalisaient sur l'état de ses nerfs. Apparemment, toute future mariée qui se respectait ne pouvait qu'être au bord de la pâmoison à l'approche du grand jour. Pas de chance, Lydia se sentait tout à fait sereine – une affirmation qui semblait perturbante pour beaucoup. Consciente que son attitude pouvait être interprétée comme une certaine indifférence qui risquerait de rejaillir sur lord Wray, elle s'efforçait d'afficher une fébrilité de circonstance, tentant de s'arracher un frisson, un regard inquiet, une main moite, quelque chose... En vain.

Le problème était qu'avec une union placée sous le sceau du pragmatisme, elle n'avait aucune raison sérieuse d'avoir les nerfs à vif. Elle n'appréhendait même pas la nuit de noces : la traditionnelle conversation mère-fille avait contribué à dissiper ses appréhensions, et si Wray se révélait aussi prévenant au lit que lorsqu'il l'embrassait, elle ne voyait pas pourquoi elle n'apprécierait pas l'expérience.

Seule source d'agacement à ses yeux : le rythme infernal des festivités. Elle avait l'habitude de journées tranquilles qui lui permettaient de s'adonner à son occupation favorite : réflexions et calculs. Maintenant, après environ cent vingt heures d'interminables festins, toasts assommants, bals et futiles bavardages de salon, elle en avait par-dessus la tête. Trop peu sollicité, son esprit bouillonnait d'idées sans aucun rapport avec les relations sentimentales et le mariage. Elle avait hâte que celui-ci soit derrière elle afin d'être libre de se consacrer à son dernier projet en date.

— Lydia, ne me dites pas que vous travaillez encore à vos formules, la réprimanda gentiment Wray quand il la surprit en train de griffonner quelques notes en catimini durant la soirée du vendredi.

Avec un sentiment de culpabilité, Lydia fourra papier et crayon dans le petit réticule en soie à franges qui pendait à son poignet. Elle leva les yeux vers Wray qui la dominait de toute sa hauteur. Comme toujours, il était impeccable. Ses cheveux bruns luisaient sous une fine couche de pommade ; son élégant habit de soirée était parfaitement coupé et le nœud de sa cravate de soie noire, centré à la perfection.

— Désolée, s'excusa-t-elle avec un sourire qu'elle espérait désarmant, je viens d'avoir une inspiration des plus intéressantes au sujet de la machine à calcul des probabilités…

— Nous sommes au beau milieu d'une réception, lui rappela-t-il. Vous êtes censée danser. Ou faire la conversation. Ou vous attarder devant le buffet. Vous voyez toutes ces jeunes ladies qui rient et papotent ? Vous devriez être en train de les imiter.

Lydia exhala un soupir agacé.

— Je viens de faire exactement cela pendant deux bonnes heures. Et cette maudite soirée ne finira pas avant au moins minuit. J'ai eu la même conversation assommante avec plus d'une dizaine de personnes différentes. Je suis lasse de discuter du temps qu'il fait et de l'état de mes nerfs à l'approche de la cérémonie.

Wray sourit.

— La future comtesse que vous êtes ferait bien de s'y habituer. Une fois mariés, nous participerons à une foule d'événements mondains dès le début de la saison.

— Charmant, commenta Lydia, ce qui le fit rire.

— Venez, marchons un peu.

Elle glissa docilement le bras sous le sien et l'accompagna à travers la salle de bal et autres salons de réception. Chaque groupe d'invités qu'ils croisaient les gratifiait de sourires approbateurs et d'aimables félicitations. Lydia avait conscience qu'ils formaient un couple bien assorti avec leurs silhouettes sveltes et leurs chevelures sombres. Tout dans l'apparence de Wray trahissait son statut d'intellectuel avec son teint pâle de rat de bibliothèque, son front noble un peu dégarni et ses mains blanches impeccablement manucurées. Il n'adorait rien tant que les longues conversations alambiquées sur un large éventail de sujets. Il était un invité recherché pour les dîners en ville, car il n'avait pas son pareil pour divertir une tablée avec un mélange parfait d'esprit et d'érudition. Sa culture et son goût pour les sciences lui valaient l'admiration de tous : il était de bon ton pour un aristocrate de se consacrer au savoir tant qu'il le faisait en dilettante et ne s'abaissait pas à vouloir en tirer un quelconque profit financier.

Ils s'arrêtèrent pour discuter avec un groupe d'amis. Lydia dissimula son impatience derrière un petit sourire forcé lorsqu'elle constata chez Wray tous les signes d'une envie de se lancer dans ces longs palabres dont il avait le secret. Utilisant son éventail peint comme écran, elle se hissa sur la pointe des pieds.

— Et si nous nous éclipsions un moment dans un endroit tranquille ? Le jardin d'hiver ou la roseraie ?

Le comte lui sourit avec bienveillance, mais la réponse fut catégorique.

— Certainement pas, murmura-t-il. Votre père pourrait en avoir vent.

— Vous n'avez pas peur de lui quand même ? le taquina Lydia avec un sourire incrédule.

— Il me terrifie, admit Wray en l'attirant à l'écart. En fait, de toutes les raisons mises en avant par Linley lorsqu'il m'a déconseillé de demander votre main, ç'a été la plus difficile à réfuter.

— Pardon ?

Elle en resta bouche bée de stupéfaction.

— Dr Linley ? Le père ou le fils ?

— Le fils, répondit Wray avec une grimace embarrassée. Bigre, je n'avais pas l'intention de révéler ce détail. J'aurais mieux fait de tourner sept fois la langue dans ma bouche avant de parler. Si vous pouviez avoir l'amabilité d'oublier ce que je viens de dire.

Lydia se rembrunit.

— Certainement pas ! Quand Linley s'est-il permis de vous tenir ce discours et en quel honneur ? Quel insupportable donneur de leçons ! Pour qui se prend-il ? Si je l'avais en face de moi, je...

— Par pitié, Lydia, taisez-vous, souffla Wray. On risque de nous entendre. Ce n'était rien, juste une brève conversation entre deux portes avant que j'aille faire ma demande à votre père. Il se trouve que j'ai évoqué le sujet avec Linley et il s'est permis de me donner son opinion.

— Une opinion négative, j'imagine.

Tandis qu'elle s'efforçait de dominer sa mauvaise humeur, Lydia sentait le feu envahir sa gorge et ses joues.

— Quels étaient ses arguments ? voulut-elle savoir.

— Je ne m'en souviens pas.

Elle en suffoqua presque d'exaspération.

— J'en doute ! Épargnez-moi vos pudeurs de gentleman pour une fois et dites-le-moi !

Mais Wray ne voulut pas en démordre.

— Je n'aurais pas dû me montrer aussi imprudent dans mes propos, répliqua-t-il avec fermeté. Peu importent les objections de Linley, ou de quiconque d'ailleurs. Je suis résolu à vous épouser, un point c'est tout.

— Résolu ? répéta Lydia avec une mimique comique.

Wray lui prit le coude.

— Allons rejoindre les autres, la pressa-t-il. Nous aurons tout le temps pour les conversations privées après le mariage.

— Mais, milord...

Il la propulsa doucement vers le petit groupe d'amis occupés à bavarder non loin et ils se mêlèrent à la conversation. Lydia se révéla incapable de se concentrer une seule seconde sur leurs bavardages sans intérêt. Elle bouillait intérieurement. Elle avait toujours considéré ce Jake Linley comme un détestable provocateur. Mais là, ses odieuses manœuvres dépassaient les bornes ! Dissuader le comte de l'épouser ? Comment osait-il ? Elle se demandait ce qu'il avait bien pu raconter à Wray – il ne s'était sans doute pas gêné pour la critiquer !

Depuis leur rencontre, quatre ans plus tôt, lorsqu'elle s'était foulé la cheville lors d'un match de tennis sur gazon, Linley n'avait cessé de l'asticoter et de l'agacer. Les hostilités avaient débuté à l'occasion d'un week-end dans la propriété d'un ami de son père auquel avaient été conviées de nombreuses familles en vue du Herefordshire. Blessée après une volée un peu trop énergique, Lydia avait clopiné à l'ombre d'un luxuriant érable avec le soutien de son jeune frère.

— Il me semble avoir aperçu les Linley parmi les invités, lui avait dit Nicholas en l'aidant à s'asseoir avec précaution sur une nappe étalée dans l'herbe à côté des reliefs du pique-nique auquel ils avaient participé plus tôt. Attends-moi là pendant que je cours chercher le docteur.

Le vieux Dr Linley était un homme gentil et digne de confiance qui avait aidé à mettre au monde les deux derniers-nés des Craven.

— Dépêche-toi, l'avait pressé Lydia en voyant approcher trois jeunes dandys. J'aperçois des fâcheux à l'horizon.

Le sourire en coin de Nicholas lui avait rappelé son père.

— Si l'un d'eux tente d'examiner ta cheville, prend un air nauséeux et menace de vomir ton déjeuner sur lui. Ça le calmera.

Tandis que son frère se hâtait de remonter la colline jusqu'au manoir, Lydia s'était bel et bien retrouvée assiégée par ces jeunes beaux débordants de prévenance. Impuissante, elle n'avait pu que rester assise là tandis qu'ils jouaient les mouches du coche, qui à lui servir un verre d'eau, qui à lui rafraîchir le front avec une serviette humide, pendant que le troisième lui soutenait le dos de son bras au cas où elle se sentirait mal.

— Tout va bien, je vous assure, avait-elle protesté. C'est juste une cheville foulée. Non, monsieur Gilbert, inutile d'y jeter un coup d'œil. Je vous en prie, ne vous donnez pas cette...

Une voix masculine pleine d'autorité s'était soudain fait entendre :

— Laissez donc un peu d'air à Mlle Craven, messieurs, et allez donc voir ailleurs si j'y suis. Écartez-vous, que j'examine cette jeune fille.

À contrecœur, les importuns avaient tourné les talons et s'étaient éloignés. Le nouveau venu s'était accroupi près de Lydia.

L'espace d'un instant, lorsque son regard avait croisé les beaux yeux gris bordés de cils noirs de l'inconnu, elle en avait oublié la douleur qui lui taraudait la cheville. Malgré sa mise élégante, son nœud de cravate n'était pas serré avec le soin attendu et sa redingote aurait eu besoin d'un coup de fer. À vue de nez, il avait une dizaine d'années de plus qu'elle et débordait de cette énergie masculine qu'elle trouvait attirante en diable. Il arrivait parfois qu'un homme séduisant se révèle une coquille vide derrière la belle façade souvent un peu trop apprêtée. Mais celui-ci respirait la santé avec ses traits puissants, sa silhouette athlétique et ses épais cheveux blond clair, taillés court sur la nuque et adorablement ébouriffés sur le dessus.

— Vous n'êtes pas le Dr Linley, avait-elle fait remarquer.

— Détrompez-vous, avait-il répondu en lui tendant la main, tout sourire. Je me présente, Dr Jake Linley. C'est mon père qui m'envoie. Il sirote un verre de porto et n'a pas eu envie de descendre la colline.

La poignée de main était ferme et lorsqu'il s'était incliné poliment, un délicieux frisson avait couru le long de son bras. Si elle avait entendu parler du fringant fils aîné du vieux médecin, elle ne l'avait encore jamais rencontré en chair et en os.

— Vous êtes le fils à la réputation scandaleuse.

Lui lâchant la main, il l'avait dévisagée, le regard rieur.

— Scandaleuse ? Comme vous y allez ! J'espère que vous n'êtes pas du genre à juger un homme sur les on-dit.

— Pas du tout, avait-elle assuré. Ces hommes-là sont en général bien plus intéressants que les parangons de vertu.

Il l'avait jaugée d'un regard discret, mais aiguisé, de sa brune chevelure à ses orteils qui dépassaient de sous ses jupons blancs. Un coin de sa bouche s'était relevé sur un demi-sourire charmeur.

— Votre frère dit que vous vous êtes fait mal à la cheville. Je peux y jeter un coup d'œil ?

D'un coup, la bouche de Lydia s'était asséchée. Jamais de sa vie elle n'avait été aussi troublée. Elle avait donné son assentiment d'un timide hochement de tête, puis s'était pétrifiée tandis que Jake Linley remontait sa jupe de quelques centimètres. L'expression du médecin s'était faite toute professionnelle, mais malgré ses manières impersonnelles, elle n'avait pu empêcher son cœur de jouer des castagnettes dans sa poitrine. Il était penché sur sa jambe et elle avait gardé les yeux obstinément rivés sur son crâne, comme hypnotisée : le soleil qui filtrait entre les feuilles de l'érable faisait danser des reflets dans sa chevelure, du doré le plus pur à l'ambre foncé. Ses grandes mains douces lui palpaient la cheville avec compétence.

— Ce n'est rien de grave. Juste une petite foulure, avait-il conclu. Je vous conseille d'éviter de poser le pied au sol pendant un jour ou deux.

— Entendu, avait-elle répondu dans un souffle.

Avec habileté, il avait noué autour de sa cheville une serviette en lin trouvée dans un panier à pique-nique.

— Ma trousse est dans la maison, avait-il murmuré. Si vous acceptez que je vous porte à l'intérieur, je banderai votre cheville correctement et j'appliquerai un peu de glace. Je peux aussi vous donner quelque chose contre la douleur si vous le souhaitez.

Lydia avait opiné avec brusquerie.

— Je suis désolée de vous causer tant de soucis.

Elle s'était accrochée à lui lorsqu'il l'avait soulevée avec précaution dans ses bras. Son torse était musclé, ses épaules vigoureuses.

— Pas du tout, lui avait-il assuré d'un ton enjoué. Sauver les demoiselles en détresse est mon passe-temps favori.

À la honte éternelle de Lydia, cette première rencontre avec Jake Linley avait été à l'origine d'une tocade idiote qui avait duré approximativement quatre heures. Plus tard cet après-midi-là, elle avait surpris des bribes de conversation entre un de ses amis et lui.

— Je comprends mieux pourquoi tu es devenu médecin, Linley, avait lancé l'ami en question. C'est l'alibi parfait pour soulever les jupes de toutes les jolies filles de Londres, y compris celle de Craven.

— Dans un but strictement professionnel, bien sûr, avait ricané l'intéressé. Et je te rassure, je ne suis pas du tout intéressé par Mlle Craven.

Ce commentaire peu flatteur avait blessé Lydia et fait éclater la baudruche de ses rêveries romantiques avec une douloureuse violence. À compter de cet instant, elle avait traité Linley avec froideur chaque fois qu'ils se croisaient. Au fil des ans, leur antipathie mutuelle n'avait fait que croître jusqu'à ce qu'ils ne puissent plus se trouver dans la même pièce sans se livrer à des passes d'armes qui forçaient tout le monde à fuir à couvert. Lydia avait beau s'efforcer d'afficher une sereine indifférence, quelque chose chez cet homme agissait comme un aiguillon venimeux capable d'empoisonner les tréfonds de son âme. En sa présence, elle se surprenait à dire des horreurs qu'elle ne pensait pas et, après coup, elle ruminait chacune de leurs escarmouches hargneuses pendant des heures. Durant une de ces altercations, Linley l'avait affublée du surnom odieux de « Lydia Logarithme », sobriquet que famille et amis utilisaient encore aujourd'hui pour la taquiner.

Et voilà que maintenant monsieur avait essayé de faire capoter ses fiançailles avec lord Wray !

Vexée et furieuse, Lydia songea une fois de plus à cette soirée où elles avaient été annoncées... à ce moment sidérant où il l'avait embrassée et à sa propre réaction ô combien mortifiante. Si ce geste stupide avait eu pour but de la déstabiliser et la ridiculiser, c'était réussi au-delà de toute espérance.

Revenant au présent, Lydia décida qu'elle ne supporterait pas une seconde de plus les bavardages ineptes autour d'elle. Elle se hissa sur la pointe des pieds et murmura à l'oreille de son fiancé :

— Je commence à avoir mal à la tête et j'ai envie d'aller m'asseoir au calme un moment.

Le comte la scruta d'un air préoccupé.

— Je vous accompagne.

— Non, c'est inutile. Je vais me trouver un coin tranquille. Je préfère que vous restiez avec nos amis. Dès que je me sens mieux, je reviens.

— Fort bien, répondit Wray dont les yeux bleus s'allumèrent d'un pétillement malicieux. Je soupçonne ma chère Lydia Logarithme de vouloir s'éclipser pour réfléchir en paix à quelque formule mathématique dont elle a le secret.

— Milord ! s'écria-t-elle d'un air de reproche, agacée d'entendre dans sa bouche le surnom tant honni.

Il rit tout bas.

— Je vous présente mes excuses, ma douce. Je ne devrais pas vous taquiner ainsi. Êtes-vous certaine de ne pas vouloir de ma compagnie ?

— Oui, tout à fait.

Lydia lui adressa un sourire indulgent et s'éloigna, non sans lui avoir promis de revenir très vite.

Elle se fraya un chemin dans la salle de bal bondée, se retenant à grand-peine de courir. L'air était saturé d'un remugle entêtant, mélange d'odeurs de fleurs, de parfums, de transpiration et de vin. Le brouhaha des conversations lui faisait siffler les oreilles. Jamais elle n'avait aussi ardemment souhaité se retrouver seule qu'en cet instant. Si seulement elle parvenait à gagner l'intimité de sa chambre... Aucune chance, bien sûr. C'était impossible sans se faire harponner par une foule de gens qui insisteraient pour partager avec elle d'assommantes considérations sur le mariage. Repérant sa mère qui se trouvait avec des amis près des portes-fenêtres donnant sur les jardins, Lydia la rejoignit.

— Maman, c'est étouffant ici et j'ai la migraine. M'en voudrez-vous terriblement si je me retire un moment ?

Sara la dévisagea d'un air soucieux, puis glissa le bras autour de sa taille.

— Tu as l'air d'avoir un peu chaud, en effet. Dois-je envoyer un domestique te chercher une poudre contre les maux de tête dans la pharmacie de la gouvernante ?

— Non, inutile, répondit Lydia avec un sourire, tandis que sa mère ôtait son gant et pressait la main sur sa joue. Ce n'est rien. Je me sens juste... je ne sais pas... fatiguée de tout ça, je suppose.

Sara l'observa avec perspicacité, devinant sa frustration.

— Quelque chose est arrivé, ma chérie ?

— Pas vraiment, mais...

Lydia entraîna sa mère à l'écart.

— Lord Wray vient de m'apprendre que Jake Linley avait tenté de le dissuader de m'épouser ! lui glissa-t-elle, peinant à contenir sa colère. Peut-on imaginer pareille arrogance ? S'il se tenait devant moi, je l'assommerais avec le premier objet venu, ce goujat insupportable de mesquinerie et d'égoïsme...

— Pourquoi le Dr Linley a-t-il agi ainsi ? A-t-il donné des raisons ?

— Je l'ignore, concéda Lydia qui exhala un soupir. Il est sans doute persuadé que je ne suis pas digne d'épouser un noble et que Wray pourrait trouver un bien meilleur parti que moi.

— Hum, cela ne lui ressemble pas, répliqua Sara avec une caresse apaisante dans le dos de sa fille. Inspire à fond. Voilà, c'est mieux. Voyons, ma chérie, il n'y a aucune raison de te mettre dans tous tes états à cause de l'opinion du Dr Linley. De toute évidence, elle n'a en rien dissuadé lord Wray de t'épouser.

— Il n'empêche que je suis bel et bien dans tous mes états. Au point que je pourrais casser quelque chose. Comment Linley a-t-il osé me faire un coup aussi retors ? Je n'ai jamais compris pourquoi il me déteste autant, ajouta-t-elle, un peu honteuse du dédain qui perçait dans sa voix.

— Je ne crois pas que ce soit le cas, murmura Sara. En fait, je pense connaître la raison de l'opposition du Dr Linley à tes fiançailles. Vois-tu, je parlais justement à sa mère l'autre jour, quand nous nous sommes croisées chez la modiste, et elle m'a confié qu'il... Oh, les Raiford sont arrivés ! s'exclama-t-elle. Leur fille Nicole a eu son deuxième enfant il y a à peine quinze jours. Je meurs d'impatience d'avoir de ses nouvelles. Nous reparlerons plus tard, ma chérie.

— Maman, attendez. Vous alliez me dire...

Mais sa mère s'éloignait déjà d'un pas pressé.

Décidément, cette soirée était plus exaspérante à chaque minute qui passait.

Que diable la mère de Linley avait-elle pu révéler à son sujet ? Contrariée, Lydia sortit sur la terrasse par la porte-fenêtre la plus proche. Sans hésiter, elle se dirigea vers le seul endroit où elle savait qu'elle aurait la paix : les caves de la propriété.

Durant toute son enfance, les caves avaient été son refuge favori. Ses jeunes frères et elle avaient toujours été fascinés par ce vaste cellier souterrain composé de trois salles remplies jusqu'à la voûte de casiers dans lesquels étaient disposées une quantité incroyable de bouteilles en verre ambré ou vert, arborant des étiquettes étrangères. La propriété avait la réputation d'abriter l'une des plus belles caves d'Angleterre. On y trouvait un choix somptueux de grands crus aussi rares que coûteux : champagnes, brandies, portos, cherries, bourgognes, bordeaux et alcools forts.

Meublée d'une desserte, d'un banc et d'une petite table sur laquelle on débouchait les bouteilles, la salle du fond accueillait les dégustations. Lydia se souvenait de ces innombrables fois où les enfants Craven avaient joué aux pirates, aux espions ou à cache-cache dans les recoins sombres de ces caves. À l'occasion, elle s'asseyait à la table pour résoudre un problème mathématique, savourant le silence et l'odeur de vieux bois, d'épice et de cire.

Ouvrant une lourde porte en chêne, elle descendit une petite volée de marches de pierre. Les lampes avaient été laissées allumées pour faciliter les fréquentes allées et venues du sommelier chargé de remonter du vin pour les invités. Après le tohu-bohu des pièces de réception, le calme qui régnait ici était un soulagement indicible. Lydia exhala un profond soupir d'aise et commença à se détendre. Avec un sourire un brin coupable, elle massa sa nuque tendue. Peut-être avait-elle fini par succomber à la légendaire angoisse à l'approche du mariage.

Une voix calme vint rompre la sérénité des lieux.

— Mademoiselle Craven ?

Relevant abruptement la tête, Lydia découvrit l'homme qu'elle avait le moins envie de voir au monde.

— Linley, dit-elle d'un ton maussade, laissant retomber sa main, que faites-vous là ?

3

Dans la pénombre du cellier, le teint hâlé de Jake Linley était encore plus frappant que d'ordinaire. D'une certaine manière, il ne semblait pas à sa place dans ce sous-sol, même pour une brève visite. Malgré l'animosité qu'il lui inspirait, Lydia devait reconnaître que c'était un des hommes les plus séduisants qu'elle ait jamais rencontrés. S'il n'était pas beaucoup plus âgé que Wray, il semblait avoir une expérience de la vie infiniment plus grande, d'autant plus apparente qu'il s'efforçait de la dissimuler sous une légèreté irrévérencieuse. Entre son sourire en coin vaguement ironique et l'aisance relâchée de ses mouvements, on pouvait facilement se laisser abuser par son charme désinvolte. Mais ses yeux le trahissaient. La profondeur de ses iris d'un gris clair presque transparent laissait paraître la lassitude d'un homme qui avait vu beaucoup trop de réalités douloureuses, imposées à lui par sa difficile vocation, sans trouver tout à fait le moyen d'y échapper.

— Votre mère m'a autorisé à descendre ici, dit-il.

Ce n'était pas exceptionnel, loin de là. Nombre de visiteurs portaient de l'intérêt à la cave si renommée de son père. C'était toutefois un singulier coup de malchance que

Linley vienne admirer les précieux crus au moment précis où elle avait décidé de venir elle aussi.

— Vous en avez assez vu ? demanda-t-elle, tiquant intérieurement à son impolitesse. Parce que j'aimerais être un peu seule.

Ses frères et elle avaient été élevés dans le strict respect des règles de savoir-vivre. Malheureusement, la présence de Linley était plus qu'elle n'en pouvait supporter.

Il inclina légèrement la tête de côté et l'observa avec intensité.

— Vous ne vous sentez pas bien ? Parce que si tel est le cas...

Lydia l'interrompit d'un ricanement dédaigneux.

— S'il vous plaît, ne prenez pas la peine d'afficher une quelconque préoccupation pour ma santé. Je ne suis pas dupe.

Jake Linley s'approcha d'elle à pas lents et s'arrêta sous un halo de lumière tamisée. Quelle injustice qu'un homme aussi perfide soit aussi beau ! Il portait l'habituel habit de soirée noir sur une chemise blanche, avec une cravate en soie gris clair qui faisait écho à son regard translucide. Sur mesure, l'habit tombait avec élégance sur sa silhouette svelte et bien découplée, même si, comme toujours, sa mise était quelque peu en désordre, comme s'il avait tiré avec agacement sur des vêtements dans lesquels il se sentait engoncé. Dans l'esprit d'une femme, ce discret désordre était pour ainsi dire un appel à venir arranger sa cravate ou à rajuster son gilet, gestes qu'une épouse aurait pour son mari dans l'intimité.

— D'où tenez-vous que ma préoccupation n'est pas sincère ? s'enquit-il.

Le ressentiment, allié à une sensation non identifiable encore plus douloureuse, nouait l'estomac de Lydia.

— Il se trouve que je suis au courant de votre petit manège pour tenter de convaincre lord Wray que je n'étais pas assez bien pour lui et le dissuader de demander ma main.

Il se rembrunit.

— C'est ce qu'il vous a dit ?

— Pas en ces termes exacts. Mais vous lui avez conseillé de ne pas m'épouser et cela, je ne vous le pardonnerai jamais.

Linley laissa échapper un soupir, les yeux rivés sur les vieilles dalles de pierre. Il semblait réfléchir à un problème complexe sans réponse, aussi soucieux qu'elle-même lorsqu'elle avait compris qu'un nombre négatif ne pouvait avoir de racine carrée.

— Vous avez raison, admit-il sans détour, j'ai tenté de dissuader Wray de vous épouser.

— Pourquoi ?

— Quelle importance désormais ? Wray n'a pas suivi mon conseil, de toute façon. Vous avez accepté sa demande et la question sera réglée d'ici environ trente-huit heures.

Lydia l'observa avec un intérêt teinté de perplexité.

— Vous faites le décompte des heures ?

Touché par cette pique indirecte, Linley recula d'un pas. Une lueur méfiante s'alluma dans son regard, comme si elle s'était approchée trop près d'un secret vital qu'il tenait à lui cacher.

— Je vous laisse, mademoiselle Craven. Toutes mes excuses pour avoir troublé votre tranquillité.

Il tourna les talons et s'éloigna. Agacée, Lydia foudroya son dos du regard.

— Vous ne prenez même pas la peine de vous excuser pour vos manigances avec lord Wray ?

Il marqua un temps d'arrêt.

— Non, en effet, répondit-il sans la regarder, avant de gravir les marches.

Lydia gagna la salle du fond au pas de charge et se laissa choir sur la chaise en bois qui gémit. D'un geste sec, elle posa son réticule sur la table et se prit la tête entre les mains en laissant échapper un soupir contrarié. Une future épouse ne devrait pas se sentir ainsi : troublée, agitée, furieuse. Elle devrait être folle de joie, la tête pleine de rêves. Dans tous les romans qu'elle avait lus, le mariage était censé être l'événement le plus merveilleux pour une jeune fille. Si tel était le cas, alors une fois de plus elle était en décalage complet avec le monde, parce que soudain ce mariage ne lui faisait plus envie du tout.

Elle avait toujours tellement souhaité être comme tout le monde. Petite, elle s'était efforcée d'imiter ses amies, feignant de s'intéresser aux poupées et aux jeux d'intérieur, alors qu'elle préférait de loin grimper aux arbres et jouer aux soldats avec ses frères. Plus tard, tandis que ses cousines s'absorbaient dans la mode, les intrigues romantiques et autres distractions féminines, c'était l'univers des mathématiques et des sciences qui avait exercé sur elle une irrésistible attraction. Malgré tout l'amour de ses parents et leur souci de la protéger, ils n'avaient pas réussi à la préserver des ragots raillant son manque de féminité et son anticonformisme. Aux yeux de ses détracteurs, elle était juste *bizarre*.

Aujourd'hui, elle avait enfin trouvé un homme considéré par tous comme un très beau parti et qui, en prime, partageait ses centres d'intérêt. Une fois mariée à lord

Wray, elle aurait enfin sa place dans la haute société au lieu de se trouver en marge. Et ce serait un soulagement.

Pourquoi, dans ce cas, n'était-elle pas heureuse ?

Lydia massa ses tempes douloureuses, ruminant en silence. Elle avait besoin de parler à quelqu'un de sage et de compréhensif qui l'aiderait à surmonter ces inexplicables pincements de déception et de nostalgie qui la prenaient au dépourvu chaque fois qu'elle pensait à Jake Linley. Son père. Cette pensée la réconforta immédiatement. Oui, elle irait trouver son père plus tard dans la soirée. Elle avait toujours pu tout lui dire et ses conseils étaient judicieux – quoique souvent prodigués avec une franchise un peu brutale qui pouvait dérouter.

Un peu rassérénée, elle sortit de son réticule son bout de crayon et une liasse de feuilles pliées qu'elle étala sur la table. Au moment où elle entreprenait d'inscrire une longue série de chiffres sur l'une d'elles, déjà couverte de notes, des bruits de pas l'alertèrent.

Elle se renfrogna en voyait Linley émerger de la pénombre. Il avait le visage fermé.

— Vous êtes encore là ?

— La porte ne s'ouvre pas, annonça-t-il sèchement.

— Impossible, voyons. Elle ne se verrouille que de l'extérieur.

— C'est pourtant le cas. J'ai eu beau m'arc-bouter contre le battant, il n'a pas bougé d'un pouce.

— Dans la salle du milieu, il y a une autre issue qui débouche dans le cellier, l'informa Lydia. Vous pouvez sortir par là.

— J'ai déjà essayé. Elle est fermée, elle aussi.

Les sourcils froncés, Lydia posa son menton sur sa main.

— Qui aurait verrouillé cette porte ? Et pourquoi ? C'est forcément une erreur. Personne n'aurait une raison de nous enfermer ici ensemble. À moins...

— À moins... ?

— C'est peut-être un sale coup d'Eugenia King, suggéra Lydia, courroucée. Elle aura voulu se venger parce que c'est moi qui épouse lord Wray alors qu'elle avait jeté son dévolu sur lui. Nul doute qu'elle adorerait provoquer un scandale en trouvant le moyen de me compromettre avec un libertin tel que vous deux jours avant mon mariage.

Une autre hypothèse lui traversa l'esprit. Elle observa Linley d'un œil soupçonneux.

— Ou peut-être est-ce *vous* qui avez mijoté ce traquenard pour contrecarrer mon union avec Wray.

— Par pitié, bougonna-t-il avec irritation. J'étais dans cette cave en premier, souvenez-vous-en. J'ignorais totalement que vous alliez y descendre. Et je me moque comme d'une guigne que vous épousiez votre comte. Je lui ai juste donné mon avis quand il me l'a demandé.

Lâchant son crayon, Lydia pivota sur sa chaise pour lui faire face, bouillonnante d'indignation.

— Apparemment, vous l'avez fait avec enthousiasme, trop heureux sûrement d'en profiter pour faire des commentaires désobligeants à mon sujet.

— Je n'ai fait aucun commentaire désobligeant. J'ai juste dit...

Linley s'interrompit abruptement.

— Quoi ? insista Lydia, son poing serré posé sur la table.

Le regard de Linley chercha le sien. Le silence était si pesant soudain, si intime, qu'elle avait du mal à respirer. Pour la première fois, ils étaient libres de se dire leurs quatre vérités en face et cela rendait la situation potentiellement... explosive.

— Pourquoi accorder la moindre importance à mon avis ? demanda Linley.

Lydia se sentait piégée. Elle se leva et s'approcha des casiers de bouteilles qui tapissaient le mur pour s'éloigner de lui. Elle passa l'index sur une rangée de bouchons scellés à la cire et inspecta la traînée de poussière grise sur l'extrémité de son doigt.

— Je suppose que face à une énigme je ne peux résister à la tentation de la résoudre, finit-elle par répondre. Je n'ai jamais été capable d'identifier la source de la discorde entre nous. Il est clair pour tout le monde que nous ne nous sommes jamais entendus. Est-ce à cause des origines de ma famille ? Le fait que mon père soit un orphelin illégitime et qu'il ait un passé sulfureux et qu'il soit à la tête d'un cercle de jeu...

— Non, la coupa Linley. Jamais je ne ferais ce genre de reproche à votre père ou à sa famille. Je n'éprouve que de l'admiration pour lui et sa réussite. Et puis mes propres origines familiales ne sont guère plus brillantes que les vôtres. Chacun sait que les Linley ne sont pas le haut du panier de la noblesse anglaise. Pour autant, ajouta-t-il avec un sourire sans joie, et malgré toute mon estime pour votre père, on ne peut nier que c'est aussi un homme manipulateur et dominateur qui ne recule devant rien pour obtenir ce qu'il veut. Et il est riche comme Crésus. En d'autres termes, Craven est le pire des beaux-pères qu'un homme puisse souhaiter. Wray est très impressionné par lui. Votre père n'hésitera pas à le faire marcher à la baguette au gré de ses envies et aucune union ne peut tolérer ce genre d'ingérence.

— Je ne laisserai pas mon père le malmener, rétorqua Lydia sur la défensive.

Linley ricana et s'assit à demi sur la table, une jambe ballante.

— Votre mari doit être capable de tenir tête à Craven sans votre protection. Ce n'est pas le cas de Wray. Tôt ou tard, il en concevra de la rancœur à votre égard, parce que vous lui en ferez le reproche.

Lydia aurait payé cher pour pouvoir le contredire.

— Les gens changent, dit-elle.

— Quand bien même, cela ne changera rien à l'autre fait pertinent.

— Lequel ?

La flamme vacillante de l'applique jetait des reflets vieux or sur ses mèches en désordre.

— Il n'y a pas d'amour entre vous.

Lydia resta sans voix. Son cœur caracola dans sa poitrine tandis que Linley s'avançait vers elle. Elle n'eut conscience d'avoir reculé que lorsque ses épaules heurtèrent les casiers dans un tintement de verre.

Linley s'approcha davantage et posa les mains de part et d'autre de sa tête, agrippant les armatures en fer forgé qui accueillaient les bouteilles. Il se tenait beaucoup trop près, la dominant de sa haute stature. Les effluves boisés de son savon flottaient jusqu'à ses narines, sous lesquels elle distinguait l'odeur masculine, un peu salée, de sa peau. Elle prit une profonde inspiration, puis une deuxième, mais, étrangement, ses poumons se refusaient de se remplir correctement. Comment avait-elle pu ne pas se rendre compte avant cet instant qu'il était aussi grand et imposant ? Elle était d'une taille supérieure à la moyenne et pourtant il la dépassait d'une bonne tête, ses larges épaules bloquant la pâle lumière de la lampe.

Il crispa ses doigts sur les volutes en métal.

— Vous feriez mieux d'épouser un homme qui vendrait son âme pour une seule nuit avec vous.

— Comment savez-vous que Wray ne le ferait pas ? répliqua-t-elle faiblement.

Elle crut le voir rougir.

— Parce qu'alors, vous n'afficheriez plus cette maudite innocence. Si vous étiez mienne, jamais je n'aurais pu attendre tous ces mois sans...

Il s'interrompit et avala sa salive. Son souffle venait frapper les lèvres de Lydia en légères bouffées saccadées. Il était si proche qu'elle percevait la chaleur de son corps.

Ses pensées s'éparpillèrent telle une volée de moineaux lorsqu'elle comprit qu'il s'apprêtait à l'embrasser. Elle sentit qu'il glissait les mains derrière sa tête pour la soutenir. Tandis qu'il inclinait son visage vers le sien, tout devint flou et elle ferma les yeux. Il y eut un doux effleurement au coin de sa bouche, suivi d'un autre sur la pulpe si vulnérable de sa lèvre inférieure. La bouche de Jake Linley s'approcha peu à peu de la sienne jusqu'à en prendre totalement possession. Lydia fut submergée par une soudaine sensation d'ivresse, comme au Noël précédent, lorsqu'elle avait bu deux grandes bolées de punch, puis avait passé la soirée dans un agréable brouillard avec les jambes en coton.

Elle vacilla, aussitôt rattrapée en douceur et pressée contre son torse vigoureux. Linley s'enhardit, l'incitant à s'abandonner à son baiser de plus en plus ardent. Sous le choc délicieux, elle entrouvrit les lèvres et, avec une fièvre qu'elle n'avait encore jamais ressentie, mêla sa langue à la sienne en une lente et enivrante chorégraphie. Lorsqu'elle enfouit les doigts dans ses cheveux drus, un gémissement monta du fond de sa gorge.

Brusquement, Linley s'arracha à sa bouche, le souffle court.

— Bon sang, je n'aurais jamais dû. Pardonnez-moi, je suis désolé.

Du pouce, il caressa la courbe de sa lèvre inférieure sans cesser de la dévorer d'un regard brûlant qui la laissa pantoise.

— Je suis désolé, répéta-t-il. Je ne sais pas ce qui m'a pris.

L'étreinte de ses bras se desserra, mais il semblait incapable de la lâcher.

— Lydia, c'est terrible, dit-il d'une voix rauque. Pardonnez-moi.

Il captura de nouveau ses lèvres avec fougue, savourant son absence de résistance à ce nouvel assaut. Elle sentit ses mains migrer vers le bas, une dans son dos, pressant son bassin avec plus de vigueur contre le sien, l'autre sous son sein rond qu'il souleva légèrement comme pour le soupeser. La chaleur de sa paume pénétra la soie pourtant doublée de son corsage. Du pouce, il caressa en petits cercles langoureux la pointe tendue sous le tissu, sans jamais cesser de l'embrasser, déclenchant en elle une passion dont l'intensité finit par la terrifier.

Avec un petit gémissement, elle s'arracha à ses bras et parvint à gagner la table sans trop savoir comment. Elle se laissa tomber sur la chaise, inspira de longues goulées d'air, les mains à plat sur le plateau scarifié.

Jake demeura où il était, le front appuyé contre les rayonnages de bouteilles. Il finit par s'en détourner et se passa la main dans les cheveux. Sa main tremblait, nota Lydia, et son souffle était erratique.

— Il faut que je sorte, marmonna-t-il. Je ne peux pas rester seul ici avec vous.

Elle attendit que son pouls se calme avant de demander :

— Linley... Jake... à quel jeu jouez-vous ?

— Ce n'est pas un jeu, répondit-il, ses yeux clairs plantés dans les siens. Je vous désire depuis la première fois que je vous ai vue.

— Quoi ? C'est impossible. Je vous ai entendu dire à quelqu'un que je ne vous intéressais pas du tout.

— Quand aurais-je tenu ces propos ?

— Le jour de notre rencontre justement, après m'avoir bandé la cheville.

— Vous n'aviez que seize ans, lui rappela-t-il, un peu narquois. J'aurais eu l'air d'un vieux coureur de jupons dépravé si j'avais avoué avoir un faible pour vous.

— Le soir de mes fiançailles, quand vous m'avez embrassée... c'était à cause de ce faible que vous aviez pour moi ?

— Quelle autre raison aurais-je eue ?

Les joues de Lydia s'empourprèrent à ce souvenir.

— Je pensais que vous vouliez juste me mettre mal à l'aise.

— Vous pensiez que..., commença Jake, qui ne termina pas sa phrase, l'air incrédule. De toute façon, à quoi bon en discuter ? Vous allez vous marier dans deux jours.

Lydia éprouvait un étrange désespoir mêlé de colère, comme si elle avait perdu quelque chose qu'elle n'avait jamais possédé. Comme si elle se sentait flouée.

— Vous avez raison, approuva-t-elle. Cela ne rime à rien d'en discuter maintenant. Rien ne pourra me dissuader d'épouser lord Wray.

Jake garda le silence, le regard sombre, la bouche figée sur une moue maussade.

— Wray et moi sommes compatibles en tous points, continua-t-elle, ressentant le besoin de l'affirmer à voix haute. Pour commencer, c'est le seul homme à avoir lu mon article pour le *Journal de science pratique*...

— Moi aussi, je l'ai lu, dit Jake.

— Vraiment ?

Linley s'amusa visiblement de son expression sidérée.

— Juste la première partie.

— Et qu'en avez-vous pensé ?

— Je me suis endormi durant le passage sur les tétraydres congruents et disjoints.

— Tétraèdres, corrigea Lydia avec un petit sourire, consciente que, à part pour un mathématicien, son article devait effectivement être assommant. Ma foi, j'espère vous avoir procuré une bonne nuit de sommeil.

— Je peux vous assurer que ça a été un somnifère très efficace.

Elle pouffa et ils restèrent un moment à se regarder en toute simplicité, avec un plaisir inattendu. Lentement, Lydia se laissa aller contre le dossier de la chaise.

— Si les mathématiques vous rebutent, qu'aimez-vous dans la vie ?

— La pêche à la truite. Lire les journaux dans les cafés. Les longues balades dans Londres au petit jour... Embrasser une jolie femme dans une cave à vin, ajouta-t-il, les yeux rivés sur ses lèvres.

Lydia réprima un sourire.

— Et vous ? reprit-il. Dites-moi ce que vous aimez.

— Jouer au billard. L'architecture. L'aquarelle – même si je n'ai aucun talent. J'aime aussi jouer aux cartes, mais uniquement avec mon père, le seul capable de me battre.

« Et aussi embrasser un bel homme dans une cave à vin », songea-t-elle, amusée.

Elle se leva, et après avoir fouillé dans le petit meuble de rangement à côté de la table, en exhuma un tire-bouchon, un coupe-capsule et deux verres de dégustation.

— Je connais autre chose qui pourrait vous plaire, dit-elle. Regardez à droite, dans la rangée du bas, ajouta-t-elle en désignant le rayonnage le plus proche de lui. La bouteille avec l'étiquette dorée et verte. Un château d'Yquem grand cru, le meilleur sauternes que vous ayez jamais goûté.

Jake lui adressa un regard interrogateur, puis s'accroupit pour prendre la bouteille.

— Qui sait combien de temps nous resterons coincés ici, enchaîna-t-elle. Tôt ou tard, le sommelier reviendra chercher du vin, en attendant, autant nous faire plaisir.

Jake sortit la bouteille de son emplacement et vint la déposer sur la table. D'une main experte, il passa le coupe-capsule autour du sceau en cire, puis se saisit du tire-bouchon. Lydia était comme hypnotisée par ses gestes vifs et habiles tandis qu'il enfonçait la spirale métallique dans le bouchon, puis extirpait celui-ci du goulot. Au souvenir de la douceur avec laquelle ces grandes mains avaient caressé son visage et son sein, elle eut des palpitations au creux du ventre.

Après avoir versé le vin jaune liquoreux dans les deux verres, Jake lui en tendit un, veillant, semblait-il, à ne pas lui effleurer les doigts.

— À votre mariage ! lança-t-il en guise de toast.

Ils firent tinter leurs verres l'un contre l'autre. Lydia savoura la première gorgée de ce vin précieux qui glissa sur sa langue, puis dans sa gorge tel de l'or liquide.

Elle se rassit sur la chaise tandis que Jake enlevait la veste de son habit et se calait contre la table.

— Sur quoi travaillez-vous ? s'enquit-il après un coup d'œil à la feuille couverte de chiffres et de symboles mathématiques qu'elle avait laissée près de son réticule.

— J'élabore des formules pour une machine destinée à calculer les probabilités. Quelques amis du musée de la Mécanique à Londres sont en train de la concevoir et ils m'ont proposé d'y collaborer.

— À quoi servirait cette machine ?

— Par exemple, à calculer les résultats d'un jeu de hasard ou même à des fins plus sérieuses, comme la stratégie militaire ou économique.

Lydia se laissa emporter par son sujet, tandis qu'il écoutait avec attention.

— Mes amis, qui sont bien plus versés dans la mécanique que moi, ont mis au point un système qui utilise des rouages en laiton pour représenter les chiffres et les symboles. Bien entendu, cette machine ne pourra jamais être fabriquée, car elle nécessiterait des milliers de rouages et occuperait un bâtiment entier.

L'idée semblait amuser grandement Jake.

— Tout ce travail pour une machine hypothétique ?

— Vous comptez vous moquer encore de moi ? demanda Lydia en arquant les sourcils.

Jake secoua la tête sans cesser de sourire.

— Quel esprit remarquable vous avez.

Ce commentaire n'avait rien de narquois. Au contraire, c'était de l'admiration qu'elle lisait dans le regard de Jake.

Lydia sirota son sauternes, s'efforçant de ne pas regarder son pantalon tendu sur ses cuisses musclées. Jake Linley était un splendide spécimen de la gent masculine, un séducteur au regard mélancolique. Elle se serait volontiers levée pour se glisser dans l'espace accueillant entre ses jambes et attirer son visage vers le sien. Elle mourait d'envie de goûter de nouveau à ses baisers, de sentir ses mains sur son corps. Au lieu de cela, elle resta sagement assise et l'observa, le front légèrement plissé. Elle ne pouvait s'empêcher de se demander combien des femmes avaient ressenti la même attirance pour lui.

— À quoi pensez-vous ? s'enquit-il.

— Je m'interroge sur votre image de mauvais garçon. Est-elle avérée ou un peu exagérée ?

Il réfléchit à la question.

— Je ne suis pas un modèle de vertu, admit-il.

— Vous avez la réputation d'être un séducteur impénitent, insista-t-elle.

L'expression de Jake demeura indéchiffrable, mais Lydia sentait la gêne que sa remarque avait provoquée. Il garda le silence si longtemps qu'elle finit par croire qu'il ne répondrait pas. Pourtant, il se força à la regarder dans les yeux, et lorsqu'il parla, ce fut d'un ton guindé :

— Je n'ai jamais séduit personne. Et jamais je ne coucherais avec une patiente. À l'occasion, cependant, il m'arrive de prendre le plaisir que l'on veut bien m'offrir.

L'intérieur frais et sombre de la cave formait comme un cocon qui les isolait du monde extérieur où une jeune fiancée n'abordait pas des sujets indécents avec un coureur de jupons patenté. Lydia savait que plus jamais elle n'aurait la chance d'avoir une conversation intime avec l'homme qui l'avait à la fois exaspérée et fascinée pendant tant d'années.

— Pourquoi ? demanda-t-elle doucement. Parce que vous vous sentez seul ?

Il secoua la tête.

— Non, ce n'est pas la solitude. Plutôt un besoin de... distraction.

— De distraction ? De quoi ?

Jake aurait pu aisément esquiver la question. Il n'en fit rien. Son regard s'assombrit.

— Sans fausse modestie, je suis un bon médecin. Mais dans ma profession, les rencontres avec la souffrance et la mort sont inévitables. Parfois, c'est l'enfer sur terre, lorsque je m'efforce d'aider quelqu'un qui souffre d'une blessure fatale ou d'une maladie incurable, lorsqu'un mari me supplie de sauver sa femme ou qu'un enfant me demande si son père va mourir. En dépit de tous mes efforts, il m'arrive d'échouer. J'essaie de trouver les mots pour offrir du réconfort, expliquer le pourquoi des choses... Mais ces mots n'existent pas.

Sur son visage en partie détourné, Lydia percevait une poignante gravité.

— Je me souviens des visages de tous mes patients décédés. Et les nuits où je ne peux m'empêcher de penser à eux, j'ai besoin de quelque chose... de quelqu'un pour m'aider à oublier. Au moins pendant un temps.

Il lui adressa un regard las.

— Ces derniers temps, cette tactique n'a pas très bien fonctionné.

Lydia n'aurait jamais imaginé qu'il serait capable de lui parler avec une honnêteté aussi brutale. Il lui avait toujours semblé si sûr de lui, tellement invulnérable.

— Pourquoi continuez-vous à être médecin si cela vous rend malheureux ? voulut-elle savoir.

Il laissa échapper un rire amer.

— Parce qu'il y a des jours où je réussis à faire ce qu'il faut pour sauver mes malades envers et contre tout. Et parfois je suis appelé pour un accouchement, et lorsque je tiens ce petit être tout neuf entre mes mains, je suis rempli d'espoir.

Il fixait le mur d'un regard absent.

— J'ai assisté à des miracles, vous savez. De temps à autre, la fortune sourit à ceux qui en ont le plus besoin et ils reçoivent le plus beau des cadeaux : une nouvelle chance dans la vie. Dans ces moments-là, je remercie le ciel d'être médecin et je sais que jamais je ne pourrais exercer un autre métier.

Lydia le couvait d'un regard empreint d'une immense tristesse, le cœur serré par une étrange douleur mêlée de tendresse.

« Oh non ! » se dit-elle en proie à un mélange d'incertitude et de panique.

En un instant de bascule, toute sa présomptueuse assurance l'avait brutalement désertée, la laissant face à une bouleversante réalité : elle craignait d'être amoureuse de cet homme qui l'irritait depuis des années. Un homme si familier et pourtant presque un inconnu.

4

— Jake, dit Lydia d'une voix mal assurée, j'ai une faveur à vous demander.

Il tourna la tête vers elle.

— Oui ?

— Je voudrais que vous me révéliez vos pires défauts. Soyez très honnête et montrez-vous sous votre jour le moins attrayant.

Il fut obligé de rire. Un beau rire grave et profond.

— C'est assez facile. Mais je n'avouerai rien sans entendre aussi les vôtres.

— Très bien, accepta-t-elle avec prudence.

Jake sirota une gorgée de sauternes et plissa les yeux en l'observant par-dessus le bord de son verre.

— Vous d'abord.

Perchée sur le bord de la chaise, Lydia tenait le sien à deux mains, les genoux serrés. Elle hocha la tête d'un air résolu.

— Pour commencer, je ne suis pas sociable. Je n'aime pas faire la conversation, je ne suis pas douée pour le badinage et je n'apprécie pas non plus la danse.

— Pas même avec Wray ?

Lydia fit signe que non avec un sourire gêné.

— Peut-être n'avez-vous juste pas encore trouvé le bon partenaire, suggéra Jake.

La respiration de Lydia se fit plus rapide, tandis que leurs regards s'aimantaient.

— Pourquoi ne m'avez-vous jamais invitée à danser ?

— Parce je ne me faisais pas confiance à l'idée de vous tenir dans mes bras en public.

Lydia s'empourpra et avala une généreuse gorgée de vin. Elle se força à revenir au sujet.

— Qu'ai-je encore comme défauts ? Ma foi, je manque souvent de patience avec les gens, je déteste l'oisiveté et je suis un peu une Mme Je-sais-tout.

— Non ! fit Jake avec un étonnement à l'évidence feint.

— Oh si ! assura-t-elle, penaude. Je crois toujours tout savoir mieux que tout le monde. Je ne peux pas m'en empêcher. Et je déteste admettre que j'ai tort. Ma famille prétend que je pourrais me disputer avec un lampadaire.

— J'aime les femmes de caractère, dit-il avec un grand sourire.

— Et celles qui sont têtues et déraisonnables ? demanda Lydia avec une grimace pleine d'autodérision.

— Surtout celles-là, si elles sont aussi belles que vous, répondit Jake qui finit son verre et le posa.

Ce compliment lui arracha un agréable frisson.

— Vous aimez les disputes ? s'enquit-elle, troublée.

— Non, mais j'apprécie les réconciliations qui suivent, avoua-t-il en promenant ouvertement les yeux sur son corps. À mon tour maintenant. Il a déjà été fait état de mon passé pas très rangé. Je confesse aussi un manque total d'ambition. Je préfère que ma vie reste aussi peu compliquée que possible. J'ai peu de besoins, à part une jolie maison à Londres, un bon cheval et, à l'occasion, un voyage à l'étranger.

Lydia trouva l'information difficile à assimiler. Quelle différence avec son père bien-aimé dont l'appétit de succès et de conquête était apparemment sans limite. Savoir se contenter de ce qu'on a... était-ce un défaut ou une vertu ?

— Et si vous faisiez un gros héritage ? hasarda-t-elle, l'air sceptique. Qu'en feriez-vous ?

— Je donnerais tout à un hôpital ou à une fondation charitable, assura-t-il sans une hésitation.

Lydia baissa les yeux sur ses genoux qui saillaient à travers le tissu de ses jupes.

— Dans ce cas, je suppose qu'épouser une héritière serait hors de question pour vous.

— Oui.

Elle se renfrogna encore davantage.

— Ce ne serait quand même pas un sort si terrible d'entrer dans une famille riche. D'avoir beaucoup de serviteurs, des belles choses, un vaste domaine...

— Ce n'est pas ce que je souhaite. Et puis, plutôt être pendu que de passer pour un maudit coureur de dot dans tout Londres.

— Même si c'est faux ?

— Vrai ou faux, quelle importance. C'est ce que tout le monde dirait.

— Dans ce cas, nous devrions ajouter l'orgueil à votre liste de défauts, déclara Lydia, qui posa son verre à son tour.

— Sans aucun doute, confirma-t-il.

Du regard, il la mit au défi d'oser la moindre critique avant d'esquisser un sourire lorsqu'elle parvint à tenir sa langue.

— Et contrairement à vous, j'apprécie grandement l'oisiveté, ajouta-t-il. Après une semaine à enchaîner les consultations à travers Londres, j'aime flâner pendant des heures, parler, boire, faire l'amour... Surtout faire l'amour, ajouta-t-il franchement après un silence.

Dans l'esprit de Lydia s'imposa soudain la vision de son corps hâlé étendu lascivement sur des draps blancs. Faire l'amour avec lui pendant des heures ? Elle n'osait imaginer l'expérience que ce serait.

— C'est sans doute facile pour vous de trouver des femmes qui...

Elle se tut, les joues en feu.

Le visage de Jake demeura indéchiffrable.

— En général, oui.

— Vous êtes déjà tombé amoureux ?

— Une fois.

Un désagréable pincement de jalousie la prit au dépourvu

— Vous lui avez avoué vos sentiments ?

Il fit non de la tête.

— Vous l'aimez encore ?

La question avait franchi les lèvres de Lydia bien qu'elle ne tienne pas vraiment à connaître la réponse. Jake la scruta un instant, puis répondit par l'affirmative.

Ce fut comme si une vague glacée avait submergé Lydia. Elle se sentait malheureuse alors qu'elle n'en avait aucun droit. Il ne lui avait fait ni promesse ni serment d'amour ; il lui avait juste avoué le désir qu'elle lui inspirait. Et malgré son manque d'expérience, elle avait conscience qu'amour et désir pouvaient exister indépendamment l'un de l'autre.

— C'est quelqu'un que je connais ? demanda-t-elle d'une voix sans timbre. Une femme mariée ?

Le silence s'épaissit tandis que Jake la dévisageait, visiblement tendu. Sa grande silhouette penchée en avant trahissait une énergie prête à briser toutes les digues. Et cette étrange ferveur avec laquelle il la regardait, le visage à demi caché dans la pénombre... Elle jurerait sur sa vie qu'il ressentait davantage que du désir pour elle.

— Pas encore, répondit-il d'une voix rauque.

Le cœur de Lydia se mit à cogner dans sa poitrine avec une violence presque effrayante.

— Qui est-ce, Jake ? parvint-elle à murmurer.

Il se redressa avec un soupir d'agacement et l'attira à lui d'un geste impatient.

— D'après vous ?

Pour un peu, il l'aurait presque secouée. En guise d'explication, au cas où elle n'aurait pas encore compris, il captura ses lèvres avec fougue, renversant l'ultime rempart qu'elle tentait encore de dresser entre eux. Il l'embrassa avec une tendre passion tandis que ses mains s'aventuraient fébrilement sur son corps.

— J'aime tout chez vous, sans restriction, jusqu'à votre logique terrifiante et votre esprit querelleur, murmura-t-il, déposant une traînée de baisers délicieux sur ses joues, son menton, sa gorge. J'aime votre intelligence incomparable que vous n'avez pas peur d'afficher. J'aime vos superbes yeux verts. J'aime les rapports que vous avez avec votre famille. Ma sublime Lydia...

Elle s'arracha à regret à ses lèvres. Jamais elle n'avait été en proie à pareille agitation.

— Quel idiot, quand même ! Attendre trente-huit heures avant mon mariage pour m'avouer tout cela !

— Trente-six et demie.

Soudain, le comique de cette folle situation la frappa de plein fouet et elle ne put se retenir de rire.

— Je vous aime, moi aussi, souffla-t-elle, submergée par un sentiment d'absurdité.

Ils s'embrassèrent de nouveau avec une ardeur redoublée jusqu'à ce qu'elle fonde littéralement de désir, le ventre presque douloureux.

Elle posa la main sur la joue de Jake, sentit son chaume de barbe sous sa paume.

— Vous n'avez jamais montré autre chose que du dédain à mon égard.

— Je ne vous ai jamais dédaignée.

— Vous étiez acerbe et vous le savez.

Il eut la bonne grâce d'afficher un vague repentir.

— Uniquement parce que je savais que je n'avais aucune chance de vous conquérir. Cela me rendait un peu bougon.

— *Bougon* ? répéta Lydia.

Il étouffa son indignation d'un baiser. Aussitôt, la passion les embrasa avec la force d'un violent incendie. Cette fois, elle s'abandonna à la vigueur de l'assaut sans fausse honte, savourant avec une félicité qui la sidéra la danse enivrante de leurs langues mêlées, intime et langoureuse, avec un délicieux petit arrière-goût de sauternes. Elle ressentait dans la fougue presque désespérée de ce baiser l'ampleur du trouble qui s'était emparé de lui et réalisa non sans fierté qu'elle lui inspirait un désir tout aussi dévorant que celui qu'elle ressentait.

Jake mit brutalement fin à leur étreinte et la tint à bout de bras, comme si leur proximité physique constituait un danger mortel.

Elle referma doucement les mains sur ses poignets.

— Pourquoi êtes-vous si convaincu qu'il nous serait impossible d'être ensemble ?

— N'est-ce pas l'évidence même ? Comment pourrais-je vous demander d'accepter une vie bien moins aisée que celle que vous avez déjà ? Si vous devenez lady Wray, vous ne manquerez de rien et vos enfants seront des membres reconnus de l'aristocratie. Vous ne pouvez pas renoncer à cela pour devenir la femme d'un médecin. Il m'arrive très souvent de devoir quitter la maison au milieu de la nuit pour me rendre au chevet de mes malades, et durant la journée, les patients se bousculent à mon domicile. Un vrai cirque. Pour couronner le tout, je ne suis pas riche et je ne souhaite pas l'être, ce qui vous imposerait un sacrifice que vous viendriez sans doute à regretter tôt ou tard.

— Dans l'une ou l'autre situation, j'aurais à consentir un sacrifice, souligna Lydia. Soit j'épouse un aristocrate qui ne m'aime pas, soit un médecin qui m'aime. Laquelle me causerait le plus de regret ?

— Avant ce soir, vous n'aviez aucune objection à faire un mariage de raison, fit-il remarquer, un peu narquois. Pourquoi ce revirement soudain ?

— Parce que j'ignorais vos sentiments à mon égard ! Vous ne m'avez jamais donné la moindre raison d'espérer. Et si je ne pouvais pas vous avoir, autant épouser lord Wray, me suis-je dit. J'ai toujours eu des sentiments pour vous, confessa-t-elle, essuyant ses yeux humides avec le talon de ses mains. Pourquoi croyez-vous qu'à chacune de nos rencontres, nous nous volons dans les plumes ?

Jake eut un petit sourire en coin.

— Je pensais juste avoir un talent particulier pour vous agacer.

Lydia fut obligée de rire. Elle saisit le revers de son col à deux mains.

— C'est vous que je veux, dit-elle d'un ton pressant. Vous et personne d'autre.

Il secouait déjà la tête alors qu'elle n'avait pas fini sa phrase.

— Vous pourriez vite changer d'avis, vous savez. Vous tenez vraiment à courir ce risque ?

Elle n'était ni lâche ni idiote. Elle avait conscience des embûches qui se dresseraient sur leur chemin et des difficultés que deux forts caractères comme eux auraient à s'accoutumer l'un à l'autre. Mais elle était une Craven et les Craven avaient la réputation de ne jamais céder lorsqu'ils avaient un objectif en tête.

— Je suis la fille d'un joueur, ne l'oubliez pas. Je n'ai pas peur de prendre des risques.

Le sourire de Jake se fit contrit.

— Et lorsqu'il s'agit de faire un choix raisonnable ?

— Certaines décisions sont si importantes que seul le cœur peut les prendre.

Il s'empara de sa main et embrassa chacun de ses doigts tour à tour.

— Quand avez-vous pris celle-ci ? demanda-t-il entre deux baisers.

Sentant sa résistance s'amoindrir, Lydia afficha un sourire bravache.

— Il y a deux minutes.

— Ne laissez pas le désir physique influencer vos décisions, la prévint-il d'une voix douce. Faites-moi confiance, une fois la béatitude de la passion dissipée, vous verrez les choses sous un jour différent.

Si Lydia connaissait la théorie, l'acte sexuel en lui-même, les effets produits par lesdits ébats ne lui étaient pas familiers.

— Qu'entendez-vous exactement par « béatitude de la passion » ?

— Si vous saviez combien j'aimerais vous en faire la démonstration !

— Eh bien, je vous en prie, allez-y, le défia-t-elle. Montrez-moi et nous verrons bien si mes sentiments survivent au désir physique.

— C'est sans doute la pire suggestion que j'aie jamais entendue.

— Juste un peu de béatitude, s'il vous plaît, l'encouragea-t-elle, enjôleuse. Cela ne devrait pas vous coûter beaucoup d'effort. J'ai déjà l'impression d'avoir une nuée de papillons au creux du ventre.

— La pire suggestion, je vous assure, affirma-t-il, la mine sombre.

Déterminée, Lydia se plaqua contre lui et se hissa sur la pointe des pieds pour l'embrasser. Ses lèvres lui effleurèrent la joue et la mâchoire tandis que sa main descendait le long de son torse jusqu'à son abdomen. Et plus bas. Emportée par son audace, elle laissa ses doigts s'aventurer sur le renflement qui tendait son pantalon. Avec un bruit de gorge étranglé, il lui agrippa le poignet.

— Seigneur, non, attendez ! Lydia... j'ai envie de vous depuis si longtemps... je...

Il repoussa doucement sa main et entreprit de défaire avec fébrilité la rangée de petits boutons recouverts de soie qui fermaient le dos de sa robe. Elle sentit le corsage se relâcher et les manches gigot glissèrent jusqu'au creux moite de ses coudes.

Le souffle court, Jake la souleva, l'assit sur la table, puis s'affaira sur le devant de son corset. Les dessous féminins semblaient n'avoir aucun secret pour lui, ne put s'empêcher de noter Lydia, tandis qu'il s'employait à dénouer les lacets avec une dextérité qu'elle aurait été bien en peine d'égaler. Le corset eut tôt fait d'atterrir sur le sol et elle se retrouva exposée à la fraîcheur de la cave, son corps uniquement couvert par la fine mousseline de sa camisole. Lydia déglutit, soudain incertaine, tandis que Jake s'avançait entre ses jambes, son pantalon presque englouti par l'étoffe de ses jupes.

— Pour quelqu'un qui affirme ne pas être un séducteur, vous faites preuve d'une remarquable assurance, fit-elle remarquer avec un petit rire tremblant.

Du bout des doigts, il repoussa la bretelle de sa camisole de son épaule.

— Je fais une exception pour vous.

Le rire de Lydia se mua en gémissement lorsque la bouche chaude de Jake frôla le creux de son cou. Murmurant quelques mots rassurants, il lui caressa les épaules tout en faisant glisser les bretelles le long de ses bras jusqu'à ce qu'elle soit obligée de s'en libérer complètement. La chemise finit autour de sa taille en un bouillonnement de mousseline.

Jake inclina Lydia en arrière, un bras en soutien dans son dos, puis emprisonna dans sa paume un de ses seins ronds qu'il pétrit doucement avant d'en titiller la pointe de ses lèvres. Lorsqu'elle fut aussi dure qu'un petit caillou, il referma la bouche avec gourmandise sur le mamelon entier qu'il gratifia de coups de langue si sensuels que Lydia en chavira.

Elle se cambra lascivement vers lui, sidérée de la facilité et de la confiance avec lesquelles elle se livrait aux caresses de cet homme. Comment avait-elle pu le considérer comme un ennemi ? En dépit de son innocence, elle sentait frémir en lui la férocité de son désir et pourtant ses gestes étaient d'une douceur si infinie qu'ils en étaient émouvants.

Les mains de Jake disparurent sous ses jupes et se promenèrent sur ses jambes gainées de soie avant de remonter jusqu'à sa culotte en batiste. Envoûtée par ses baisers brûlants, Lydia ne se rendit pas compte qu'il avait défait le lien retenant sa culotte qu'au moment où il l'abaissa sur ses hanches.

— N'ayez crainte, murmura-t-il, prenant le temps de quelques rassurantes câlineries, je veux juste vous donner du plaisir. Laissez-moi faire...

Incapable de lui résister, elle s'abandonna dans le creux de son bras, frissonnant lorsqu'il fit descendre le sous-vêtement le long de ses jambes et le lui ôta. Ses doigts suivirent ensuite la courbe de ses mollets, s'arrêtèrent dans le repli vulnérable à l'arrière de ses genoux avant de se faufiler sans entrave jusqu'à la courbe de sa hanche nue. Le souffle saccadé, Lydia se concentra sur cette grande main chaude qu'il promenait langoureusement sur la peau sensible à l'intérieur de ses cuisses. Très vite, elle n'eut plus qu'une obsession : qu'il s'enhardisse enfin jusqu'à l'endroit secret de son intimité qui n'attendait que ses caresses. Quand elle le sentit sourire contre sa joue, elle réalisa qu'il prenait un malin plaisir à prolonger la torture qu'il lui infligeait.

Soudain, elle n'y tint plus.

— Jake… c'est un véritable supplice… je deviens folle…

Sans pitié, il poursuivit tranquillement son petit manège, frôlant du bout des doigts le triangle de boucles brunes au creux de ses cuisses sans jamais aller plus loin.

Au bout d'un moment, alors que le désir irradiant dans son ventre était devenu si impérieux que c'en était presque douloureux, il introduisit ses doigts entre les replis chauds et humides de sa chair.

— C'est de cela que vous avez envie ? souffla-t-il.

Pour toute réponse, Lydia émit un gémissement inarticulé qu'il s'empressa d'étouffer sous un baiser ardent. Avec une habileté diabolique, il titilla le petit bourgeon sensible dissimulé entre les pétales de sa féminité, accroissant son excitation à un point inouï. Les sensations la submergèrent, elle rêvait de sentir son corps nu sur le sien et lui griffa le dos dans une vaine tentative pour lui enlever son gilet et sa chemise.

— Lydia, si vous saviez toutes les choses que j'ai envie de vous faire…

— Par pitié, faites-les *maintenant* ! le supplia-t-elle au comble de la frustration.

Avec un rire rauque, il l'allongea avec précaution sur la table. Le bois était dur sous son dos et le bord lui mordait l'arrière des genoux tandis que ses jambes pendaient dans le vide comme celles d'un pantin.

— S'il vous plaît, n'arrêtez pas, l'implora-t-elle alors qu'il s'affairait à retrousser ses jupes en désordre.

Il lui écarta doucement les jambes et son souffle chaud lui chatouilla l'intérieur de la cuisse. Lydia réalisa confusément qu'il s'était assis sur la chaise, le visage à la hauteur de la partie la plus secrète de son anatomie. Une pensée inavouable lui traversa l'esprit. Il n'allait quand même pas… non, c'était impossible… Lorsqu'il glissa les bras sous ses genoux et se pencha vers elle, elle se raidit.

Saisie par le contact de la bouche de Jake sur sa chair intime, un petit cri jaillit de sa gorge. Puis, comme dans un rêve, elle s'abandonna peu à peu à la caresse inouïe de sa langue qui entama une danse langoureuse entre les replis de sa féminité. Il empoigna son bassin qui se tendait vers lui et prit tout son temps pour la savourer avec de petits bruits de gorge auxquels répondirent bientôt les gémissements lascifs de Lydia. Très vite, sa respiration se fit haletante et les gémissements culminèrent en une longue plainte extatique. Elle se cambra une dernière fois contre sa bouche, aussi surprise qu'émerveillée par l'incroyable vague de volupté qui la balayait.

Même lorsque les derniers spasmes s'apaisèrent, Jake se montra réticent à s'interrompre tant il semblait avoir apprécié ce petit jeu délicieux. Alanguie et frissonnante sur la table en bois brut, encore sous le choc, Lydia se redressa tant bien que mal. Il l'accueillit avec tendresse dans le creux de son épaule, joignant à la sienne cette bouche qui venait de lui prodiguer un plaisir inimaginable.

— Vous comprenez maintenant ce que j'entendais par « béatitude » ? demanda-t-il d'une voix enrouée.

— J'en veux davantage, dit Lydia dans un souffle en tirant malhabilement sur la patte de sa braguette qui dissimulait les boutons. Je vous veux tout entier, clarifia-t-elle, flattant avec fébrilité l'épaisse protubérance qui tendait son pantalon.

— Pour l'amour du Ciel, non, objecta-t-il avec un mouvement de recul, comme s'il s'était brûlé. Pas question de déshonorer la fille de Derek Craven dans sa propre cave à vin. Pour commencer, vous méritez mieux. Et puis votre père me castrerait sans doute avec je ne sais quel engin de torture médiéval.

— J'ignore où tout le monde va chercher ces idées ridicules sur mon père. C'est vraiment le plus gentil, le plus merveilleux...

— Le pire des beaux-pères qu'un homme puisse souhaiter, je maintiens, déclara Jake. Enfin, une chose est sûre, ajouta-t-il dans un soupir en ramassant le corset de Lydia, je saurai mieux m'y prendre avec lui que ne l'aurait fait Wray.

Lydia remonta sa camisole maladroitement, puis s'immobilisa le temps que Jake lace son corset.

— Vous voulez dire que vous comptez demander ma main ? demanda-t-elle, pleine d'espoir.

Avec dextérité, il lui enfila ses dessous.

— Nous ferions mieux de négocier d'abord.

Lydia sauta de la table, rajusta son sous-vêtement et noua le lien avec soin.

— J'ai un autre défaut que j'ai oublié de mentionner, avoua-t-elle.

Elle fit glisser ses jupes en place dans un bruissement soyeux.

— Ah oui ?

— J'ai *horreur* des compromis.

— Tout comme moi.

Ils échangèrent un sourire penaud.

Jake resservit deux verres de sauternes. Il but une longue gorgée, puis regarda Lydia droit dans les yeux.

— Il y a un point sur lequel je ne transigerai pas. Si nous nous marions, je n'accepterai pas l'argent de votre père, ni cette dot tout bonnement indécente. S'il souhaite vous octroyer un compte qui vous appartienne en propre, libre à lui. Mais vous devrez accepter le style de vie que je suis en mesure de vous procurer. En d'autres termes, pas de cadeaux somptueux de la part de vos parents, genre manoir, voiture de luxe, j'en passe et des meilleures.

Lydia voulut protester, puis se ravisa. Si c'était là son exigence pour conserver sa fierté et son amour-propre, elle devrait s'y plier. De quoi avait-elle besoin pour être heureuse, après tout ? Elle aurait son travail, une vie agréable et, par-dessus, tout un mari qui l'aimait. C'était une perspective infiniment plus attrayante qu'une existence luxueuse, mais vide auprès de lord Wray.

Elle s'avança vers Jake et enroula les bras autour de sa taille, tout émoustillée d'avoir cette liberté de le toucher.

— Et l'argent que je gagnerai par mon travail ? Vous y verriez une objection si je le gardais ?

Il fronça les sourcils.

— C'est une pure hypothèse ou vous en avez déjà gagné ?

Elle haussa les épaules avec modestie.

— J'en ai glané un peu à droite et à gauche, grâce à mes inventions. L'année dernière, j'ai conçu une modification de relais pour des compagnies du télégraphe... et j'ai eu cette idée au sujet de la propulsion atmosphérique...

— Combien avez-vous gagné jusqu'à présent ? insista-t-il, l'air soupçonneux.

— Seulement quelques milliers de livres.

— Combien de milliers ?

— Pas plus de, disons... vingt.

Ce montant était dérisoire comparé à la fortune des Craven, mais Lydia savait que pour un Anglais moyen c'était une coquette somme.

Jake ferma les yeux et vida son verre d'un trait.

— Je suis désolée, s'empressa-t-elle d'ajouter. C'est juste que les Craven ne peuvent apparemment s'empêcher de s'enrichir. Mon père, bien sûr, mais aussi ma mère qui a gagné pas mal d'argent grâce à ses romans. Et l'année dernière, mon frère Nicholas s'est mis en tête de créer une compagnie maritime avec des navires propulsés par des hélices...

— Nicholas a *dix-huit* ans, la coupa Jake, incrédule.

— Oui, c'est pour cela que papa lui a conseillé de commencer avec seulement deux bâtiments...

Lydia s'interrompit lorsque Jake se laissa choir sur la chaise et se prit la tête entre les mains.

— Jake ?

— Je renonce, dit-il d'une voix étouffée. Sapristi.

— Vous voulez dire que vous ne souhaitez plus m'épouser ?

— Je veux dire que vous pouvez garder vos revenus, mais ce que j'ai dit avant tient toujours : pas un sou de votre père.

— Voilà qui me paraît équitable. Je...

Elle sursauta lorsque le grincement assourdi d'un loquet se fit entendre, suivi par le raclement d'une porte qui s'ouvrait. Celle qui menait aux cuisines. C'était sûrement le sommelier qui venait chercher du vin. Elle vérifia sa mise en hâte, rajusta les plis de sa robe, puis porta les mains à sa coiffure. Malheureusement, quelques mèches s'en étaient échappées et elle sentait ses lèvres enflammées par leurs fougueux baisers : quiconque la verrait devinerait aussitôt ce qu'elle avait fait.

Le sourire amusé de Jake ne fit que confirmer ses inquiétudes.

Ils attendirent en silence et, un instant plus tard, le sommelier apparut, l'air affairé. À leur vue, il se figea en étouffant un hoquet de surprise. Dans un premier temps, son petit visage fripé blêmit, puis s'empourpra rapidement. À l'évidence embarrassé, il ne savait trop comment réagir. Devait-il faire semblant de ne pas les avoir vus ? Cette option semblait le tenter.

— Bonsoir, monsieur Feltner, le salua Lydia posément.

Le domestique retrouva sa voix.

— Toutes mes excuses, mademoiselle Craven !

Tournant les talons, il fila sans demander son reste.

— Il court tout raconter à papa, dit Lydia. N'ayez crainte, je lui parlerai en premier, histoire de l'attendrir un peu.

— Pas question, je m'en charge, déclara Jake d'un ton ferme.

La pensée qu'il n'était pas intimidé à la perspective d'affronter son père la fit sourire.

Jake la contempla, comme hypnotisé.

— C'est fou l'effet que votre sourire a sur moi...

En deux enjambées, il la rejoignit, l'enlaça et s'empara de ses lèvres. Lydia accueillit ce baiser avec bonheur.

— Vous comptez demander ma main maintenant ? demanda-t-elle un instant plus tard, un peu haletante.

— J'y songeais, en effet.

— Avant, j'ai une question à vous poser.

Il repoussa tendrement une boucle égarée sur son visage.

— Laquelle ?

Elle ébaucha un sourire hésitant.

— Me resterez-vous fidèle, Jake ? Avec toute votre expérience, je me demande si une seule femme vous suffira.

Jake fit la grimace comme si elle avait touché un nerf à vif et la peine voila son regard.

— Je n'ai jamais autant regretté mon comportement passé qu'en cet instant, je vous le garantis. Comment vous faire comprendre à quel point vous m'êtes précieuse ? Jamais je ne pourrai vous être infidèle, je vous le jure sur tout ce que j'ai de plus cher. Vous retrouver chaque soir, dormir en vous serrant dans mes bras, c'est tout ce que j'ai toujours désiré. Si seulement je pouvais réussir à vous convaincre, je...

— Je vous crois.

Il était sincère, c'était indéniable. Avec un sourire, Lydia lui caressa la joue.

— Il nous faudra avoir confiance l'un dans l'autre, n'est-ce pas ?

En guise de réponse, il la gratifia d'un long baiser passionné, l'étreignant avec tant de force qu'elle pouvait à peine respirer.

— Lydia Craven, acceptez-vous de m'épouser ?

Elle rit, grisée.

— Oui. Même si tout le monde va penser que nous sommes devenus fous.

Le visage de Jake s'illumina de bonheur.

— Je préfère être fou avec vous que sain d'esprit sans vous.

À l'instant où Jake émergea de la cave avec Lydia, un valet l'aborda avec un message de M. Craven qui souhaitait le voir dans la bibliothèque sans délai.

— Ça n'a pas traîné, marmonna Jake.

Le sommelier n'avait pas perdu de temps pour aller tout déballer à son maître.

Lydia eut un soupir ennuyé.

— Pendant que vous vous entretenez avec mon père, je ferais bien d'aller trouver lord Wray, je suppose. Sapristi, comment vais-je lui expliquer tout cela ?

— Attendez la fin de mon explication avec votre père et je vous aiderai avec Wray.

— Non. Il vaut mieux que j'aie une conversation en tête à tête avec lui, je pense.

— Il risque de ne pas bien prendre ce retournement de situation, l'avertit Jake.

— Vous risquez d'être surpris, répondit Lydia sans émotion. La fierté du comte s'en ressentira sans doute provisoirement, mais je doute que son cœur en soit brisé.

Elle leva vers lui ses beaux yeux verts.

— Vous êtes sûr de ne pas vouloir de mon aide ?

Jake la couva d'un regard attendri. Elle était tellement plus petite que lui que son désir farouche de la protéger faisait naître en lui une sorte d'amusement ému.

— Je m'en sortirai, assura-t-il en l'étreignant brièvement avant de la laisser partir.

Après être monté dans sa chambre afin de remettre de l'ordre dans sa tenue, Jake se rendit dans la bibliothèque. La lourde porte en chêne était entrouverte. Il frappa au battant.

— Linley, je vous attendais, fit une voix grave et sinistre qui aurait pu appartenir à Lucifer en personne.

Jake entra dans une pièce décorée avec soin, aux murs tapissés de cuir bourgogne gaufré et estampé. Son futur beau-père trônait dans un fauteuil massif derrière un imposant bureau en acajou.

Bien qu'il ait rencontré Derek Craven en diverses occasions ces dernières années, il fut frappé comme toujours par la prestance intimidante de cet homme. Ce dernier arborait son pouvoir sans ostentation, mais on devinait en lui un personnage de poids, un détenteur de secrets, quelqu'un qui inspirait la crainte et le respect. La fortune qu'il avait accumulée était colossale, presque incalculable, pour autant, on imaginait sans peine le forban qu'il avait été dans sa jeunesse. Dangereux, rusé et dénué de scrupules.

Craven le dévisagea d'un regard calculateur et menaçant.

— Vous avez quelque chose à me dire, Linley ?

Jake décida de ne pas tourner autour du pot.

— Oui, monsieur. Je suis amoureux de votre fille.

À l'évidence, cette révélation ne plut pas à Craven.

— Voilà qui est pour le moins fâcheux, puisqu'elle va épouser lord Wray.

— Il semble y avoir désormais quelques doutes sur ce point.

Les sourcils bruns de Craven se froncèrent et son visage dur se figea en un masque qui ne laissait rien augurer de bon.

— Que s'est-il passé dans cette cave ?

Jake soutint son regard sans ciller.

— Avec tout le respect que je vous dois, monsieur, c'est entre Lydia et moi.

Durant le silence qui s'ensuivit, Craven parut envisager diverses options : démembrement, strangulation ou simple balle dans la tête ? Jake se força à ronger son frein patiemment, conscient que de toute façon, dans l'esprit de Craven, aucun homme ne serait jamais assez bien pour sa fille.

— Expliquez-moi en quel honneur je devrais ne serait-ce que commencer à vous envisager comme un prétendant potentiel pour Lydia, gronda-t-il.

Tandis qu'il affrontait le feu de son regard vert impitoyable, Jake se rappela qu'à part son épouse et ses enfants, Craven n'avait aucune famille. Pas un seul parent. Il ignorait même l'identité de celle qui lui avait donné la vie. Naturellement, sa famille n'en était que plus précieuse pour lui. Jamais il ne permettrait que sa fille soit malmenée. Et du point de vue d'un père, les intérêts de Lydia seraient mieux servis par une union avec un aristocrate érudit qu'un roturier qui, jusqu'ici, avait accumulé les liaisons peu glorieuses.

Jake réprima un soupir. L'humilité n'était pas dans sa nature. D'un autre côté, cela semblait le seul choix possible pour espérer convaincre Craven de lui donner sa bénédiction.

— J'ai mes défauts, admit-il.

— C'est ce que j'ai entendu dire.

— Je sais que je ne suis pas assez bien pour votre fille. Mais je l'aime, je la respecte et je veux passer le restant de ma vie à prendre soin d'elle et à faire de mon mieux pour la rendre heureuse. Si je ne me suis jamais déclaré jusqu'ici, c'était parce que je pensais que lord Wray était un meilleur parti pour elle.

— Et plus maintenant ? s'étonna Craven, narquois.

— Non, plus maintenant, répondit Jake sans hésiter. Wray ne l'aime pas – pas comme moi je l'aime.

Craven le scruta durant un long moment fort désagréable.

— Nous avons certaines choses à discuter, dit-il d'un ton sec. Asseyez-vous, lui ordonna-t-il en désignant un fauteuil devant le bureau. Ça va prendre un moment.

Durant les trois heures qui suivirent, Jake fut soumis à un interrogatoire serré qui aurait mis à mal les nerfs des hommes les plus scrupuleux et d'une droiture irréprochable – ce qui n'était pas son cas. La rumeur prétendait que Craven savait tout sur tout le monde, mais il n'y avait jamais vraiment cru. Jusqu'à maintenant. L'homme possédait une connaissance très dérangeante de ses finances et de son histoire personnelle, jusqu'aux blagues qu'il avait faites au pensionnat, les femmes avec lesquelles il avait couché et les scandales auxquels son nom était lié. Jake n'en revenait pas : cet homme semblait en savoir davantage sur lui que son propre père ! Et comme il s'y attendait, il le soumit à un feu roulant de questions sur des sujets si intimes qu'il fut tenté plus d'une fois de l'envoyer balader. Cependant, il tenait tellement à Lydia qu'il endura ce piétinement implacable de sa dignité avec une humilité qui ne lui ressemblait pas.

Au bout du compte, alors que Jake pensait que Craven allait prendre un plaisir pervers à lui opposer une fin de non-recevoir, celui laissa échapper un long soupir tendu.

— Je réserve mon accord, le temps de m'assurer par moi-même de ce que veut vraiment ma fille, déclara-t-il avec sévérité. Mais si elle parvient à me convaincre qu'elle souhaite vous épouser, je ne ferai pas obstacle à ce mariage.

Le visage de Jake s'illumina d'un sourire.

— Merci, dit-il simplement. Vous ne le regretterez pas, monsieur.

— Je le regrette déjà, bougonna Craven qui se leva pour échanger une poignée de main vigoureuse.

Épilogue

— Maman, Lydia embrasse un monsieur dans le vestibule et c'est pas lord Wray !

Assise sur la banquette du bow-window de sa chambre, une tasse de thé à la main, Sara sourit à sa petite dernière, Daisy, une fillette de cinq ans dodue et vive. L'enfant courut vers sa mère aussi vite que le lui permettaient ses petites jambes potelées et se hissa sur ses genoux. Sara réprima une grimace en découvrant que les mains de la petite, collantes de confiture, laissaient des traces sur la dentelle blanche de sa chemise de nuit.

Derek se rasait à la table de toilette. Sa bouche se pinça lorsque son regard croisa celui de Sara dans le miroir. À l'évidence, les frasques de sa fille avec le Dr Linley le contrariaient, mais Sara savait qu'il s'était résigné à l'idée que sa fille deviendrait bientôt Mme Linley, et non lady Wray.

Derek et elle avaient discuté de la situation jusque tard dans la nuit et Sara avait d'autant mieux su le rassurer qu'elle était convaincue que ce revirement inattendu était une bonne chose.

— Mme Linley m'a confié il y a peu qu'elle pensait son fils éperdument amoureux de Lydia, avait-elle expliqué.

C'est un jeune homme très bien, Derek, malgré son passé quelque peu... aventureux.

— Aventureux ? avait-il répété en ricanant. Le mot est faible. C'est l'Attila des salons londoniens ! Si tu veux mon avis...

— Chéri, l'avait-elle interrompu avec douceur, un homme peut changer. Il semble éprouver un amour sincère pour Lydia. Et je n'ai jamais vu notre fille aussi heureuse que ce soir – elle est littéralement métamorphosée.

— Eh bien, je préférerais que ce Linley ait métamorphosé la fille d'un autre, avait maugréé Derek, provocant l'hilarité de son épouse.

Revenant au présent, Sara lissa les boucles en bataille de sa fille. Quand celle-ci entreprit de donner d'autres détails sur la conduite de Lydia et Linley, Sara s'efforça de la faire taire.

— Tu me raconteras tout cela plus tard, Daisy.

— Oui, mais elle le laissait mettre sa main sur ses f...

— Cesse donc ces commérages, mon cœur, l'interrompit en hâte sa mère, à qui le regard noir de Derek n'avait pas échappé. Tu te souviens de notre conversation de l'autre jour, n'est-ce pas ?

— Oui, répondit la fillette avec une moue. Tu m'as interdit de parler des gens sauf s'ils courent un danger.

— Exactement. Et Lydia n'est pas en danger.

— Il l'embrassait vraiment *fort*, insista Daisy après réflexion. Et il lui faisait mal, maman, parce qu'elle faisait un drôle de bruit...

— Ça suffit, Daisy. Je suis sûre qu'il ne lui faisait pas mal.

Derek s'aspergea le visage, essuya les dernières traces de savon sur ses mâchoires et poussa un soupir.

— Mon petit-fils devait être comte, dit-il, la mine sombre. Et maintenant il va sans doute devenir un charcuteur comme son père.

Daisy glissa à bas des genoux de Sara et s'approcha de son père, les bras levés pour qu'il la porte.

— Lydia va se marier avec le charcutier, papa ?

Derek la serra contre lui, son regard vert soudain chaleureux.

— On dirait, oui.

De sa petite main, la fillette tapota la joue fraîchement rasée de son père.

— Ne sois pas triste, papa. Je garderai tous mes baisers pour toi.

Il ne put s'empêcher de rire et caressa les boucles brunes de sa fille.

— Donne-m'en un tout de suite, mon poussin, dit-il, et elle pressa sa bouche collante de confiture sur sa joue.

La gouvernante vint annoncer à Daisy qu'il était temps de faire sa toilette et de s'habiller. Derek reposa sa fille au sol.

Une fois la porte refermée, Sara le rejoignit et fit glisser ses paumes sur le torse vigoureux sous le peignoir en soie.

— Je garde aussi tous mes baisers pour toi, soufflat-elle.

— Tu as intérêt, murmura-t-il avant de s'emparer de ses lèvres en un fougueux baiser qui titilla agréablement les sens de Sara.

Les bras autour du cou de son mari, elle savoura cet intermède langoureux.

— Plus que quatre, dit-elle lorsque leurs bouches se séparèrent.

Derek joua avec la longue tresse qui descendait dans le dos de son épouse et promena les mains sur son corps.

— Je crains de ne pas te suivre, mon ange.

— Nos autres enfants, précisa Sara. J'ai l'intention de les aider à trouver le véritable amour, tout comme j'ai aidé Lydia.

Il la souleva dans ses bras et la porta jusqu'au lit.

— Aidé ? Comment ça ?

— Je lui ai donné l'occasion de s'expliquer avec le Dr Linley. J'étais certaine qu'il suffirait d'un peu de temps en tête à tête pour qu'ils s'avouent enfin leurs sentiments et...

— Une seconde, l'interrompit Derek avec un froncement de sourcils.

Il la déposa sur le matelas et s'allongea sur elle, les coudes calés de chaque côté de sa tête.

— Es-tu en train de me dire que c'est toi qui les as enfermés dans cette maudite cave ?

Elle lui adressa un sourire espiègle.

— Tu m'avais conseillé de donner un coup de pouce au destin si j'en avais l'occasion. C'est ce que j'ai fait.

Il la dévisagea avec incrédulité.

— Je ne te demandais pas pour autant d'enfermer mon innocente fille dans la cave avec un coureur de jupons comme Linley !

— Lydia n'était pas enfermée. Elle aurait pu sortir à tout moment si elle l'avait voulu.

— Les portes étaient fermées à clé !

— Pas toutes.

Face à son incompréhension, Sara afficha un sourire satisfait.

— Tu ne te souviens pas du petit passage au fond de la cave, celui qui mène au jardin d'hiver ? Les garçons s'en servent encore quand ils jouent aux pirates. Lydia est parfaitement au courant de son existence. Si elle est restée avec Linley hier soir, c'est parce qu'elle le voulait. Mon plan a fonctionné à merveille, non ?

— Bon sang, je ne sais pas qui je dois plaindre le plus, de Linley ou de moi ! grommela-t-il.

Sachant exactement comment faire revenir son époux à de meilleures dispositions, Sara écarta son peignoir et mêla ses jambes aux siennes.

— C'est toi qui es à plaindre, murmura Sara dont les mains s'affairèrent sous le peignoir. Je te préviens, tu es sur le point de subir les derniers outrages.

Un sourire éclaira le visage de son mari.

— Ici, c'est moi qui fais subir les derniers outrages, l'informa-t-il d'une voix caressante.

Et il s'appliqua à lui en faire la démonstration sur-le-champ.

Kinley MacGregor

De renommée internationale, elle a été récompensée à de nombreuses reprises et ses livres ont été publiés à plus de vingt millions d'exemplaires. Kinley MacGregor, plus connue sous le nom de Sherrilyn Kenyon, est l'une des plus grandes auteures de paranormal. Sa série culte *Le cercle des Immortels* et le monde onirique qu'elle a créé ont marqué un tournant dans le genre.

Nous avons rencontré Simon de Ravenswood, héros du *Chevalier d'une nuit d'été*, dans *Noces secrètes,* roman publié aux Éditions J'ai lu.

Kinley MacGregor

Le chevalier d'une nuit d'été

Traduit de l'anglais (États-Unis)
par Maud Godoc

Prologue

Un tournoi à Rouen

— Simon, vite ! À l'aide !

Simon de Ravenswood leva les yeux de la table à laquelle il était assis dans sa tente à rayures bleues et blanches.

Par l'auvent ouvert, il vit Christopher de Blackmoor accourir à toutes jambes. Un peu plus jeune que lui, Christopher n'était pas du genre à se précipiter. Plutôt lent dans ses mouvements, peu enclin à s'entraîner, il n'élevait jamais la voix. D'aucuns le traiteraient de paresseux, mais Simon savait qu'il n'en était rien. Sous ses dehors tranquilles, Christopher était un homme dévoué et loyal.

Sa tunique était déchirée et il avait le visage blême.

Voyant son expression paniquée, Simon se leva d'un bond, oubliant sa lettre. Le jeune homme s'engouffra dans la tente et se rua vers lui.

— Que se passe-t-il, Christopher ?

Ce dernier lui agrippa le bras et voulut l'entraîner à l'extérieur.

— Stryder a besoin d'aide. Il est sur le point de se faire tailler en pièces.

Se libérant, Simon attrapa l'épée dans son fourreau sur le lit de camp et la fixa à son ceinturon tout en s'élançant vers le champ clos où s'entraînait le chevalier.

Frère aîné de Christopher, quatrième comte de Blackmoor, Stryder, qui était un ami proche de Simon, avait de nombreux ennemis. Ce n'était pas la première fois que Simon entendait parler de l'agression d'un rival pendant un tournoi ou un entraînement, mais malheur à ceux qui s'en prendraient à Stryder aussi lâchement.

Personne ne s'attaquait impunément à ses amis. Simon ferait rendre gorge à ces scélérats.

Quelle ne fut pas sa stupéfaction lorsque, déboulant dans le champ, il découvrit Stryder cerné par un groupe de femmes, une quarantaine au bas mot. Une meute d'exaltées, réalisa Simon, surexcitées par la présence d'un comte fortuné et bel homme, célèbre pour ses prouesses au combat. Elles l'encerclaient tel un banc de requins avides de chair fraîche.

Il s'arrêta net.

— Lord Stryder, ma fleur est à vous ! cria une grande blonde.

— Je vous aime, milord !

— Pousse-toi, grosse vache ! brailla une autre. Tu me gâches la vue !

— Lord Stryder m'a touchée !

Dans un concert de piaillements assourdissants, elles jouaient des coudes et se bousculaient dans l'espoir d'atteindre leur malheureuse proie. Stryder s'efforçait désespérément de s'extraire de cette marée mouvante, mais plus il tentait de se libérer, plus le cercle menaçant des harpies se resserrait autour de lui.

Simon s'esclaffa à la vue d'un des hommes les plus puissants de la chrétienté aux prises avec une armée en jupons. Ce n'était pas souvent que l'incertitude se lisait sur le visage du redouté comte de Blackmoor.

— Stryder ? appela Simon d'une voix forte afin de se faire entendre par-dessus le charivari. L'apothicaire m'a donné l'onguent que tu lui as demandé. Il dit que les plaques guériront bientôt, mais tant qu'il reste des croûtes, c'est très contagieux !

Un silence instantané s'abattit sur la foule.

— Qu'est-ce qu'il a ? s'inquiéta une des femmes.

— Sûrement la vérole, lui répondit une autre.

— Ah non ! Pas encore la vérole ! s'exclama une troisième qui recula d'un pas prudent.

— Contagieux, dis-tu ? À quel point ? s'enquit Stryder, entrant dans le jeu de son ami, l'œil pétillant.

Simon garda un sérieux imperturbable.

— Affreusement, répondit-il d'un ton sinistre. D'après l'apothicaire, tu dois rester en quarantaine, sinon tu risques de contaminer tout le château. Il a prévenu que si on ne fait pas attention, on peut devenir aveugle.

Une femme bondit en arrière en lâchant un cri d'effroi. Pour autant, le mouvement de recul du groupe demeura limité. Certaines parmi les plus futées lorgnèrent Simon d'un air sceptique.

— Quel genre de plaques ? voulut savoir une petite brune. Je n'ai jamais entendu de pareilles sornettes et je ne vois rien sur lord Stryder.

— C'est parce qu'elles se situent dans un endroit très intime, expliqua Simon avec un regard éloquent au-dessous de son ceinturon. La prochaine fois que je te déconseillerai d'aller voir les filles de mauvaise vie, tu m'écouteras, hein, Stryder ? lança-t-il à son ami.

Les femmes agglutinées s'égaillèrent telle une volée de moineaux en poussant des cris de dégoût.

Stryder braqua sur son ami un regard torve. Simon le gratifia d'un sourire en coin.

— Quoi ? Tu aurais préféré que je t'abandonne à la meute ?

Le chevalier se massa la nuque et fronça les sourcils à la vue du sang sur le dessus de sa main, griffée par une des furies.

— Je ne crois pas, non. Mais que tu inventes une histoire un peu plus reluisante, oui, certainement.

— Fort bien. Dans ce cas, la prochaine fois, je raconterai que tu es fiancé.

Stryder fut obligé de rire.

— Voilà qui ne risque pas d'arriver. La vie telle que nous la connaissons aura disparu depuis longtemps sur cette terre avant que le comte de Blackmoor prenne femme.

— Il ne faut jamais dire jamais, mon ami, le prévint Simon. Des hommes bien plus obstinés que toi le clamaient haut et fort avant d'être transpercés par la flèche de Cupidon.

— Possible, mais je ne suis pas un homme comme les autres. Et toi non plus, d'ailleurs.

Il avait raison : son propre destin d'humble chevalier errant avait beau être à l'opposé de celui de noble et riche guerrier, champion du roi Henry, dont s'enorgueillissait Stryder, ni l'un ni l'autre ne songeraient à se marier. Accaparés par leurs combats sur les champs de bataille et l'infatigable quête du bien, ils étaient condamnés à demeurer sans attaches. Trop de vies dépendaient d'eux.

Trop d'opprimés avaient besoin de leur protection. Jamais une épouse ne comprendrait leur engagement.

Les trois hommes prirent la direction des tentes.

— Fais-moi une promesse, Simon, dit Stryder.

— Je t'écoute.

— Le jour où je ferai vœu de m'engager avec une femme, tu me passeras sans hésiter au fil de ton épée.

Simon ne put s'empêcher de s'esclaffer.

— Tu préférerais être mort que marié ?

— Sans l'ombre d'un doute, assura le guerrier, le visage grave.

Simon hocha la tête avec indulgence. Comme sa propre mère, celle de Stryder avait péri de mort violente alors qu'il était enfant. C'était un des drames qui avaient forgé leur amitié des années plus tôt, une tragédie partagée qui leur permettait de se comprendre par-delà leurs différences.

Au fil des ans, d'autres tragédies les avaient rapprochés davantage encore que des frères.

— Très bien. Mais je n'en affirme pas moins qu'une épouse serait la solution parfaite pour tenir ta cohorte d'admiratrices à distance et te laisser vaquer tranquillement à tes occupations.

Une lueur amusée s'alluma dans les yeux de Stryder.

— Une épouse, dis-tu ? Trouve-moi une gentille damoiselle qui pourrait me tenter, Simon, et il se pourrait que je reconsidère la question.

Francfort, Germanie, trois mois plus tard

La clameur de la foule était assourdissante, comme chaque fois que Stryder de Blackmoor faisait son entrée en lice.

Ayant revêtu leur armure de tournoi, les chevaliers étaient présentés à tour de rôle par les hérauts aux spectateurs enthousiastes rassemblés pour les joutes du jour.

Simon demeurait à l'écart, surveillant comme toujours les arrières de Stryder. C'était ce qu'il faisait le mieux. Son frère, Draven, parlait souvent de lui comme de son roc. Tandis que d'autres étaient en quête de renommée, Simon, lui, ne cherchait qu'à protéger ceux qu'il aimait.

Il avait appris depuis bien longtemps que la gloire et la fortune ne signifiaient rien lorsqu'on se tenait sur la tombe d'un être cher. Ni l'une ni l'autre n'apportaient de réconfort et de chaleur. Pas davantage le véritable bonheur.

Seules l'amitié et la fraternité possédaient ce pouvoir.

Et, bien sûr, l'amour.

Simon n'avait nul besoin de troubadours qui composeraient des odes à sa gloire. Il n'éprouvait pas le désir de conquérir le cœur d'une belle.

Sauf une.

Celle dont il n'osait prononcer le nom, conscient que jamais elle ne pourrait être sienne.

Voilà bien longtemps, prisonnier sur des terres arides de ce qu'on appelait l'Outre-mer, alors qu'il n'était qu'un gamin affamé et loqueteux qui se languissait de son pays, il s'était fait la promesse de consacrer sa vie à aider les autres à regagner leur foyer, auprès d'une famille qui les aimait.

Un foyer. C'était la seule chose qui lui avait manqué. Draven l'aimait, certes, mais durant leur enfance, ils n'avaient pas connu de vrai refuge, aimant et protecteur. Au contraire, Ravenswood Castle avait été pour eux un endroit austère, synonyme de malheur et d'effroi.

La Normandie lui avait laissé le souvenir d'une période aussi interminable qu'hostile. Quant à la Terre sainte, aujourd'hui encore il préférait la bannir de ses pensées.

Les seuls piliers sur lesquels Simon avait toujours pu s'appuyer étaient les trois hommes qu'il considérait comme sa famille : Draven de Ravenswood, Sin MacAllister et Stryder de Blackmoor.

Draven et Sin l'avaient aidé à survivre aux horreurs de son enfance à Ravenswood, et c'était grâce à Stryder qu'il était resté à peu près sain de corps et d'esprit dans l'enfer des geôles sarrasines.

Pour eux, il était prêt à tous les sacrifices.

— Simon ?

Simon tourna les yeux vers Stryder qui enfourchait son cheval. Une fois en selle, celui-ci lui adressa un sourire narquois.

— Encore occupé à rêvasser ? Dégaine ton épée et tiens-toi prêt.

— Rêvasser, quelle bonne blague ! Je réfléchis juste à la façon dont je dépenserai ma prime quand je t'aurai envoyé mordre la poussière, riposta Simon.

Stryder rit à gorge déployée sous sa visière ouverte. Il désigna le ruban rouge que Simon avait noué autour de son bras, sur sa cotte de mailles.

— Qui est l'heureuse élue ?

— De quoi je me mêle ?

Son ami le gratifia d'un sourire entendu.

— J'aurai peut-être un peu pitié de toi et je te laisserai me porter quelques coups avant de te battre à plate couture. Avec un peu de chance, elle acceptera d'embrasser tes blessures en guise de consolation.

« Si seulement », songea Simon. Hélas, sa belle était loin, très loin de lui.

Et elle le resterait à jamais. Impossible pour un caillou d'approcher une étoile. Or, c'était ce qu'elle était. Une étoile radieuse et scintillante accrochée au firmament. Il n'osait pas même lever les yeux vers elle, conscient qu'elle lui demeurerait inaccessible quoi qu'il advienne.

Son regard se posa sur le ruban et son cœur se serra.

Les hérauts appelèrent les chevaliers sur le champ clos. La journée promettait d'être longue.

Simon s'était lassé d'enchaîner les tournois. À la différence de Stryder, il n'en voyait plus l'utilité. Mais il restait par loyauté – pour sa protection, son ami avait besoin d'un fidèle qui ne puisse être corrompu. Et vu le prix mis sur sa tête, ces gens-là étaient fort peu nombreux.

Une fois les joutes terminées, alors que les trois hommes regagnaient leurs tentes, Stryder dut affronter comme à l'accoutumée la horde des furies prêtes à tout pour s'attirer ses faveurs.

— Triste spectacle, n'est-ce pas ? commenta Christopher d'un ton las. Demain, je demanderai à l'armurier de te fabriquer un heaume plus grand qui dissimulera ta grosse tête. À chaque jour qui passe, elle enfle un peu plus.

La pique bon enfant fit rire Simon.

— Bonne idée, mais je redoute une pénurie de métal si nous essayons d'y faire rentrer son affreuse caboche.

— Vous n'êtes que des jaloux, riposta Stryder. Qu'est-ce que j'y peux si les candidates se bousculent pour partager mon lit alors que vous dormez seuls ?

Simon coula un regard entendu à Christopher et lui dit :

— Il me semble, à moi, qu'il n'y a assez de place dans son lit que pour lui-même et son formidable orgueil. On se demande comment il pourrait y caser une femme.

Christopher s'esclaffa.

— Soyez maudits, vous deux, aboya l'intéressé.

— Et ton orgueil aussi, rétorqua Simon, amusé.

Stryder avançait en ronchonnant, tête baissée, occupé à défaire le nœud trop serré d'un lacet sur sa cuirasse.

Au détour d'une tente, une ombre attira l'attention de Simon. Il eut à peine le temps de comprendre qu'un homme fondait sur le comte de Blackmoor en brandissant une dague.

Avant que l'inconnu puisse s'en prendre à ce dernier, Simon se jeta sur lui puis, à l'issue d'un bref corps-à-corps, le plaqua au sol et le désarma.

En guise de réaction, le stoïque Stryder afficha un rictus dédaigneux.

— Ces attaques commencent à devenir lassantes.

— Prions pour que l'un d'eux ne finisse pas par y arriver, lui lança Simon.

Stryder acquiesça et attrapa son agresseur par son pourpoint avant de le relever sans ménagement.

— Merci à toi, Simon. Christopher et moi allons le remettre de ce pas entre les mains des gardes. Tu nous rejoins au château ?

Simon porta la main à son bras et se rendit compte que son précieux ruban avait été arraché durant la lutte. Son estomac se noua.

— Non, j'ai quelque chose à faire.

— Pas une autre lettre, grogna Christopher. Je te jure, Simon, tu écris plus que moi alors que je suis ménestrel.

Simon ne releva pas. Dès que les trois hommes se furent éloignés, il entreprit de chercher son ruban, qu'il retrouva piétiné dans la poussière. Il le récupéra avec soulagement et sortit de sa tunique la lettre qu'il y gardait à l'abri. Elle était arrivée le matin même, alors qu'il revêtait sa cuirasse pour le tournoi.

Il brisa le sceau du royaume d'Écosse. Lorsqu'il déplia la missive, il y découvrit une petite mèche de cheveux châtains.

Ses cheveux.

Il les serra dans le creux de sa main tel un trésor, puis, les portant à son visage, y décela les subtils effluves de lavande de son parfum.

Le sourire aux lèvres, il lut la lettre avec avidité.

Mon guerrier bien-aimé,

J'espère que cette missive vous trouvera en bonne santé. Le dernier messager que vous avez envoyé risque, je le crains, de ne plus vouloir se laisser corrompre pour me porter une autre de vos lettres. Il semble que je l'aie un peu bousculé dans mon enthousiasme à le soulager de son précieux vélin. J'espère que sa cheville sera bientôt guérie.

Vos mots m'ont profondément touchée et je me désole que vous ayez le mal du pays. J'ai d'abord eu l'intention de vous envoyer un peu de notre sol, mais je me suis dit qu'il serait plutôt ridicule de vous en encombrer. Et puis la terre est à peu près la même partout, n'est-ce pas ? Si vous la laissiez tomber, vous ne pourriez la récupérer.

J'ai donc pensé qu'une mèche de mes cheveux pourrait vous apporter un peu de réconfort. J'espère que vous ne remarquerez pas qu'ils sont un peu roussis à la pointe. Je crains d'avoir appris une importante leçon avant-hier.

Distraite par les rêveries que vous m'inspirez, je n'ai pas fait attention où j'ai posé la chandelle. Cela m'a donné l'occasion de découvrir qu'un garde-manger prend feu très aisément et que le grès couvert de suie est particulièrement difficile à nettoyer. La cuisinière m'a bannie de l'office et m'a même refusé ses services au début.

Après force supplications, elle a consenti à continuer de me nourrir, mais à la condition de lui promettre de ne plus remettre les pieds dans son domaine.

Vous me manquez, mon bien-aimé. Où que vous soyez ce soir, sachez que mes pensées et mon cœur vous accompagnent.

Je vous en conjure, prenez soin de vous. Puisse Dieu vous accorder la paix et la santé jusqu'à votre retour auprès de ceux qui vous aiment.

Votre fidèle K.

Simon pressa la lettre contre son cœur. Dieu qu'il désirait cette femme ! Dieu qu'il avait besoin d'elle !

Si seulement il était Stryder. Il pourrait la courtiser. Demander sa main.

Mais Simon de Ravenswood n'avait d'autre choix que de se languir de son étoile, conscient que le jour où ils seraient réunis n'adviendrait jamais.

Elle n'était entrée dans sa vie que pour en ressortir. Le destin se révélait souvent impitoyable.

Avec un soupir, il replia la lettre et se dirigea vers sa tente. Dans son refuge au moins, il pouvait être un autre l'espace de quelques heures.

Un homme libre de faire des serments d'amour à la femme de sa vie.

1

Angleterre, onze mois plus tard

— Félicitations, lord Stryder. Jamais je n'aurais cru voir arriver le jour où vous prendriez femme.

Stryder leva les yeux. Il venait de se mettre à table à peine cinq minutes plus tôt après une matinée d'entraînement. Encore en nage après l'effort, il n'était pas sûr d'avoir bien entendu.

— Prendre femme ? répéta-t-il.

Le visage ridé du vieux noble qui venait de faire ce commentaire s'éclaira d'un sourire bienveillant.

— Une héritière écossaise, rien de moins. C'est une belle union que vous avez réussie là, mon garçon.

Après avoir asséné une claque virile dans le dos de Stryder, il s'éloigna d'un pas tranquille.

Stupéfait, le chevalier plissa le front, puis se concentra sur son assiette. Le grand âge avait rendu cet homme gâteux. C'était en tout cas sa conviction.

Au cours de l'après-midi, tandis qu'il vaquait à ses occupations, l'incident se reproduisit à plusieurs reprises. Il ne voyait qu'une seule personne susceptible de répandre une rumeur aussi infondée à son sujet.

Simon de Ravenswood.

Stryder sourit intérieurement. Simon lui avait promis qu'il serait tranquille durant leur séjour à Stantington pour le tournoi annuel. Toute la noblesse d'Angleterre était présente pour l'événement. Y compris le roi en personne.

Et ces messieurs n'étaient pas venus seuls : ils avaient dans leurs bagages leurs nombreuses filles à marier en quête d'un époux à la bourse bien garnie, de préférence un fougueux chevalier à la réputation inégalée sur le champ de bataille comme au lit. Bref, ces damoiselles n'avaient d'yeux que pour lui, le champion incontesté du roi Henry.

Simon lui avait assuré que s'ils revenaient au pays pour le tournoi, il saurait tenir ces furies à distance respectable, ainsi que leurs intrigantes de mères.

Stryder ne comprenait toujours pas pourquoi son retour en Angleterre importait tellement à Simon. Après tout, celui-ci ne lui devait rien et était libre de quitter son service à tout moment.

L'insistance de son ami avait eu raison de ses réticences et il avait fini par céder, même s'il détestait se retrouver sur cette île où le passé continuait de le hanter.

Deux semaines, c'est tout ce que je te demande. N'aie crainte, je tiendrai tes admiratrices à l'écart.

Il aurait dû savoir que Simon tiendrait parole. Cet homme était d'une loyauté à toute épreuve.

Mais une *union* ?

Stryder fut obligé de rire. Il n'y avait que Simon pour être capable d'inventer pareilles sornettes. Il lui offrirait une pinte de bière pour son imagination.

— Lord Stryder ? appela une voix féminine qu'il ne connaissait pas.

Il s'arrêta au milieu de la cour et se retourna. Son regard se posa sur une jeune femme qui devait avoir à peu près l'âge de Simon. Elle semblait plutôt timide.

Il y avait chez elle un je-ne-sais-quoi de vaguement familier, comme s'ils s'étaient déjà rencontrés sans qu'elle l'ait marqué au point de se souvenir d'elle.

Un ruban rouge carmin ornait sa chevelure châtain clair nouée en une longue tresse. C'était un petit bout de femme plutôt jolie qui, sans avoir des formes généreuses à l'excès, était un peu trop pulpeuse à son goût. Par leur douceur, ses grands yeux bruns évoquaient ceux d'une biche. Si elle était agréable à regarder, elle n'avait rien à voir avec les grandes blondes sveltes aux allures de guerrières nordiques qui lui faisaient tourner la tête.

Elle lui adressa un sourire chaleureux qui lui donna envie de décamper. Avant qu'il ait pu faire un pas, elle s'approcha et lui sauta au cou.

— Oh, milord, vous avez fait de moi la femme la plus heureuse du monde ! s'écria-t-elle avec un fort accent écossais.

Il demeura aussi raide qu'un piquet.

— Je vous demande pardon, mais qui diable êtes-vous ?

Elle se mit à rire et le lâcha.

— Qui je suis ? Lord Stryder, vous êtes très amusant, dites-moi.

Elle se tourna vers le couple qui l'accompagnait.

Stryder reconnut l'homme – il ne l'avait pas vu depuis quelques années. Un peu plus grand que lui, son imposante stature le rendait capable de mettre à terre tout homme assez stupide pour se dresser en travers de son chemin. Sin MacAllister était précédé par sa réputation de valeureux guerrier partout où il se rendait. Ses cheveux bruns étaient à peine plus courts que les siens et ses yeux noirs se posèrent tour à tour sur lui et la jeune inconnue avec curiosité.

— Lord Sin, dit Stryder en saluant le comte d'un signe de tête. Cela fait longtemps.

Une éternité, même. À l'époque, il venait juste de gagner ses éperons. Durant la fête qui avait suivi la cérémonie, Sin lui avait prodigué de sages conseils qui lui avaient sauvé la vie à plus d'une occasion.

« Ne tourne jamais le dos à personne. »

Sin lui donna une claque sur l'épaule.

— C'est vrai. Je dois dire que j'ai été plutôt surpris quand ma cousine m'a annoncé son mariage avec toi. Voilà qui ne ressemble pas au fougueux Stryder de Blackmoor dont bruissent toutes les conversations.

Un sentiment d'effroi s'empara de Stryder. Il n'aurait su dire quelle partie de cette déclaration le choquait le plus. Il regarda de nouveau la jeune femme qui s'était jetée à sa tête.

— Ta cousine ?

Celle-ci afficha un grand sourire.

— Je vous expliquais dans ma lettre que ma cousine Caledonia ici présente avait épousé lord Sin, dit-elle, désignant la rousse sublime qui se tenait près de ce dernier. Vous m'avez répondu que Sin et vous vous connaissiez de longue date.

— Votre lettre ? répéta-t-il dans un souffle, sous le choc.

— Ma foi, oui, dit-elle, les sourcils froncés. Vous avez oublié ? Tout va bien, lord Stryder ? s'inquiéta-t-elle. Vous n'avez pas l'air dans votre assiette.

Non, en effet, il n'était pas dans son assiette. Pas du tout même. Pour être franc, il était au bord de la nausée.

— Excusez-moi.

Sans un mot d'explication, il tourna les talons et fonça vers le château, comme s'il était aux trousses d'un ennemi qu'il comptait occire.

— Quelle curieuse réaction, s'étonna Kenna comme son bien-aimé filait à toutes jambes. Qu'est-ce qui lui prend ?

Sin glissa un regard amusé à Caledonia.

— Un sursaut de bon sens, sans doute.

Sa femme lui donna une petite tape.

— Honte à toi, Sin. Kenna pourrait croire que tu es sérieux.

— Je le suis, répondit le chevalier qui esquiva une nouvelle tape de son épouse. Je ne dis pas que Stryder devrait fuir Kenna en particulier. Juste n'importe quelle femme qui aurait l'idée saugrenue de lui passer la corde au cou.

— Oh, merci beaucoup ! s'exclama Caledonia, feignant l'indignation. J'ignorais que j'étais une croix aussi lourde à porter pour toi.

Kenna ignora leur joyeux badinage. Si ces deux-là ne pouvaient s'empêcher de se chamailler, ils éprouvaient l'un pour l'autre un amour profond, elle l'avait compris très vite.

— Vous croyez que lord Stryder a changé d'avis ? hasarda-t-elle.

L'idée fit sourire Caledonia.

— Bien sûr que non, voyons. Il avait sans doute une urgence à régler. Je suis certaine qu'il reviendra dès qu'il le pourra.

Kenna l'espérait, sans réussir cependant à chasser le doute de son esprit. Elle avait fait un long voyage dans le seul but de le voir et, pour être franche, cet accueil pour le moins froid l'avait blessée.

Avait-elle fait quelque chose de mal ?

N'était-il pas sincère dans toutes ces lettres qu'il lui avait adressées ?

Troublée et inquiète, elle s'excusa et regagna le château. Elle pénétra dans l'imposant donjon, gravit l'escalier de pierre en colimaçon qui menait à sa chambre.

Elle n'avait pas pu se tromper à ce point sur les intentions de Stryder, quand même. Nerveuse, elle alla droit à la sacoche de cuir sombre dans laquelle elle conservait son bien le plus précieux.

Sa correspondance.

Elle prit la première lettre de la pile – qu'elle avait entourée d'un ruban rouge identique à celui qu'elle portait toujours dans les cheveux. Et à celui qu'elle avait envoyé à lord Stryder quand il était en Germanie. Elle le dénoua d'une main fébrile et déplia le vélin, pressée d'en avoir le cœur net.

Dès que son regard se posa sur l'élégante écriture, la joie troublante qu'elle ressentait chaque fois l'envahit.

Ma Kenna bien-aimée,

Le soleil s'est couché et je me trouve aux abords de la cité de Francfort. Le tournoi s'est bien passé aujourd'hui, mais je suis plutôt lassé de ces joutes à répétition, de la foule présente en nombre et surtout des chevaliers qui ne cessent de se vanter de leurs vaillants faits d'armes.

Bien des choses m'ennuient ces derniers temps.

L'Angleterre me manque beaucoup et l'Écosse encore plus. C'est singulier, n'est-ce pas ? Je ne suis pourtant allé dans les Highlands qu'une seule fois et juste pour un court séjour.

Cependant, quand je vous lis, je sens le souffle des vents écossais sur ma peau, je me rappelle les doux effluves qui flottent dans l'air. Et j'entends votre voix.

J'ai apprécié votre anecdote sur votre mésaventure aux cuisines. Comme vous, j'ignorais qu'un garde-manger pouvait prendre feu si aisément et qu'il était si difficile d'enlever la suie sur le grès. Je suis soulagé que personne, et surtout pas vous, n'ait été blessé et désolé que vous soyez désormais bannie des cuisines.

Je me réjouis aussi que la cuisinière soit revenue à de meilleures dispositions à votre égard et accepte de nouveau de vous donner à manger.

Comme toujours, vous m'évoquez la gentillesse et la bonté, et quand je pense à vous, un sourire naît sur mes lèvres.

Quelle joie j'ai ressentie ce matin quand le messager s'est présenté avec votre lettre. Celle-ci avait gardé le parfum de vos douces mains. J'attends vos missives avec une impatience grandissante, heureux du lien qu'elles renforcent entre nous.

Vos mots m'aident à supporter les journées et surtout les longues nuits tandis que je suis loin de mon foyer et du réconfort que m'apporte ma famille. Nous ne nous sommes vus qu'une fois, je le sais, pourtant, j'ai l'impression de vous connaître comme je n'ai encore jamais connu personne.

Vous me manquez, Kenna. À chaque instant de la journée, je me demande comment vous allez et si quelque chose vous a fait sourire en mon absence.

Je garde précieusement la mèche de cheveux que vous m'avez offerte. Je la porte dans un médaillon sur mon cœur en souvenir de vos aimables paroles et votre bienveillance. C'est mon bien le plus précieux, avec vos lettres, bien sûr.

En vérité, je n'imagine pas vivre dans un monde où vous n'existeriez pas. Si j'en avais la liberté, je passerais volontiers le restant de mes jours auprès de vous, à vous rendre heureuse.

Retrouvez-moi en Angleterre à mon retour, milady. Là, peut-être connaîtrai-je le bonheur de réaliser le vœu le plus cher à mon cœur : un baiser de vos tendres lèvres et un serment de mon cœur au vôtre.

Dans l'attente de nous retrouver, que de doux rêves bercent vos nuits.

Votre chevalier à jamais, S.

Paupières closes, Kenna pressa la lettre contre son cœur. Stryder l'aimait, elle en était sûre. Aucun homme n'écrirait d'aussi tendres mots d'amour s'il n'était pas sincère.

Mais peut-être se méprenait-elle sur leur signification.

Si, lors de ses innombrables relectures, elle avait cru y deviner une demande en mariage, maintenant qu'elle avait revu Stryder, elle n'en était plus aussi certaine. Il s'était comporté comme s'il n'avait aucune idée de qui elle était, alors qu'ils correspondaient depuis plus d'une année maintenant. Elle ne s'expliquait pas cette étrange attitude.

— Kenna ?

Elle se retourna et découvrit Caledonia sur le seuil.

— Tout va bien ?

Kenna hocha la tête et s'empressa de replier la lettre avant de la glisser dans la sacoche. Les confidences de Stryder n'étaient destinées qu'à elle seule et elle entendait bien que leurs précieux sentiments demeurent son jardin secret.

— J'essaie juste de comprendre la réaction de Stryder.

Après les tendres missives qu'il lui avait écrites, elle s'attendait qu'il la soulève dans ses bras et lui exprime avec exubérance son plaisir de la revoir enfin. Au lieu de cela, il avait bredouillé une vague excuse et filé comme s'il avait le diable à ses trousses.

Se pouvait-il qu'il se soit joué d'elle tout ce temps ?

Pourquoi agirait-il ainsi ?

Au début, leurs échanges épistolaires étaient restés bien innocents. Juste quelques remarques sur le temps et leurs occupations. C'était à l'initiative de Stryder qu'ils avaient abordé des sujets plus sérieux.

Peut-être l'avait-il confondue avec une autre. Sa cousine Callie, par exemple, si belle et élégante. Et maintenant qu'il l'avait revue, il était déçu et regrettait ses avances.

Elle frissonna à cette pensée.

Non, elle se trompait. Forcément. Il lui avait fait bien trop de confidences. Le décès de sa mère. Son terrible passé. Des sujets intimes dont il n'avait parlé à personne d'autre, devinait-elle.

Caledonia referma la porte et s'approcha.

— Les hommes peuvent être d'étranges animaux, dit-elle doucement. Tu n'as pas idée des difficultés que j'ai eues avec Sin les premiers temps de notre histoire. Il était ombrageux et bourru, toujours soucieux de mettre de la distance entre nous.

Kenna puisa du réconfort dans les paroles de sa cousine.

— J'ai du mal à le croire, dit-elle cependant.

— C'est pourtant la vérité. À mon avis, tu as pris Stryder au dépourvu. Laisse-lui le temps de mettre un peu d'ordre dans ses pensées et je suis sûre qu'il tiendra toutes ses promesses.

Kenna hocha la tête, même si, au fond d'elle-même, elle avait envie de pleurer à l'idée que ses rêves étaient en train de voler en éclats.

Tout avait commencé si simplement. Après le décès de son frère, elle s'était rendue en France pour respecter le serment qu'elle lui avait fait sur son lit de mort : rendre son emblème héraldique au comte de Blackmoor et le remercier de lui avoir sauvé la vie, puis de l'avoir ramené chez les siens.

Sur place, elle avait été impressionnée par les prouesses du chevalier en lice et la vigueur de son épée lors des entraînements.

Et quand Stryder avait ôté son heaume, révélant ses traits si parfaitement ciselés, elle était tombée sous son charme. Elle doutait qu'il existe un homme sur terre plus beau que celui-ci.

Il avait quitté le champ clos à la hâte, prenant à peine le temps d'échanger quelques mots avec elle avant de disparaître.

Trop intimidée, Kenna n'avait pas réussi à lui expliquer le but de sa présence, ni le retenir. Ses mains tremblaient tellement qu'elle en avait lâché l'emblème qu'elle venait lui rendre. Elle ne s'en était rendu compte que lorsqu'un autre chevalier l'avait ramassé pour le déposer entre ses mains glacées.

— Pardonnez sa hâte, milady, avait dit le chevalier. Lord Stryder est souvent importuné lorsqu'il quitte la lice et se dépêche de regagner sa tente avant de provoquer un attroupement.

Elle avait levé la tête et découvert un autre beau visage encadré de longs cheveux auburn. Les yeux du jeune homme, d'un bleu cobalt profond, étaient chaleureux et amicaux.

— Je souhaitais simplement lui rendre ceci, lui avait-elle expliqué, de nouveau capable de parler.

Elle avait toujours été intimidée en présence du sexe opposé. Cependant, pour une raison qui lui échappait, cet homme-là, si beau pourtant, avait su la mettre à l'aise.

Le chevalier avait plissé le front en observant l'insigne qui représentait un glaive et un écu.

— Où avez-vous eu cet emblème ?

— Il appartenait à mon frère. Il l'a rapporté de Terre sainte.

Il avait posé sa main chaude sur la sienne et elle avait frissonné en sentant les cals sur ses doigts.

— Le nom de votre frère, milady.

— Edward MacRyan.

Une lueur s'était allumée au fond des yeux du chevalier, comme si le passé lui revenait soudain. Il avait ébauché un sourire doux.

— Vous êtes Kenna.

Lorsqu'il avait prononcé son prénom, une étrange sensation de chaleur au creux du ventre l'avait prise au dépourvu.

— Vous me connaissez ?

— Oui, milady. Votre frère parlait souvent de vous.

— Vous étiez avec lui en Terre sainte ?

Le sourire du bel inconnu s'était évanoui lorsqu'il avait hoché la tête. Son regard avait trahi la même peine que celui de son frère chaque fois qu'il évoquait les années passées dans les geôles sarrasines.

À cet instant, elle avait compris qui était cet homme. Edward lui avait souvent parlé du bras droit de Stryder.

Celui qui demeurait dans son ombre, tandis que le champion du roi Henry engrangeait prestige et renommée. Il appartenait à ce petit groupe d'hommes unis par un même code d'honneur qui, sans jamais révéler leur nom de baptême tant qu'ils seraient asservis, s'étaient juré de protéger et de sauver leurs compagnons de captivité.

— Vous êtes le Spectre.

Ces mots avaient mis le jeune homme mal à l'aise.

— Comment connaissez-vous ce nom ?

— Mon frère n'a jamais parlé de votre confrérie à quiconque à part moi, s'était-elle empressée de le rassurer. Nous n'avions pas de secrets l'un pour l'autre. De mon côté, je n'ai jamais trahi son secret, je vous le jure. Il voulait juste m'informer de votre existence avant de mourir afin que je puisse tenir sa promesse.

En apprenant la nouvelle, l'inconnu avait cillé, comme s'il avait reçu un coup au creux de l'estomac. Cette réaction avait ému Kenna : il partageait visiblement sa peine face à la perte d'un homme aussi valeureux.

— Edward est mort ? Comment ?

— De maladie. Il a attrapé la variole au printemps dernier.

— Toutes mes condoléances, milady. Edward était un homme bon, avait-il murmuré.

Il s'était emparé de l'emblème.

— Je vais de ce pas annoncer la triste nouvelle à Stryder, avait-il déclaré avant de s'éloigner.

— Attendez !

Il s'était retourné.

— Oui ?

— Je ne connais pas votre vrai nom.

Toute émotion avait disparu du visage du chevalier, redevenu en un éclair le héros mythique que le destin avait fait de lui.

— Je suis le Spectre, milady. Je n'ai pas d'autre nom. Pas ici.

— Pourriez-vous m'amener auprès de lord Stryder afin que je le remercie en personne d'avoir protégé mon frère en prison ?

Il avait détourné les yeux.

— Stryder n'apprécie pas les remerciements.

— Puis-je au moins lui écrire ?

Le Spectre avait hoché la tête.

— Oui. Je veillerai à lui transmettre votre message.

L'énigmatique chevalier était parti si vite qu'elle n'avait pas eu le temps de lui dire merci.

Il ne se faisait pas appeler le Spectre pour rien. Son frère lui avait raconté les nombreux hauts faits de la Confrérie de l'Épée, notamment leur évasion épique des geôles sarrasines où ils étaient détenus comme du bétail avec une cinquantaine de compagnons de cellule.

Lord Stryder, lui, était le Faiseur de Veuves, ainsi surnommé à cause de la vigueur de son bras et de sa volonté farouche de défendre ses protégés jusqu'à la mort.

De son côté, le Spectre avait pour mission de collecter des informations et de tromper la vigilance des gardes grâce à ses déplacements furtifs. Il avait aussi été torturé d'innombrables fois, monopolisant ainsi l'attention de leurs geôliers pendant que les autres creusaient le tunnel au bout duquel les attendait la liberté.

Aujourd'hui encore, après un an de correspondance épistolaire avec Stryder, Kenna ignorait toujours le nom du mystérieux chevalier. Elle avait posé la question une fois à Stryder. La réponse avait été sèche et évasive.

Il ne compte pas. Ce n'est qu'un fantôme du passé. Mieux vaut l'y laisser. Ne parlons plus de lui.

Elle n'avait pas osé l'interroger de nouveau à son sujet. Et très vite ses pensées avaient été monopolisées par le preux chevalier qui lui écrivait. L'homme qui lui avait ouvert son cœur, submergeant le sien d'une vague d'amour à laquelle elle avait été incapable de résister.

Caledonia avait peut-être raison.

Après avoir partagé tant de confidences avec elle, la voir en chair et en os avait peut-être pris Stryder au dépourvu. Il se pouvait qu'il soit gêné de s'être montré si franc dans ses lettres et qu'il ait besoin d'un peu de temps pour s'accoutumer à sa présence.

Oui, c'était sûrement cela.

2

— Simon, tu as été un frère pour moi toutes ces années, déclara Stryder. Quel dommage que je sois obligé de te tuer.

Il avait beau ne pas avoir haussé le ton, sa voix, qui trahissait une colère sourde, résonna dans la salle vide où Simon prenait une collation qui l'aiderait à tenir jusqu'au dîner.

Ce dernier s'étrangla avec son pain, surpris par ces paroles inattendues.

Le regard de Stryder était dur et froid.

— Vas-y, étouffe-toi. Je ne prendrai même pas la peine de te sauver. Mais, avant de mourir asphyxié, pourrais-tu au moins me dire qui je suis censé épouser ?

Simon s'étrangla davantage. Stryder allait *vraiment* le tuer pour ça.

Tandis qu'il attrapait sa chope d'hydromel pour aider à faire passer le pain, Stryder continua sur sa lancée :

— Non seulement j'ignorais que j'allais me marier, mais apparemment, j'échange des lettres avec ma future épouse. Oui, tu as bien entendu, Simon. J'écris à ma future épouse, répéta-t-il, les yeux aussi noirs que les ténèbres. Tu ne trouves pas cela étonnant, vu que je n'écris jamais à personne, hein ? Alors puisque ce n'est pas moi qui écris, qui se charge de mon courrier personnel ? Ah oui, je sais ! C'est toi, Simon. *Toi*.

Simon avala une longue gorgée d'hydromel, l'esprit en ébullition. Il savait que ce jour arriverait, mais il avait espéré bénéficier d'un peu plus de temps pour s'extirper de ce guêpier.

— Tu m'as demandé de répondre aux lettres que tu reçois. Je n'ai pas voulu t'embêter avec leur contenu.

— Te charger de ma correspondance n'implique pas des fiançailles. Parle-moi de cette femme. Elle est riche au moins ?

— Elle est très gentille.

— Simon !

Stryder lui décocha un regard tellement sinistre qu'il aurait presque pu croire que la légende affirmant qu'il avait vendu son âme à Lucifer n'en était pas une.

À la place de Simon, un autre aurait flanché. Mais Simon ne se laissait pas intimider par la colère d'un homme, et certainement pas par celle de Stryder. Ils se connaissaient depuis trop longtemps et avaient traversé trop d'épreuves ensemble pour qu'il éprouve de la peur devant lui.

De l'agacement, en revanche, oui.

— J'écoute, insista Stryder. Explique-toi. C'est une plaisanterie ? Qui est cette femme qui prétend être ma promise ?

Simon soutint le regard furibond de Stryder, se demandant encore comment il avait pu se fourrer dans un tel pétrin.

Malheureusement, il le savait.

Comme tous les maux de la terre, l'origine de son malheur était une femme. Et pas n'importe laquelle.

Comme Ève avec Adam, elle l'avait mené à la catastrophe contre sa volonté et son bon sens pourtant légendaire. Alors qu'il aurait dû fuir, il était resté, et il s'apprêtait à en payer le prix.

Sa chute avait un nom.

Kenna.

Kenna avec sa chevelure châtain clair, ses yeux couleur d'ambre. C'était un joli petit bout de femme, timide et discrète, mais dont la beauté intérieure avait enchanté Simon dès la lecture de sa première lettre.

Une lettre qui, malheureusement, ne lui était pas destinée.

Elle était adressée à Stryder, comte de Blackmoor, colosse barbare unique en son genre, connu pour posséder la puissance destructrice d'Armageddon. Quand Stryder entrait dans une pièce, les guerriers présents se mettaient à transpirer malgré leur bravoure, de crainte d'attirer son attention.

Stryder, le fantasme ultime de ces dames.

Stryder, le fléau de l'existence de Simon. Du moins en ce moment, parce que celle dont il était amoureux n'avait d'yeux que pour le champion du roi dont le cœur ne se laisserait jamais enchaîner par une femme. Du moins pas au-delà d'une nuit ou deux.

Maudit Stryder qui l'avait mis dans cette situation. D'un autre côté, sans lui et ses prouesses au combat, il n'aurait jamais rencontré Kenna.

— Tu m'avais dit que si je te trouvais une gentille damoiselle qui pourrait te tenter, tu y réfléchirais.

Stryder ricana et le dévisagea comme s'il lui avait poussé trois têtes.

— Tu es devenu fou ?

Oui. Fou d'une femme qui lui avait ouvert son cœur parce qu'elle voyait en lui son futur époux.

— Si tu la rencontres, tu verras par toi-même. Elle ferait une bonne épouse pour toi.

Stryder lâcha un juron.

— Simon, quelle mouche t'a piqué, bon sang ? Tu as demandé sa main en mon nom ? Sale traître ! Comment as-tu pu me faire un coup pareil ?

Simon serait volontiers rentré sous terre. Il écrivait à Kenna depuis si longtemps, signant ses missives par *Votre chevalier à jamais, S.*, qu'il avait oublié un détail : dans l'esprit de la jeune femme, le S signifiait Stryder, et non Simon.

Il n'avait compris son erreur qu'à la réception de sa dernière lettre. Au lieu de *Mon guerrier bien-aimé*, elle avait écrit *Mon Stryder bien-aimé*.

Ces mots lui avaient transpercé le cœur telle une flèche empoisonnée, lui rappelant avec une douloureuse acuité la gravité de sa trahison. Et avec qui elle le confondait.

Quel idiot !

— C'est arrivé comme ça.

Stryder fronça les sourcils.

— Non, Simon. Une catastrophe arrive. La *mort* arrive, ajouta-t-il avec un regard lourd de menace. Mais les gens ne se retrouvent pas fiancés sans l'avoir décidé. Tu vas me faire le plaisir de me sortir de ce guêpier ou je te réduis en chair à pâtée, je te le garantis.

Simon soutint tranquillement son regard.

— Voilà une menace en l'air ou je ne m'y connais pas. Du calme, Stryder. Rencontre-la avant de râler. Elle n'est pas comme les autres, tu verras. Et puis, elle nous connaît, ajouta-t-il à mi-voix en se levant.

— Tout le monde nous connaît, Simon. Nous sommes plutôt célèbres – tristement, parfois.

— Non, insista Simon avec un regard appuyé. Elle sait pour nous. Son frère était Edward MacRyan. Tu te souviens de lui ?

Les yeux de Stryder s'assombrirent, tandis que le souvenir de leur captivité en Terre sainte lui revenait en force.

— Celui que j'ai sauvé des crocodiles.

— Oui. C'est la sœur dont il nous a si souvent parlé. Même après sa mort, elle reste fidèle au serment qu'il nous a fait. C'est à cause des louanges d'Edward à ton égard qu'elle a eu envie de t'écrire quand nous étions en Normandie. Que vous vous rencontriez était le souhait le plus cher de son frère.

— Pourquoi ?

— Parce que vous êtes ceux qui comptiez le plus au monde pour lui. Elle voulait te remercier de lui avoir sauvé la vie et de l'avoir ramené sain et sauf en Écosse.

— Pas besoin de fiançailles pour ça.

Simon prit une profonde inspiration. Il avait une envie féroce d'assommer Stryder et de s'approprier le cœur de Kenna sans se soucier des conséquences.

Non, en effet, pas besoin de fiançailles.

Il était si à l'aise avec Kenna que, oubliant tout bon sens, il avait baissé sa garde, lui pourtant d'ordinaire si prudent. Il lui avait fait des confidences auxquelles il ne s'était jamais risqué avec personne. Au fil des mois, il lui avait dévoilé ses pensées et avait mis son cœur à nu.

Et elle avait fait de même.

Simon soupira.

— N'aie crainte. Dès son arrivée, je réglerai la situation.

— Tu ferais mieux de t'y mettre dans ce cas. J'ai fait sa connaissance juste avant de venir te trouver.

Le cœur de Simon bondit de bonheur.

— Kenna est là ?

Stryder hocha la tête.

Oubliant son repas, Simon se dirigea d'un pas pressé vers la porte.

— Où est-elle ?

— La dernière fois que je l'ai vue, elle était en compagnie de Sin MacAllister.

À l'évocation de son ami d'enfance, Simon hésita.

— Elle a fait le voyage avec Sin ?

— Je suppose.

Simon serra les dents. Voilà qui compliquait la situation. Mais c'était sans importance.

Kenna était là.

Et il allait enfin la revoir. La toucher. Entendre le son de sa voix...

Après toutes ces nuits blanches passées à s'efforcer de se rappeler son beau visage et son doux sourire, il allait la retrouver. Se réchauffer à son contact. Respirer le léger parfum de lavande de sa peau.

Le rêve allait devenir réalité.

Il abandonna Stryder, pressé de rejoindre celle dont les réflexions et anecdotes spirituelles avaient conquis son cœur.

Il ne lui fallut pas longtemps pour la trouver. L'intendant du roi lui apprit qu'elle était arrivée au château la veille au soir, alors que Simon s'était déjà retiré sous sa tente. Lord Drexton lui avait attribué une chambre à l'étage, ainsi qu'à Sin et Caledonia.

Simon gravit l'escalier en colimaçon à toute allure. Ignorant la servante qui s'écarta de son passage avec un petit cri, il fonça dans le couloir jusqu'à la dernière porte.

Il frappa au battant sans hésitation.

— Entrez.

Paupières closes, il savoura l'accent chantant perceptible dans ce seul petit mot. Par tous les saints du paradis, elle était venue à sa demande.

Cependant, lorsque sa main se posa sur la poignée, le courage lui manqua.

Kenna ne le connaissait pas.

Tout ce temps, elle s'était imaginé correspondre avec Stryder. Malgré sa détermination à lui avouer la vérité, il n'en avait jamais eu le cœur.

Au début, il n'y avait vu là qu'un jeu bien innocent. Juste quelques échanges sans importance sur tout et rien. Jusqu'à Noël dernier. Dans un moment de faiblesse, il s'était confié sur la mort de sa mère. Elle avait répondu par des mots de réconfort si précieux qu'il n'avait plus eu le courage de lui révéler sa véritable identité.

Si jamais elle découvrait la vérité...

Elle croira que je l'ai trahie.

À cette pensée, la peur le pétrifia. Jamais il ne la trahirait ! Pourtant, c'était ce qu'elle croirait. Et elle ne lui pardonnerait jamais. Elle le détesterait jusqu'à la fin de ses jours.

Et cela, il ne le supporterait pas.

Que faire ?

Il entendit ses pas qui approchaient de la porte. Le cœur battant, il fit une chose qu'il n'avait encore jamais faite de sa vie.

Il prit la fuite.

Dans le couloir, il trouva une niche obscure qui pouvait faire office de cachette. Il eut à peine le temps de se réfugier dans le recoin exigu que la porte s'ouvrait.

La voix suave de Kenna provoqua en lui un doux frisson.

— Il y a quelqu'un ?

De sa cachette, il pouvait l'observer. Elle était encore plus jolie que dans son souvenir. Les joues roses, les yeux brillants, elle portait une tunique d'un pourpre profond qui faisait ressortir la blancheur laiteuse de sa peau.

Dès le premier regard, le désir embrasa Simon. Il mourait d'envie de la rejoindre, de la prendre dans ses bras, de goûter à ses lèvres pulpeuses, de caresser ses courbes généreuses.

La passion qui s'était emparée de lui était une réaction inédite. Il lui fallut faire appel à toute sa volonté pour dominer le feu qui le dévorait et ne pas jaillir de son repaire.

De toute façon, il n'avait pas le choix.

Il n'avait aucun droit sur cette femme qui lui avait ouvert son cœur en le prenant pour un autre.

Que soit maudite sa stupidité sans nom !

Perplexe, Kenna jeta un coup d'œil à droite et à gauche, puis rentra dans sa chambre et referma la porte.

Simon n'avait pas bougé, écartelé entre l'envie de courir la rejoindre et celle de s'éclipser discrètement pour éviter qu'elle ne découvre la supercherie.

Mais s'agissait-il vraiment d'une supercherie ? Jamais il n'avait voulu lui mentir. Il n'avait juste pas su saisir l'occasion pour s'amender. Chaque mot qu'il lui avait écrit était vrai et ses sentiments étaient on ne peut plus sincères.

— Simon ?

La voix familière le fit sursauter. Émergeant de l'ombre, il reconnut lady MacNeely. Elle était encore plus belle qu'à l'époque où il avait quitté l'Écosse. Ses longs cheveux roux étaient tressés sur le côté et elle portait une cotte bleu foncé qui soulignait la perfection de sa silhouette.

— Callie, la salua-t-il.

Un sourire chaleureux éclaira le visage de la jeune femme qui l'étreignit avec une affection toute fraternelle.

— Que faites-vous donc là, tapi dans l'ombre ?

Il recula d'un pas.

— Comme tout le monde, je suis venu pour les joutes.

Elle hocha la tête.

— Votre frère Draven est présent, lui aussi ?

— Non. Il n'a pas voulu venir sans Emily et les garçons. Il trouvait le petit dernier trop jeune pour faire le voyage.

Glissant son bras sous le sien, Caledonia l'entraîna vers la chambre qu'occupait Kenna. À chaque pas qui l'en rapprochait, les battements du cœur de Simon s'accéléraient. Quelques gouttes de sueur lui perlèrent au front.

— Il faudra que je fasse étape à Ravenswood sur le chemin du retour pour les voir, ainsi que Dermot, déclara Callie. À propos de mon frère, l'avez-vous vu récemment ?

Simon secoua la tête.

— Pas depuis que je l'ai confié à Draven, mais Emily a écrit qu'il allait bien.

— Tant mieux.

Simon déglutit lorsqu'elle posa la main sur la poignée.

Fuis !

L'ordre était si impérieux qu'il ne sut ce qui le retint de s'y soumettre. Mais avant que la raison reprenne le dessus, Caledonia ouvrit la porte.

Simon croisa aussitôt le regard de Kenna. Elle était assise dans un fauteuil au fond de la pièce, à côté de la fenêtre ouverte, un petit psautier entre les mains. Le soleil qui entrait à flots s'accrochait aux mèches échappées de sa coiffure dont les reflets auréolaient son doux visage d'ange.

Elle était d'une beauté à couper le souffle. Simon s'en trouva sans voix, incapable de quitter des yeux celle qui hantait ses jours et ses nuits depuis une année.

La seule femme au monde pour laquelle il donnerait sa vie.

Kenna s'était figée à la vue de l'homme qui accompagnait sa cousine. Ses cheveux d'un bel auburn étaient un peu plus longs que ne le prescrivait la mode en Angleterre et il arborait un petit bouc élégant taillé avec le plus grand soin.

Il dépassait en stature la plupart des hommes, et de sa silhouette, à la fois élancée et musclée, émanait une grande force non dénuée d'une certaine grâce féline. Le bleu profond de ses yeux était tout bonnement envoûtant.

C'était un homme séduisant en diable.

Il lui fallut une bonne minute pour réaliser qui il était.

Le Spectre.

Ils ne s'étaient vus qu'une seule fois, mais elle n'avait pas oublié la beauté de ses traits, ni le pouvoir hypnotique de son regard qui la transperçait de sa chaleur passionnée.

En cet instant, il l'observait tel un prédateur affamé qui vient de trouver son prochain repas. L'intensité de ce regard troubla Kenna au point de la rendre nerveuse. Dans le même temps, elle ressentait une étrange fièvre qu'elle ne s'expliquait pas. Cet homme dégageait une aura de force et de possessivité à la fois dérangeante et attirante.

— Kenna, je te présente Simon, l'ami de Sin qui l'a accompagné en Écosse après notre mariage. C'est à son frère aîné que Dermot a été confié.

La nouvelle stupéfia Kenna.

— Vous êtes Simon de Ravenswood ? demanda-t-elle avec un sourire, contenant à grand-peine son hilarité au souvenir des anecdotes que Callie et Sin lui avaient racontées sur le chevalier.

Difficile d'imaginer que le dangereux prédateur qui se tenait devant elle et la personne arrangeante et serviable dont ils lui avaient parlé était un seul et même homme. Celui-ci lui semblait bien trop implacable et imposant pour obéir aux ordres de quiconque.

Il la salua d'un signe de tête.

— C'est bon de vous revoir, milady.

Caledonia les regarda tour à tour.

— Vous vous connaissez ?

— Nous nous sommes rencontrés en France quand je suis allée voir lord Stryder, expliqua Kenna qui se leva et posa son psautier sur le siège.

Lorsqu'elle s'approcha de lui, elle fut obligée de lever la tête tant il était grand. Quel étrange pouvoir possédait donc cet homme pour qu'elle ait ainsi les jambes en coton ? Et l'envie de repousser la mèche qui tombait sur son front avant d'y déposer un baiser ?

Le regard froid, il semblait sur ses gardes.

— À l'époque, vous avez refusé de me dire votre nom, lui rappela-t-elle. Pour quelle raison ?

Kenna fut fascinée par l'ondoiement de ses muscles sous son surcot lorsqu'il haussa les épaules.

— Vous étiez plus intéressée par Stryder que par moi.

Elle eut l'impression que sa question avait rouvert une plaie ancienne.

— Vous avez appris la bonne nouvelle, Simon ? intervint Callie. Kenna va épouser Stryder.

Les mâchoires du chevalier se crispèrent imperceptiblement.

— Félicitations, milady. J'espère qu'il vous rendra heureuse.

Callie fronça les sourcils.

— Tout va bien, Simon ? Je vous sens sur la réserve.

Il se racla la gorge et lui adressa un sourire un peu forcé.

— Pardonnez-moi, Callie, je n'ai pas bien dormi la nuit dernière.

— Vous voyagez toujours avec Stryder ? s'enquit Kenna. Ou vous louez vos services à un autre seigneur ?

Une flamme s'alluma dans le regard de Simon. À l'évidence, la question l'avait offensé.

— Je suis toujours mon propre maître, milady. Je voyage avec mes amis et frères jusqu'à ce que l'envie me prenne de suivre mon propre chemin.

— Frères ? répéta Callie. Je croyais que vous n'en aviez qu'un, Draven.

— Non. Je suis un enfant bâtard. Mon père avait des mœurs plutôt libres, je le crains, et j'ai une grande famille à soutenir au gré de mes humeurs.

Kenna s'esclaffa.

— On dirait Stryder. Une fois, il s'est exprimé exactement en ces termes.

Une panique indéniable s'afficha sur le visage de Simon.

— J'ai à faire, dit-il, je vais vous laisser. C'était un plaisir de vous revoir toutes les deux.

Il sortit avant que Kenna ait le temps de lui répondre.

— Voilà qui est pour le moins singulier, commenta Callie, sidérée par ce départ précipité. Je ne crois pas avoir jamais vu Simon aussi raide et réservé. D'ordinaire, il est beaucoup plus amical. Je ne comprends pas ce qu'il lui a pris.

Troublée au plus haut point, Kenna lui prêta à peine attention. Il se passait quelque chose d'étrange ici : Stryder se comportait comme s'il ne la connaissait pas et Simon avait cité presque mot pour mot une anecdote que Stryder lui avait narrée dans une de ses missives...

En proie à un mauvais pressentiment, elle attrapa les lettres, s'excusa auprès de Callie et quitta la chambre. Elle dévala l'escalier en quête de l'un ou l'autre.

Ce fut Stryder qu'elle trouva en premier. Il était seul aux écuries, occupé à seller sa monture.

— Milord ?

Il s'interrompit et se tourna vers elle. Kenna crut l'entendre ravaler un juron à sa vue.

Une fois encore, elle fut frappée par la beauté altière de son visage encadré par des boucles brunes. Assurément, Stryder de Blackmoor était homme à faire chavirer le cœur de toutes les dames. Pour autant, celui de Kenna ne s'enflammait en sa présence comme avec Simon tout à l'heure.

Il la salua froidement.

Et soudain elle sut.

Ce n'était pas cet homme-là qui lui avait écrit. Son correspondant lui avait ouvert son cœur et son âme. Il s'était montré drôle et ouvert. Chaleureux et charmant. Le chevalier qui lui faisait face était bien trop distant et inaccessible. Elle avait été dupée, elle en avait la certitude.

Et maintenant, elle voulait en avoir la preuve avant de déchaîner son courroux contre les deux conspirateurs.

D'un geste rageur, elle tendit la pile de lettres à Stryder.

— Êtes-vous l'auteur de ces missives qui me sont adressées ?

Il les retourna et en étudia le sceau.

— Elles portent le sceau des Blackmoor.

— En effet.

Il les lui rendit avec une moue perplexe.

— Mais elles ne sont pas de moi.

Il fit mine de s'éloigner. Elle le retint par le bras.

— Je vous en prie, supplia-t-elle. Je dois savoir.

— Pourquoi ?

— Parce que ces lettres débordent de tendresse. De poésie. Qui oserait m'écrire ces mots en les signant de votre nom ? Était-ce une farce cruelle dont j'ai été le jouet ?

Le regard de Stryder s'assombrit, comme si cette accusation l'avait profondément offensé.

— Non, milady, jamais je ne me permettrais un jeu d'aussi mauvais goût. J'ai commis bien des crimes dans ma vie, mais la tromperie n'en a jamais fait partie.

Elle dénoua le ruban rouge, prit la lettre du dessus et la lui tendit.

— Lisez ceci et dites-moi ce que vous en pensez.

Un tic nerveux crispa la mâchoire de Stryder.

— Impossible.

— Pourquoi ?

— Je ne sais pas lire. Je n'ai jamais appris.

Kenna en resta sans voix. Elle voulait la vérité et maintenant elle l'avait : Stryder était illettré.

— Alors qui en est l'auteur ?

— Moi.

3

Kenna se retourna et se retrouva face à Simon. Ses yeux bleus s'étaient assombris tel un ciel d'orage.

— Vous vous êtes fait passer pour lord Stryder ?

Il lança un regard à son ami, puis soutint celui de Kenna.

— Oui.

La peine et l'incrédulité la submergèrent. Quelle idiote elle avait été ! Comment avait-elle pu imaginer une seule seconde qu'un chevalier aussi séduisant, riche et renommé que Stryder puisse remarquer une femme aussi insignifiante qu'elle ?

Pourtant, Simon le lui avait fait croire. Il lui avait bourré le crâne d'illusions et de mensonges.

Comment avait-il osé ?

— Je vois.

La gorge nouée, elle renoua le ruban, puis tendit les lettres à Simon.

— J'espère que cette plaisanterie de mauvais goût vous a bien amusés tous les deux. Désolée de vous avoir dérangés.

Comme elle se détournait, Simon l'attrapa par le bras.

— Kenna, s'il vous plaît. Je...

Elle attendit la suite, mais il se contenta de la dévisager, les mâchoires crispées, battant des paupières comme s'il s'interrogeait sur la conduite à tenir.

— Oui ?

Le regard de Simon s'adoucit.

— Je n'ai jamais voulu vous blesser.

— Quelle était votre intention, alors, puisque vous saviez que je croyais ces lettres écrites par lord Stryder ?

Ce dernier grommela une vague excuse et sortit des écuries sans demander son reste.

Kenna et Simon se retrouvèrent seuls. Elle plongea son regard dans le sien où se lisait un profond tourment.

— Jamais je ne pourrais vous faire de mal, murmura-t-il.

Elle le sentait sincère, mais quelle importance. Ce qu'il avait fait était odieux. Inexcusable.

Et pourquoi avait-il agi ainsi ? Par jeu ? Par cruauté ?

— C'est pourtant le cas, Simon. Vous m'avez humiliée. Jamais je ne me suis sentie si...

Il la fit taire d'un baiser fougueux.

Kenna en resta pantoise. Aucun homme n'avait jamais osé se comporter de la sorte avec elle – son père lui aurait arraché le cœur. Pourtant, elle ne pouvait s'empêcher de trouver son audace éblouissante et merveilleusement excitante.

Paupières closes, elle inhala avec bonheur son odeur riche d'effluves de cuir et de savon, et soupira d'aise, enivrée par la douce sensation de ses lèvres sur les siennes, de sa langue qui se faisait tentatrice.

Elle avait passé des heures éveillée dans son lit, imaginant à quoi ressemblerait un baiser avec l'auteur de ces merveilleuses lettres qu'elle recevait – Stryder, pensait-elle à l'époque, alors que c'était Simon qui avait su toucher son cœur, qui l'avait fait se sentir belle et désirable.

Elle mit fin à leur baiser et leva les yeux vers lui.

— Je ne vous présenterai pas d'excuses pour vous avoir écrit, murmura-t-il. Je suis juste désolé que vous vous soyez sentie humiliée.

Un sursaut de colère la prit au dépourvu.

— Pourquoi ne m'avez-vous pas avoué la vérité ?

— Auriez-vous continué de m'écrire si je l'avais fait ?

— Cela va de soi, assura-t-elle avec emphase.

Elle lut le doute dans le regard de Simon et ne put réprimer un élan de compassion. Comment avait-il pu douter d'elle, surtout après ce qu'il avait fait ?

— Vraiment ? répliqua-t-il. Votre attirance n'était-elle pas plutôt due au fait que vous pensiez avoir affaire à un comte et non à un banal chevalier errant ? Je ne suis pas idiot, Kenna. J'ai appris depuis longtemps qu'en présence de guerriers comme Stryder, Sin ou Draven, les femmes n'ont jamais un regard pour moi. Parce que je n'ai ni titre ni terres, je suis pour ainsi dire invisible. Je ne sers qu'à aider ces dames à harponner un époux titré. Je ne suis jamais plus qu'un simple ami à leurs yeux.

Il sonda son regard, comme s'il pouvait y lire la réponse qu'il cherchait.

— Si vous aviez su que votre correspondant n'était autre que l'insignifiant Simon, auriez-vous continué à lui écrire ou l'auriez-vous gentiment assuré de votre amitié avant de jeter votre dévolu sur un autre ?

Kenna voulut protester, puis se ravisa.

Elle refusait de se considérer comme aussi superficielle. Elle n'avait jamais été du genre à ignorer une personne du fait de sa naissance. Se pouvait-il qu'il y eût une once de vérité dans ce qu'il suggérait ?

Son regard tomba sur la fine chaîne en or que Simon portait autour du cou. Elle aperçut un petit médaillon, en or lui aussi, niché entre les lacets de sa cotte. Avant qu'elle ait pu s'en empêcher, elle le prit dans le creux de sa main. C'était un bijou tout simple, sans fioritures, chaud d'avoir été en contact avec sa peau.

Elle l'ouvrit et y trouva sa mèche de cheveux conservée telle une relique.

— Vous l'avez gardée ?

— Je vous l'avais promis. Je sais que vous ne me croyez pas, mais je ne vous ai jamais menti, je vous le jure. J'ai juste omis de préciser la signification du S, parce que je ne voulais pas vous perdre. Pour une fois, je voulais compter.

Kenna referma le médaillon, les doigts tremblants, assaillie par une myriade d'émotions. Elle lui en voulait toujours de sa tromperie, mais celle-ci ne parvenait pas à abolir les sentiments troublants qu'il faisait naître en elle.

Fidèle à sa promesse, il l'avait gardée contre son cœur. Les tendres confessions qu'ils avaient partagées au fil des lettres lui revinrent en mémoire. Tous les secrets et déceptions de leurs passés respectifs. Leurs espoirs pour l'avenir.

Ses lettres lui avaient valu tant de sourires et tant de joies...

— Je ne suis pas un noble champion, Kenna. Juste un homme qui n'a rien à offrir à une princesse telle que vous. L'espace de quelques mois, vos lettres m'ont permis d'être plus grand que je ne le suis. Pardonnez-moi de vous avoir causé de la peine.

Il se détourna pour s'en aller.

Les larmes montèrent aux yeux de Kenna. Elle connaissait cet homme d'une façon qui transcendait jusqu'à l'amitié et la raison. Alors une petite omission n'était pas un péché impardonnable.

— « Je vis dans la douleur...

Il s'immobilisa et termina la phrase à sa place :

— ... et mon cœur cherche la lumière que seules procurent vos lettres. » Plutôt insipide, n'est-ce pas ? commenta-t-il avec un petit rire. Christopher de Blackmoor dit toujours que je devrais me contenter de mon épée au lieu de lui emprunter sa plume. À l'entendre, je cause davantage de dégâts avec les mots que je ne le ferais jamais sur un champ de bataille.

Elle sourit à travers ses larmes.

— Vos mots sont merveilleux. J'ai chéri chacun d'eux sans exception.

C'était la vérité. Il n'y avait pas un jour, pas une heure où elle n'avait guetté l'arrivée d'un messager porteur d'une nouvelle lettre de son chevalier. Quand ce moment béni arrivait enfin, elle se hâtait de finir ses tâches, afin de se réfugier au plus vite dans sa chambre pour lire sa lettre à l'abri des regards.

Ces lettres étaient ce qu'elle avait de plus cher au monde.

De même que leur auteur.

Simon prit une profonde inspiration.

— Si vous le souhaitez, je vous aiderai à épouser Stryder. Je connais les moyens de passer outre ses défenses.

— Vous feriez cela pour moi ?

— Il n'y a rien que je ne ferais pour vous, milady.

Sa sincérité bouleversa Kenna. Une larme roula le long de sa joue.

Voilà l'homme dont elle était éperdument éprise. Pas Stryder et sa réputation de champion invincible. C'était Simon dont elle était amoureuse. Un homme qui la faisait se sentir jolie, même si elle était loin de posséder la beauté flamboyante de sa cousine Caledonia. Un homme qui la faisait rire et emplissait son cœur d'une joie tendre et chaleureuse.

Elle prit la main de Simon et la porta à son cœur.

— Et si ce n'est pas Stryder que j'aime ?

La question de Kenna résonna aux oreilles de Simon, lui coupant le souffle.

Voulait-elle dire...

— Dites-moi ce que je dois faire pour exaucer vos vœux, milady, et je vous obéirai.

— Un tendre baiser de vos lèvres et un serment d'amour de mon cœur au vôtre, tel est mon vœu le plus cher.

La gorge de Simon se noua lorsqu'il reconnut les mots qu'il lui avait écrits dans sa dernière lettre.

— M'aimez-vous, Simon ?

— Oui.

Elle fit alors la chose la plus inattendue : elle lui lâcha la main, se hissa sur la pointe des pieds et l'embrassa. Légère comme une plume, la caresse de sa bouche le remua jusqu'au tréfonds. Comment pouvait-elle avoir envie de lui ? C'était tout bonnement inconcevable.

— Je n'ai rien à vous offrir, Kenna.

— Je ne veux que votre cœur, Simon. Rien d'autre.

Il lui sourit, incapable de croire à la réalité de cet instant qu'il n'aurait osé imaginer dans ses rêves les plus fous. Ses sentiments pour elle n'avaient fait que croître au fil des lettres. Kenna, si douce, spirituelle et réconfortante lui était devenue indispensable. Se doutait-elle à quel point ?

— Je vous en fais don volontiers, milady.

Il porta sa main à ses lèvres et y déposa un chaste baiser.

Il aurait voulu la garder auprès de lui à jamais, mais il savait que c'était impossible. Jamais sa famille n'accepterait qu'elle l'épouse. Ni son amitié avec Sin MacAllister et Stryder ni son lien de parenté avec Draven ne suffiraient à faire la différence. C'était une héritière d'une riche famille liée au trône d'Écosse. Son cousin Malcolm, roi d'Écosse, lui choisirait un époux fortuné et prestigieux ; il n'aurait que faire d'un bâtard déshérité.

Ce n'était qu'une question de temps avant qu'ils soient séparés.

Cependant, même si le destin en décidait autrement, il avait envie de passer en sa compagnie le peu de temps qui leur serait offert. Il voulait agir comme si aucune règle, aucun impératif ne gouvernaient leurs vies.

— Accepteriez-vous de passer la journée avec moi ? demanda-t-il.

— Où ?

Il haussa les épaules.

— Je ne connais pas cette région. Que diriez-vous d'explorer la campagne environnante ?

Elle acquiesça avec un sourire.

— J'en serais ravie.

Simon l'abandonna le temps d'aller seller son cheval, puis revint avec sa monture. Kenna s'étonna qu'il n'ait qu'un seul cheval. Avait-il changé d'avis finalement ?

Avant qu'elle puisse le lui demander, il la souleva par la taille sans effort et la déposa sur la selle. Au contact de ses mains puissantes, le cœur de Kenna s'emballa.

— Dans quelle direction allons-nous ? s'enquit-elle.

— Libre à vous de choisir, répondit-il avec un regard brûlant, avant de grimper derrière elle.

La selle s'inclina dangereusement le temps qu'il s'installe, son corps calé contre le sien dans une posture intime à la fois déroutante et troublante. Lorsqu'il glissa les bras autour d'elle pour s'emparer des rênes, elle frissonna délicieusement. Jamais un homme ne l'avait approchée d'aussi près. Tous ceux qu'elle connaissait veillaient toujours à garder une distance respectueuse.

Pas Simon. Il osait ce qu'aucun autre ne se serait jamais permis.

Elle se surprit à se demander ce qu'il oserait d'autre avant la fin de la journée. Elle aurait dû être inquiète à l'idée de partir seule avec lui. Il n'en était rien.

Simon éperonna son cheval et lui fit traverser la cour intérieure du château, puis franchir le mur d'enceinte fortifié. Une fois dans la prairie, ils s'élancèrent au galop. Chaque foulée puissante du cheval la plaquait contre le torse vigoureux de son chevalier, au point qu'elle sentait les battements de son cœur contre son omoplate et son souffle chaud sur sa nuque.

Cette chevauchée effrénée semblait les emporter loin du monde, hors du temps.

Simon ralentit sa monture pour s'enfoncer dans une forêt. Il s'arrêta sur la rive d'un lac scintillant dont l'eau léchait doucement la berge moussue. Après avoir aidé Kenna à mettre pied à terre, il prit le temps de bouchonner son cheval que cette course exigeante avait fait transpirer.

Elle patienta à distance, admirant, fascinée, la façon dont les muscles noueux de son dos s'étiraient et se contractaient sous l'effort et la douceur avec laquelle ses grandes mains frictionnaient l'animal. Ce spectacle émouvant lui tira un sourire.

Lorsqu'il la rejoignit, après avoir laissé le cheval brouter et boire, il la prit par la main et l'entraîna jusqu'à une petite formation rocheuse qui, étrangement, évoquait une table et un fauteuil.

— Que faisons-nous là ? demanda-t-elle tandis qu'ils contournaient les rochers.

— Rien. Je voulais juste m'asseoir tranquillement pour vous contempler sans craindre d'être dérangé.

Kenna plissa le front avec perplexité.

— Pourquoi cela ?

— Parce que je rêve de votre visage chaque nuit depuis un an maintenant. Quand nous repartirons d'ici, je veux être sûr d'avoir gravé dans mon esprit chaque détail de votre personne.

Il la fit asseoir dans l'herbe près de lui. Kenna l'observa en silence tandis qu'il s'adossait contre un rocher sans la quitter des yeux. L'intensité de son regard la troublait. Elle ne savait trop quoi dire.

C'était d'autant plus surprenant qu'elle avait toujours quantité de choses à lui raconter dans ses lettres. Mais une correspondance épistolaire n'avait, certes, rien de dangereux.

Il n'en allait pas de même avec l'homme en chair et en os assis à ses côtés.

Simon était un guerrier redoutable, devinait-elle. C'était un combattant aguerri qui affrontait ses ennemis au corps-à-corps. Qui avait déjà risqué sa vie un nombre incalculable de fois.

— Edward avait l'habitude de me raconter comment vous aidiez...

Il la coupa dans son élan en posant l'index sur la bouche.

— Chut... je n'ai aucune envie de me remémorer mon passé. Mes années en Terre sainte étaient un cauchemar que je préfère oublier.

Kenna hocha la tête. Les horreurs de ces années-là avaient hanté son frère jusqu'au jour de sa mort. De retour à la maison, il refusait obstinément de dormir dans le noir. Des domestiques étaient chargés d'entretenir le feu et de changer les chandelles jusqu'à l'aube. Edward avait acheté des douzaines de chats afin de s'assurer qu'il n'y ait aucun rongeur dans tout le château.

La première année, son frère se comportait comme un dément, sans cesse nerveux, en proie à de terribles crises d'angoisse. Il hurlait sans raison apparente, restait recroquevillé dans un coin pendant des heures à se balancer d'avant en arrière.

Toute la famille craignait qu'il ne bascule définitivement dans la folie quand, un soir, un étranger s'était présenté à la porte. Elle ignorait son nom. Il était resté plusieurs mois auprès d'Edward jusqu'à ce qu'il puisse de nouveau se comporter comme un homme et non comme un animal effrayé, redoutant les coups.

Avant de partir, l'inconnu avait donné à Edward le blason qu'elle avait rendu à Stryder en Normandie – l'emblème de la Confrérie de l'Épée, un groupe d'hommes unis par des liens encore plus forts que le sang. Une amitié indéfectible qui s'était forgée dans la douleur et le chagrin.

Et maintenant il y avait Simon, qui s'était retrouvé au cœur de toute cette souffrance et semblait pourtant en avoir réchappé sans séquelles apparentes.

Elle ne pouvait que s'émerveiller de sa force de caractère.

— Que ferez-vous après le tournoi ? voulut-elle savoir.

— Stryder souhaite retourner pour un temps en Normandie.

L'estomac de Kenna se noua à l'idée qu'il aille si loin.

— Vous l'accompagnerez ?

— Je n'ai encore rien décidé. Et vous ?

Elle soupira.

— J'ai prévu de rentrer. L'Ange a fait savoir qu'un autre Écossais avait besoin de se reposer quelque temps chez nous avant de rejoindre sa famille. Je tiens à être là pour l'accueillir.

Simon hocha la tête.

Seuls les membres du Quinfortis, « la force de Cinq » dont il faisait partie, savaient que l'Ange était une femme, la seule présente lorsqu'ils étaient en Terre sainte. Ils l'avaient protégée farouchement de leurs ennemis.

Il était reconnaissant à Kenna de continuer à respecter le serment de son frère d'aider et de protéger ceux qui avaient souffert le martyre dans les geôles sarrasines. C'était une femme d'honneur dont il se languirait jusqu'à la fin de ses jours.

Si seulement les circonstances avaient été différentes.

Silencieux, il regardait le vent danser avec les vrilles vaporeuses échappées de la chevelure de Kenna, ses doigts fuselés et gracieux jouer avec le tissu de sa robe.

Ses mains le fascinaient. Il rêvait de les sentir se promener sur sa peau, curieuses et tentatrices.

Pour la première fois de sa vie, il se sentait gauche en présence d'une femme. Ce manque d'assurance ne lui ressemblait pas. Il avait peur de dire quelque chose qu'il ne fallait pas et qu'elle ne veuille plus le revoir.

Elle arracha un brin d'herbe et confectionna un petit sifflet dans lequel elle souffla doucement.

— Que faites-vous, milady ?

Elle lui sourit et recommença.

— J'appelle les fées.

— Les fées ? Pourquoi ?

— Pour qu'elles vous rendent cette parole aisée avec laquelle vous avez su gagner mes faveurs. En ce moment, vous êtes raide avec moi et je ne veux pas de cette raideur.

Simon se racla la gorge, embarrassé. Elle ne croyait pas si bien dire.

Kenna jeta le brin d'herbe.

— Que puis-je faire pour vous aider à vous détendre ?

Vous allonger dans l'herbe avec moi et me laisser picorer de baisers chaque parcelle de votre corps.

— Alors ? insista-t-elle comme il ne répondait pas.

Il faillit lui mentir, mais s'en révéla incapable. Ils avaient toujours été honnêtes l'un avec l'autre s'agissant de leurs sentiments et il ne voulait pas que cela change.

— Je n'ose pas vous le dire.

— Pourquoi ?

Un peu anxieux, Simon plongea son regard dans ses beaux yeux ambrés.

— Parce que les pensées que vous m'inspirez sont on ne peut plus impudiques et inconvenantes, milady. Et si je les exprimais devant vous, je crains que vous ne vous enfuyiez.

Kenna plissa le front.

— Comment vos pensées pourraient-elles être impudiques ?

Simon se prépara mentalement à son rejet. Il ne pouvait plus reculer.

— J'ai envie de vous, Kenna, confessa-t-il. Et pas seulement de vos lèvres. Je veux connaître intimement votre corps entier. Depuis un an, il n'y a pas une nuit où, durant mes longues insomnies, je n'ai cessé de me consumer de désir pour vous.

L'audace de cet aveu fit frissonner Kenna. Elle avait beau être vierge, elle n'en comprenait pas moins ce qu'il attendait d'elle. Plus important, elle comprenait les conséquences de ce désir s'il venait à être assouvi.

Sa mère lui avait confié un jour combien la virginité d'une femme était précieuse. Une fois offerte, elle était perdue à tout jamais. Partout dans le monde, des hommes affirmaient que seul un époux pouvait se prévaloir de prendre ce trésor à sa femme. Sa mère était d'un autre avis.

« Garde-la jalousement pour l'homme que tu aimeras de tout ton cœur. Si Dieu le veut, ce sera celui que tu épouseras. Mais il devrait être donné à toutes les femmes de connaître le bonheur de l'amour la première fois qu'elles accueillent un homme en elle. Faire savoir qu'il est sa première fois est le cadeau le plus précieux qu'une femme peut offrir à un homme. »

Kenna ne connaissait que trop bien les réalités de son rang. Elle était la cousine du roi, ce qui la reliait directement au trône d'Écosse. L'amour ne jouerait aucun rôle dans son mariage. Seuls comptaient la politique et le pragmatisme. Voilà pourquoi Stryder aurait fait un bon époux.

Simon, en revanche...

Jamais son cousin n'approuverait une union avec un homme tel que lui, elle le savait. Malheureusement, elle n'en désirait aucun autre.

Elle n'avait d'yeux que pour son chevalier poète. Si elle était condamnée à subir une alliance contre son gré, au moins souhaitait-elle une journée d'amour vrai dans les bras de l'élu de son cœur. Pour cette courte parenthèse, elle voulait que le choix lui revienne.

— Faites-moi l'amour, Simon, chuchota Kenna.

Simon eut l'impression que son cœur s'arrêtait de battre. Il n'en croyait pas ses oreilles, mais impossible de se méprendre sur sa sincérité.

— Avez-vous idée de ce que vous me demandez ?

Elle hocha la tête avec conviction.

Simon déglutit. Il n'avait d'autre choix que de se lever et partir. Il ne pouvait nullement prétendre à ce qu'elle lui proposait et le savait fort bien. Les nobles dames de la lignée des rois n'avaient que faire des chevaliers errants. Il était épouvanté d'être encore assis là au lieu de reprendre sans tarder le chemin du château.

Cependant, c'était comme si son corps refusait de lui obéir. Quant à son cœur...

Son cœur était tout entier dévoué à Kenna.

Quand elle se pencha vers lui pour l'embrasser, tout bon sens le déserta. Il nicha son visage dans le creux de ses paumes, savourant la douceur satinée de sa peau. Enhardi par la passion, il l'allongea sur l'herbe tiède et prit l'initiative de l'étreinte. Les paupières closes, il se délecta de sa bouche, plus sucrée que le miel, de ses caresses, plus douces que la soie. Un grondement rauque monta de sa gorge, impatient qu'il était de sentir sa peau nue contre la sienne. Avant la fin de cet après-midi béni entre tous, ils s'appartiendraient.

Tremblante, Kenna s'émerveilla de la sensation inédite de ce corps masculin qui pesait sur elle de tout son poids, de cette bouche qui prenait possession de la sienne avec ardeur. Prise de vertige, elle avait l'impression que son corps s'embrasait sous les caresses de Simon. Elle sentit sa main glisser jusqu'à l'encolure de sa robe. Ses doigts jouèrent avec le lacet qui la fermait, tirèrent sur le nœud et abaissèrent le tissu. Fascinée, elle le regarda déposer une pluie de baisers sur le renflement de ses seins au-dessus de la chemise, tandis qu'au creux de son ventre voletait une nuée de papillons.

Simon s'enivrait des effluves de lavande qui parfumaient la peau de Kenna. Jamais il n'avait ressenti pareille excitation dans les bras d'une femme. Elle était son Aphrodite. Il tira sur le col de sa chemise jusqu'à libérer son sein droit. Elle tressaillit à cette audace.

— Ne soyez pas gênée, milady, murmura-t-il avant d'aspirer la petite pointe rose dans sa bouche.

D'abord réservée, Kenna s'abandonna peu à peu à la chaude caresse de sa langue. Puis elle s'enhardit à enfouir les mains dans ses cheveux pour l'attirer à elle, le dos arqué.

Il abaissa davantage sa chemise et la poitrine de Kenna se retrouva tout entière offerte à son regard brûlant. Simon prit tout son temps pour célébrer tour à tour ses seins ronds et voluptueux d'une bouche gourmande, tandis qu'elle faisait courir sur lui ses mains aussi légères que des oiseaux.

Il aurait tout donné pour qu'elle lui appartienne. Pour avoir le droit de revendiquer sa main comme époux légitime. La pensée qu'un jour elle partagerait la couche d'un autre, qu'elle serait forcée de laisser cet homme la toucher était un supplice au-delà du supportable. Le pire qu'il ait jamais enduré au cours de sa vie. D'accablement, il laissa échapper un juron amer.

Kenna se raidit.

— Vous ai-je mis en colère ?

— Nullement, mon aimée, assura-t-il. Jamais vous ne pourriez susciter ma colère.

— Alors pourquoi...

Simon étouffa sa question d'un baiser pour ne pas gâcher la beauté de l'instant. Il eut tôt fait d'oublier ses vaines ruminations ; il lui suffisait pour cela de savourer le nectar de ses lèvres.

Kenna soupira de contentement tandis que leurs langues s'adonnaient de nouveau à une langoureuse chorégraphie. Jamais elle n'aurait imaginé qu'embrasser un homme était si agréable. Avec une hardiesse qui la sidéra, elle tira sur le surcot et la tunique de Simon.

Riant de son impatience, il se libéra de ses bras le temps de se débarrasser de ses vêtements.

Dans un silence presque religieux, Kenna contempla son torse hâlé, plus doré encore sous les rayons du soleil. Seigneur, il était sublime. Subjuguée, elle suivit du bout des doigts les muscles noueux de son épaule, puis son biceps puissant avant de descendre jusqu'à ses pectoraux ciselés tel l'airain d'une statue antique. Retenant son souffle, Simon s'était pétrifié, la laissant l'explorer à sa guise. Et elle ne s'en priva pas. Elle poussa même l'audace jusqu'à effleurer la fine ligne de poils qui partait de son nombril et disparaissait sous la ceinture de ses braies.

Elle hésita à poursuivre. Malgré son immense envie de découvrir le reste, elle était un peu effrayée. Jamais elle n'avait vu un homme dans le plus simple appareil.

Simon tira sur le lien qui retenait son vêtement.

— Je vous en prie, ne vous arrêtez pas là.

La gorge sèche, Kenna céda à la curiosité et, encouragée par le désir ardent qu'elle lisait sur le visage de Simon, glissa une main timide sous le tissu. Ses doigts rencontrèrent aussitôt la colonne dure de son sexe. Lorsqu'elle les enroula autour, un gémissement presque animal monta de la gorge de Simon.

Il referma sa main sur la sienne. Kenna frissonna lorsqu'il entreprit de lui montrer comment le caresser.

— C'est agréable ? demanda-t-elle.

— Oh oui ! murmura-t-il.

Sa propre hardiesse la stupéfiait. S'apprêtaient-ils vraiment à partager l'expérience la plus intime qui soit entre un homme et une femme ? Et après tout, où était le mal ? Cet acte unique entre tous, c'était avec Simon et personne d'autre qu'elle voulait l'accomplir. Avec lui, elle se sentait aimée et désirable.

Il s'écarta un instant pour ôter ses bottes et ses braies.

Kenna s'humecta les lèvres en découvrant son corps magnifiquement découplé. Elle aurait pu passer le restant de ses jours à admirer son beau guerrier viril. Son désir, déjà intense, s'en trouva décuplé.

Avec des gestes doux, sans mot dire, il la déshabilla. Lorsqu'elle se retrouva nue, exposée à son regard, elle se sentit terriblement vulnérable.

Elle savait qu'elle n'avait rien d'une beauté capable de faire tourner la tête aux hommes et de les rendre fous de passion.

— Vous n'êtes pas trop déçu ? souffla-t-elle.

Simon parut horrifié.

— Comment pouvez-vous ne serait-ce que poser une telle question ?

Elle lui sourit.

— Je ne voudrais pas que vous regrettiez.

— Cela ne risque pas d'arriver, assura-t-il.

Il l'attira dans ses bras avec tendresse. Le corps voluptueux de Kenna pressé contre le sien déclencha d'affolantes sensations. Il la renversa sur l'herbe et la couvrit de baisers et de caresses à en perdre la raison.

Lorsqu'elle sentit sa main s'insinuer entre ses cuisses, elle tressaillit, surprise, puis, surmontant sa timidité, se cambra en réponse à l'audacieux manège de ses doigts. Elle était toute palpitante, chaude et moite, lorsque Simon se positionna entre ses cuisses et la pénétra d'un vigoureux coup de reins qui la prit au dépourvu.

La douleur vive qui en résulta lui arracha une grimace.

— Cet inconfort ne sera que passager, chuchota-t-il, je vous le promets.

Kenna se mordit la lèvre et patienta, stoïque. En appui sur les bras, Simon demeura immobile. Peu à peu, la douleur reflua, laissant place à une étrange sensation de plénitude physique qui l'émerveilla. Elle avait souvent essayé d'imaginer ce que ce serait d'accueillir un homme en elle, mais rien n'aurait pu la préparer à la réalité de l'acte. À cette union si incroyablement intime.

Simon la couvait d'un regard ardent.

— Vous êtes magnifique, Kenna. Un ange descendu du ciel.

Posant la main sur sa joue, elle le regarda au fond des yeux.

— Je vous aime, Simon.

En réponse, il captura ses lèvres. Lentement, avec des précautions infinies, il s'enfonça davantage en elle. Chavirée par la divine sensation, Kenna se laissa submerger par la vague d'amour qu'elle éprouvait pour lui.

Simon pouvait à peine respirer, le bonheur indicible de se perdre en elle le suffoquait. Depuis toujours son existence avait été dépourvue de tendresse. Il avait dû sans cesse faire ses preuves. Pas avec Kenna. Elle l'aimait pour lui-même, pas pour la vigueur de son bras au combat ou pour sa vivacité d'esprit.

Elle l'aimait pour son cœur.

Avec elle, il n'avait pas à feindre d'être quelqu'un qu'il n'était pas. Il pouvait se montrer tendre. Gentil. Quelle injustice qu'ils ne puissent rester ensemble ! Elle était tout ce qu'il avait toujours désiré chez une femme.

Et qu'il n'aurait jamais.

Mais le temps de cette brève parenthèse hors du monde, ils avaient le bonheur d'appartenir totalement l'un à l'autre. Ils devaient profiter de chaque seconde.

Les mains de Kenna se crispèrent sur le dos musclé de Simon lorsqu'il entama un délicieux va-et-vient entre ses cuisses, d'abord lent, puis de plus en plus fougueux. L'inconfort avait disparu. Ne restait que le plaisir d'accueillir en elle les assauts de son vigoureux chevalier.

— Oh, Simon ! lâcha-t-elle dans un souffle.

Ses hanches se tendaient maintenant à sa rencontre au rythme de plus en plus enfiévré de ses puissants coups de reins. Très vite, le feu qui couvait en elle s'attisa jusqu'à devenir un brasier. Puis, à l'instant où elle pensait ne pas pouvoir endurer davantage cette divine torture, elle vola en éclats, explosa en une myriade d'étoiles. Étreignant Simon, elle s'abandonna au choc délicieux dans un cri de volupté.

Bouleversé, ce dernier ne tarda pas à la rejoindre au firmament, le corps secoué de violents frissons qu'il savoura jusqu'au dernier.

De longues minutes, il demeura étendu sur elle, leurs corps moites étroitement imbriqués. Puis, craignant de peser trop lourd sur elle, il se hissa sur les coudes afin de la délester de son poids.

— Je sais désormais à quoi ressemble le paradis, milady, déclara-t-il avec gravité.

Kenna lui sourit, émue et comblée. C'était à la fois émouvant et troublant de le sentir encore en elle alors qu'il lui parlait. Elle repoussa les mèches humides qui lui barraient le front, puis suivit de l'index la ligne ferme de sa mâchoire. Il était beau. Si beau. Elle aurait voulu rester avec lui à jamais.

Il se retira à regret, elle le lut dans son regard. Après quoi il l'aida à se relever et l'entraîna jusqu'au lac.

— Que faites-vous ? s'étonna-t-elle.

— Votre toilette, milady.

Sans un mot, il l'aida à descendre dans l'eau jusqu'à la taille. Les mains en coupe, il fit couler l'eau d'une fraîcheur bienfaisante sur sa peau brûlante. Puis il lava doucement son corps, y compris à l'endroit le plus intime, avec une prévenance et une douceur à laquelle Kenna ne s'attendait pas.

Une fois sa tâche accomplie, il plongea sous l'eau. Lorsqu'il fendit la surface, elle regarda l'onde scintillante jouer sur les muscles saillants de son dos. Et quelle divine sensation quand il pressa son corps mouillé contre le sien.

— Je suis si heureux que vous m'ayez accompagné jusqu'ici.

Avec un sourire, elle caressa le médaillon.

— Moi aussi.

Après le bain, ils s'allongèrent dans l'herbe, le temps que le soleil sèche leurs corps nus.

Étendue sur le ventre, par pudeur, un bras drapé sur le torse de Simon, Kenna écoutait les anecdotes qu'il lui racontait sur ses voyages avec Stryder.

— Je suis sûre qu'il ne ronfle pas à ce point-là, dit-elle en riant, amusée par sa dernière histoire.

Si elle ne l'avait pas connu aussi bien, elle aurait juré qu'il lui dressait la liste de ses défauts par pure jalousie.

— Comme un ours, je vous le jure, insista-t-il en jouant avec sa chevelure. Parfois, il ronfle si fort que le bruit le réveille. Il attrapa sa dague et la brandit d'un air menaçant, exigeant de savoir qui a eu l'outrecuidance de l'arracher à son sommeil.

Kenna s'esclaffa de plus belle.

— S'il vous entendait, il vous tuerait.

Le sourire de Simon la rassura.

— Il a déjà entendu bien pire de ma part. Je n'ai pas pour habitude de le ménager pour lui faire plaisir.

— C'est un miracle qu'il vous tolère, fit-elle remarquer, dessinant des cercles sur son torse du bout des doigts.

Inexplicablement, elle ne pouvait s'empêcher de toucher sa peau nue.

— C'est plutôt l'inverse, je dirais. Franchement, cet homme est une brute.

— Il ne peut pas être si mauvais que vous le prétendez s'il est capable de voir le bien en vous.

Simon se redressa pour capturer ses lèvres d'un baiser léger qui la fit soupirer d'aise. Quelle journée merveilleuse ! Et tellement inattendue. Alors que ce matin encore, elle pensait la passer en compagnie de Stryder, comment aurait-elle pu imaginer que l'homme de ses rêves était en réalité Simon de Ravenswood ?

Il se laissa retomber dans l'herbe avec un soupir.

— Il va me falloir vous ramener, je le crains, avant qu'on remarque votre absence et que Sin envoie des hommes à votre recherche.

— Je n'ai pas envie de rentrer. Ne pourrions-nous pas nous enfuir ensemble ?

Il lui caressa la joue.

— J'aimerais que ce soit possible. Mais je ne peux trahir mon serment à la Confrérie. Je suis le seul à qui Stryder fait confiance pour surveiller ses arrières. Il a des ennemis qui sont prêts à tout pour le voir mort.

— Je sais. Mais ce serait si...

Elle n'acheva pas sa phrase. Non qu'elle en eût besoin. Simon connaissait ses souhaits aussi bien qu'elle-même.

Il coinça une mèche égarée derrière l'oreille de Kenna.

— Et puis il y a votre cousin Malcolm, qui nous poursuivrait sans relâche s'il pensait que je vous ai arrachée à votre foyer. Il ne nous laisserait jamais en paix.

Une fois de plus, il avait raison.

— Promettez-moi que vous ne m'abandonnerez pas, plaida-t-elle. Jurez-moi que vous continuerez de m'écrire.

— Je vous le promets.

Le cœur brisé, elle s'écarta de lui et se leva. Ni l'un ni l'autre ne parlèrent tandis qu'ils se rhabillaient, puis remontaient à cheval.

Kenna ne pouvait se résoudre au sort qui l'attendait. Elle avait l'impression qu'une lame cruelle lui arrachait le cœur. Dieu qu'elle regrettait de ne pas être issue d'une moins noble lignée. Si elle avait été d'un rang inférieur, équivalent à celui de Simon, alors peut-être y aurait-il eu un avenir possible pour eux.

Ils furent bien trop vite de retour au château.

Simon mena le cheval aux écuries et la première chose que Kenna y vit la pétrifia.

— Tout va bien ? s'enquit Simon en se laissant glisser de sa selle.

Incapable de répondre, elle fixait du regard l'étalon rouan dans le box voisin. Un cheval qu'elle ne connaissait que trop bien : il appartenait à son jeune cousin Malcolm, le roi d'Écosse. Réprimant un frisson, elle s'interrogea sur la raison de sa présence ici.

Elle n'eut pas à se poser la question bien longtemps.

À peine entrée dans le château, elle découvrit une foule de nobles anglais et écossais.

Le silence se fit.

Malcolm avait pris place sur l'un des deux trônes placés sur l'estrade d'honneur au fond de la grande salle, près du roi Henry II d'Angleterre.

Le dos droit, elle se força à avancer jusqu'à lui d'un pas digne. Simon demeura à ses côtés et sa présence la réconforta tandis qu'elle s'inclinait en une profonde révérence.

Malcolm paraissait mal à l'aise.

— Cousine, nous vous avons cherchée tout l'après-midi. Où étiez-vous donc passée ?

Kenna se retint de couler un regard à Simon de crainte de se trahir et lui avec.

La voix grave de ce dernier retentit dans la salle.

— Pardonnez-moi, Votre Majesté, je crains de l'avoir retenue.

Malcolm le dévisagea d'un regard dur.

— Qui êtes-vous ?

— Simon de Ravenswood, répondit le roi Henry. Le frère du comte de Ravenswood.

— Et un ami proche, sire, précisa Sin MacAllister qui se tenait dans un petit groupe à gauche.

Kenna lui adressa un regard reconnaissant. Ami et conseiller du roi, Sin était aussi un allié fidèle de Malcolm. Les deux monarques lui accordèrent une attention bienveillante.

Malcolm se détendit.

— Peut-on le juger digne de confiance ?

— Je lui confierais ma vie, déclara Sin sans hésiter.

— Parfait, se félicita le roi d'Écosse. Je détesterais que quoi que ce soit empêche le mariage de ma cousine.

Une brusque angoisse s'empara de Kenna.

— Mon mariage ?

C'est alors que Stryder de Blackmoor fendit la foule dans sa direction, les traits déformés par une fureur contenue à grand-peine. Il foudroya Simon du regard, puis gratifia Kenna d'un sourire crispé.

— Ma bien-aimée, dit-il d'une voix faussement suave, il semblerait que demain sera le jour béni de notre union.

4

— Pardon ? s'exclama Kenna, épouvantée.

Se pouvait-il qu'elle ait mal compris ?

Malcolm sourit.

— Nous sommes très fiers de vous, cousine. Cette union avec un vaillant champion anglais renforcera l'alliance entre nos deux royaumes. C'est un choix très avisé de votre part.

Kenna bataillait ferme pour garder contenance. Elle risqua un rapide coup d'œil à Simon, qui était d'une raideur de statue. Hormis sa mâchoire serrée et la douleur au fond de ses yeux, rien ne trahissait ses sentiments.

— Votre Majesté, puis-je vous parler en privé ? demanda-t-elle d'une voix posée alors même qu'elle était en proie à une furieuse envie de fuir en hurlant.

Malcolm hésita.

— S'il vous plaît, insista-t-elle.

À son grand soulagement, il accepta. Ils furent conduits dans une petite antichambre qui jouxtait la grande salle où ils pouvaient parler à l'abri des oreilles indiscrètes. Elle regretta néanmoins que le roi Henry les accompagne.

Quand Stryder voulut lui aussi se joindre à eux, elle s'y opposa. Si seulement elle avait pu agir de même avec

Henry. Mais au fond, c'était sans importance, se raisonna-t-elle. De toute façon, elle refuserait d'épouser Stryder. Ce serait malhonnête maintenant qu'elle connaissait la vérité.

— Quel est le problème ? s'enquit Malcolm dès qu'ils furent seuls.

Kenna inspira un grand coup et se jeta à l'eau.

— Je ne souhaite pas épouser Stryder de Blackmoor.

Les deux monarques échangèrent un regard interdit.

— Caledonia nous a assuré que vous aimiez le comte, invoqua Malcolm. Que vous ne parliez que de lui depuis des mois.

Elle accusa le coup.

— C'était une erreur.

Elle tiqua d'autant plus que ses mots sortirent de sa bouche davantage comme une interrogation qu'une affirmation claire et nette.

— Une erreur ? répéta Henry. Avez-vous perdu la raison ?

Malcolm haussa un sourcil réprobateur.

— Notre cousine est parfaitement saine d'esprit. Peut-être le problème vient-il de votre champion.

Henry balaya l'argument avec dédain.

— Notre champion est invaincu depuis toujours. Tâtez vous-même de sa lame et vous verrez que personne ne peut lui disputer sa prouesse. Je vous l'assure, le problème ne vient pas de Stryder.

— Par pitié, Majestés, intervint Kenna avant qu'ils se déclarent la guerre, je vous supplie de ne pas vous battre. Il n'y a aucun problème avec lord Stryder, ni avec moi. C'est juste...

— Que vous en aimez un autre.

C'était Henry qui avait parlé.

La jeune femme baissa les yeux.

— Est-ce la vérité ? exigea de savoir Malcolm.

Elle hocha la tête. Son cousin soupira.

— De qui s'agit-il ?

Elle ne put se résoudre à prononcer son nom. Henry s'en chargea à sa place.

— Simon de Ravenswood. Voilà pourquoi vous étiez ensemble !

Un silence de plomb tomba dans la pièce. Kenna ne savait quoi dire, terrifiée à l'idée de causer des ennuis à Simon.

— Kenna ? fit Malcolm d'un ton posé. Qu'avez-vous à dire sur cet homme ?

Elle leva les yeux et soutint son regard.

— J'aime Simon, Votre Majesté.

Le regard du roi se durcit.

— Nous vous reposons la question. Qui est ce Simon de Ravenswood ? Est-ce un noble de haut rang ?

Henry secoua la tête.

— C'est un chevalier errant qui escorte nos champions dans leurs pérégrinations. Il ne possède ni titre ni terres.

Le visage de Malcolm se ferma, tandis qu'il remerciait Henry d'un hochement de tête. Lorsque son regard se posa à nouveau sur Kenna, le cœur de celle-ci se serra.

À en juger par la tristesse et le regret qu'elle lisait dans ses yeux, il ne lui laisserait aucun espoir.

— Kenna, vous avez conscience de la fortune liée à votre main. Vous êtes la dernière enfant de votre père. Souhaitez-vous sérieusement que nous vous donnions en mariage à un chevalier sans terres ?

— Si je réponds avec mon cœur, Votre Majesté, c'est oui. Si vous en appelez à ma raison, alors je sais à quoi m'en tenir. Par pitié, inutile de me torturer. Comme toujours, je me plierai à votre volonté.

Le regard de son cousin s'adoucit quelque peu.

— Nous sommes venus vous voir épouser un champion anglais. Le tournoi que vous organisez a lieu demain, n'est-ce pas ? demanda-t-il à Henry.

— Oui.

— Le vainqueur remportera la main de ma cousine.

Cette décision inattendue sidéra Kenna.

— Je vous demande pardon ?

— Votre Simon n'aura que cette chance pour vous conquérir, Kenna, déclara son cousin d'un ton sans réplique. Priez pour qu'il soit aussi habile à manier l'épée qu'il l'a été à gagner vos faveurs.

Émue, Kenna se jeta dans ses bras et l'étreignit avec force. C'était un manquement à l'étiquette, mais elle savait que son cousin n'y trouverait rien à redire.

— Merci ! souffla-t-elle avant de l'embrasser sur la joue.

Malcolm lui tapota le dos, puis retrouva son maintien de monarque.

Après une révérence à l'un et à l'autre, Kenna prit congé et courut retrouver Simon qui attendait à l'écart en compagnie de Sin et de Stryder. Tous trois arboraient des mines sinistres.

Toute à sa joie, elle dut prendre sur elle pour ne pas se jeter au cou de Simon.

— Rien n'est perdu ! annonça-t-elle.

— Comment ça ? demanda Simon.

— Malcolm nous accorde une chance ! Si vous sortez vainqueur du tournoi de demain, il nous laissera nous marier !

Simon haussa un sourcil incrédule.

— Si *moi*, je sors vainqueur ? lâcha-t-il, déconfit.

L'enthousiasme de Kenna reflua.

Stryder et Sin s'esclaffèrent.

— Qu'y a-t-il de si drôle ? s'agaça-t-elle.

— Vous n'avez jamais vu Stryder combattre, n'est-ce pas ? demanda Sin.

Kenna se renfrogna.

— Si.

— Alors vous avez à coup sûr remarqué que personne ne peut me vaincre, fanfaronna Stryder. Et certainement pas Simon.

— Pardon ? grogna l'intéressé. Je n'arrive deuxième que contre toi, Sin et Draven.

— Plutôt quatrième, fit remarquer Sin.

Simon lui lança un regard assassin.

— J'aurais dû laisser les MacNeely t'empoisonner.

— Peu importe qui est le meilleur, intervint Kenna. Simon gagnera demain.

Stryder ricana.

— J'en doute fort.

Le menton levé, elle défia du regard le séduisant comte.

— Pas moi. Car si vous l'emportez, milord, je serai obligée de vous épouser. Et je peux vous jurer que vous regretterez cette victoire jusqu'à la fin de vos jours.

Stryder se raidit.

— Pas de menace, milady. C'est une chose que je n'apprécie pas. Et je ne perdrai pas contre Simon, ni contre quiconque. Je n'ai jamais connu de défaite de ma vie et pour conserver cet honneur, je suis prêt à me battre jusqu'à la mort. Personne ne me vaincra. Jamais.

Avant qu'elle puisse le contredire, Stryder tourna les talons et s'éloigna au pas de charge.

— Comment ose-t-il !

Kenna voulut s'élancer à sa suite, mais Simon la retint.

— Ne prêtez pas attention à lui. Stryder a des raisons de se montrer aussi dur.

— Peut-être, mais je ne le laisserai pas gagner demain, s'entêta-t-elle. Vous ne pouvez pas aider Simon à s'entraîner ? ajouta-t-elle à l'adresse de Sin.

Celui-ci secoua la tête.

— Nous n'avons qu'une nuit.

— Certes, mais c'est sûrement...

— N'entretenez pas de faux espoirs, Kenna, intervint Simon. Je me battrai pour vous jusqu'à mes dernières forces, soyez-en sûre. Mais je ne suis pas un guerrier de la trempe de Stryder. Je ne me fais aucune illusion.

Possible, mais au fond de son cœur, elle croyait dur comme fer à ce miracle. Il le fallait.

— Je pense que vous serez surpris par l'exploit que vous parviendrez à accomplir.

Durant le reste de la soirée, Kenna et Simon parlèrent peu. Après le repas, Caledonia accompagna sa cousine à sa chambre tandis que Simon allait retrouver Stryder, qui n'avait pas paru à table.

Il trouva son vieil ami accoudé au parapet d'un rempart, un pichet de bière niché au creux du bras, tel un bébé.

Simon poussa un soupir dégoûté.

— Qu'avez-vous donc, Sin et toi, à aimer vous enivrer ?

En guise de réponse, Stryder vida le pichet d'un trait.

— Que fais-tu là, Simon ?

— Je voulais te parler de demain.

Sans un regard pour lui, Stryder continua de fixer la cour intérieure en contrebas.

— Je n'ai pas l'intention de me coucher devant l'adversaire.

— Je sais. Je ne te le demande pas.

Il ne serait jamais venu à l'esprit de Simon d'exiger pareil sacrifice d'un homme qui avait passé sa vie entière à fuir son passé. À fuir le petit garçon qu'il avait été jadis. Pour Stryder, une défaite n'était tout bonnement pas concevable.

— Alors pourquoi es-tu venu ?

— Pour m'assurer que nous sommes toujours amis.

— Amis...

Stryder pouffa et Simon comprit qu'il était ivre.

Ivre mort même, s'il se fiait à la façon dont il tituba lorsqu'il jeta le pichet vide et se pencha, la main tendue vers le second posé à ses pieds. Il se redressa tant bien que mal et se plongea de nouveau dans la contemplation de la cour.

— Tu me fiances à une inconnue et maintenant on m'ordonne de lui passer la bague au doigt alors que je n'ai que faire d'une épouse, surtout si elle est amoureuse d'un autre. Si nous n'étions pas amis, tu serais déjà mort, Simon.

— Je n'ai jamais voulu qu'on en arrive là.

Stryder releva la tête, le regard hanté.

— Comme je n'ai jamais voulu que vous soyez capturés, Edward et toi.

Ce souvenir réveilla chez Simon un douloureux chagrin. Stryder avait à peine gagné ses éperons quand ils avaient décidé de suivre le père de Simon en Terre sainte.

Encore écuyer, Simon avait eu l'impression de partir pour la grande aventure. Jusqu'à ce qu'ils rencontrent un petit groupe de croisés.

Son père s'était moqué de ces exaltés qu'il considérait comme des têtes brûlées, mais le jeune et fougueux Stryder était bien décidé à faire ses preuves. Avide d'héroïsme et de gloire, il avait décidé de suivre les croisés.

Par amitié, Simon l'avait imité. Trois années de leur vie avaient été sacrifiées à cette funeste décision. Trois années à survivre dans la crasse et la misère la plus sordide. À disputer leur maigre pitance aux rats et aux serpents.

Il portait encore dans sa chair les cicatrices de cette époque honnie, mais à la différence de Stryder, il avait choisi d'enfouir en lui les blessures mentales, s'employant de son mieux à oublier les humiliations et les horreurs subies.

— Je ne t'en ai jamais voulu, assura-t-il à son ami.

— Et je n'ai jamais compris pourquoi.

— Nous sommes des frères, Stryder.

Tout comme Sin et Draven. Ils n'avaient pu compter que sur eux-mêmes pour survivre. Les tragédies qu'ils avaient partagées avaient forgé des liens que rien ne pourrait briser.

Stryder inspira bruyamment.

— Tu l'aimes ?

— Oui.

— Alors pourquoi es-tu ici à discutailler alors que tu sais que demain elle m'appartiendra ?

— Parce qu'elle n'a jamais été tout à fait mienne.

Cette vérité était douloureuse, mais l'un comme l'autre en avait conscience.

— Je mérite vraiment mon nom, reprit Simon avec un rire amer. Le Spectre, quelle ironie. Elle ne m'a pas vu jusqu'à ce qu'il soit trop tard pour y changer quelque chose. Tu la respecteras, je le sais, se força-t-il à ajouter, le cœur brisé.

— Et si elle meurt à cause de la malédiction qui s'acharne sur ma famille ?

Simon leva les yeux au ciel, agacé par ce qu'il considérait comme une élucubration.

— Tu n'es pas maudit, Stryder.

— Bien sûr que si. Sinon, pourquoi serais-je obligé d'épouser la bien-aimée de mon meilleur ami ? Ne perds pas ton temps avec moi, marmonna Stryder en se passant la main dans les cheveux. Cette nuit, tu devrais la passer en sa compagnie. Il risque fort de n'y en avoir jamais d'autre.

Simon se renfrogna.

— Tu es terriblement compréhensif.

— Je suis surtout terriblement soûl. J'ai l'intention de boire au point que cette nuit ne sera plus qu'un brouillard confus dont je ne garderai aucun souvenir. Demain matin, nous devrons combattre, déclara Stryder. Je n'ai pas envie de t'affronter, Simon. Tu es une des rares personnes que je considère comme un membre de ma famille, et de la famille, je n'en ai pas beaucoup. Laisse-moi à présent. Je veux rester seul avec ma douleur.

Simon hocha la tête. Il comprenait ce sentiment, même si ce soir, pour la première fois, il n'avait aucune envie d'être seul.

Il voulait être auprès de Kenna.

Pourtant, il n'osait pas la rejoindre. Sinon, il passerait la nuit dans son lit et il ne pouvait infliger pareille bassesse à Stryder.

Maudit destin.

Les mâchoires crispées, Simon laissa son ami à son pichet de bière et regagna sa tente.

C'était une nuit tranquille. La plupart des chevaliers étaient encore au château à fanfaronner sur les prouesses espérées du lendemain.

Une semaine plus tôt, il se serait réfugié dans sa tente en hâte pour écrire à Kenna, lui raconter sa journée en détail et ce qu'il attendait de la suivante. Désormais, il n'avait plus droit à cette consolation. Leur correspondance épistolaire était terminée. Il serait inconvenant de continuer à échanger des lettres avec la comtesse de Blackmoor alors qu'il servait d'escorte à son mari.

La souffrance que provoqua cette révélation fut si violente qu'il en tomba presque à genoux.

La mort dans l'âme, il entra dans sa tente et entreprit de se dévêtir. Il avait ôté sa cotte et ses chausses lorsqu'il entendit un bruit furtif derrière le rideau de toile qui séparait son lit de camp du reste de la tente.

Redoutant la présence d'un intrus, il s'empara de son épée et s'approcha sans bruit du rideau qu'il tira brusquement. Il se figea en découvrant dans son lit le spectacle le plus divin qu'il lui ait été donné de voir.

Kenna.

Son épaisse chevelure ondulée encadrait son visage d'ange. Elle portait une chemise blanche tissée dans une batiste si fine que les pointes roses de ses seins se devinaient sans peine.

— Vous ne devriez pas être là, murmura-t-il en abaissant sa lame.

— C'est là où est ma place. Je ne veux pas rester loin de vous, Simon.

Son courage lui était une leçon d'humilité. Elle prenait de tels risques à le rejoindre ici alors même qu'il avait si désespérément besoin d'elle.

La noblesse d'âme aurait voulu qu'il lui demande de partir. Mais après avoir consacré sa vie aux autres, ce soir, pour une fois, il avait envie de penser un peu à lui.

Et à Kenna.

Il posa son épée et s'approcha du lit où elle l'attendait. Si seulement ils avaient pu être ensemble ainsi pour toujours.

Kenna retint son souffle, redoutant qu'il la congédie. Elle le dévisagea, devinant le combat qui se livrait en lui. De son côté, elle était certaine de son choix.

Elle frissonna lorsqu'il repoussa la couverture.

— Je ne sais ce qui vous amène ici cette nuit, milady. Je me réjouis juste de votre présence.

Elle lui sourit.

— Je vous rejoindrai toujours, mon chevalier. Où que vous alliez.

Il se débarrassa de sa tunique et enlaça Kenna qui soupira de bonheur. Elle lui caressa le dos, ses muscles saillants ondulant sous ses doigts. Ella aimait cette façon qu'il avait de la dévorer des yeux comme si elle était un morceau de choix. Le médaillon qu'il portait au cou se nicha entre ses seins. Elle se pressa davantage contre lui.

— Ne me quittez pas, Simon, murmura-t-elle. Vous devez gagner demain, je vous en conjure. Pour moi.

— Je ferai tout ce qui est en mon pouvoir pour l'emporter, n'en doutez pas.

Lorsqu'il lui écarta doucement les jambes de son genou, Kenna frissonna de désir, ravie de cette intimité retrouvée. Elle répondit avec fougue à son baiser. Elle se consumait de l'intérieur, impatiente de l'accueillir de nouveau en elle. Quand il ouvrit sa chemise et captura un téton durci entre ses lèvres, elle enfouit les mains dans ses cheveux, lui tenant la tête contre elle pour l'inciter à prolonger ce divin supplice.

Simon prit tout son temps, puis il se redressa et traça un sillon de baisers le long de son abdomen. Kenna n'avait aucune idée de ce qu'il avait en tête. Il souleva le bas de sa chemise, la remonta jusqu'à sa taille, dévoilant le triangle bouclé de sa féminité. Il caressa d'abord la peau sensible à l'intérieur de ses cuisses, puis ses doigts se glissèrent entre les pétales de sa féminité et lorsqu'ils frôlèrent la petite crête qui s'y cachait, elle crut défaillir. Sa caresse se fit précise, et si habile que son désir atteignit un paroxysme. Et puis soudain, sa bouche prit le relais. C'était tellement inattendu que Kenna étouffa un cri. Qu'un homme puisse – et veuille – lui prodiguer du plaisir ainsi la stupéfiait. L'effet ne se fit pas attendre : sa respiration se fit erratique et lorsque la jouissance la délivra de cette douce torture, elle fut spectaculaire.

Kenna s'attendait que Simon choisisse ce moment pour la pénétrer. Au lieu de cela, il rabattit tranquillement la chemise sur ses cuisses, se rallongea à ses côtés et l'attira dans le creux de son bras, nichant sa tête contre son torse nu.

— Vous n'avez pas pris votre plaisir, dit-elle, déconcertée.

— Si, mon amour. Ce soir, votre plaisir était le mien.

— Je ne comprends pas.

— Je ne peux vous posséder, sachant que demain vous appartiendrez peut-être à un autre. Je ne veux pas prendre le risque de vous renvoyer à Stryder enceinte de mon enfant. Ce ne serait juste pour aucun de nous.

— Et si je porte déjà votre enfant ?

— Je n'ai pas le pouvoir d'empêcher ce qui est. Je peux juste m'assurer de ne pas le trahir à partir de maintenant.

Kenna ravala ses larmes. C'était si injuste. Quelle ironie après avoir tellement rêvé d'un mariage avec Stryder. Elle resta allongée sans mot dire, écoutant le cœur de Simon battre sous son oreille. Puis elle soupira.

— Vous vous rappelez ce que vous m'avez écrit à Noël dernier, quand vous étiez en Flandre ?

— Que je déteste le canard ?

Elle fut obligée de rire.

— Cela aussi, oui. Mais je pensais plutôt à votre souhait d'avoir un jour une fête familiale comme le duc de Bourgogne. Vous m'avez décrit ses enfants rassemblés autour de lui, ainsi que ses frères et sa sœur. Vous vous en souvenez ?

— Oui. Les hommes convoitent toujours ce qu'ils ne pourront jamais obtenir.

— Le jour viendra peut-être où...

— Non, la coupa-t-il. Même si un jour je me voyais octroyer des terres, vous resterez la seule femme au monde capable de faire mon bonheur, Kenna.

— Si vous aviez des terres, vous finiriez peut-être par changer d'avis.

— Impossible. J'ai croisé beaucoup de femmes dans ma vie, de toutes conditions, et je connais mon cœur. Au cours de mes nombreux voyages, je n'en ai jamais rencontré une seule qui éveille en moi les sentiments que vous m'inspirez. Vous êtes mon amie, ma confidente. Il n'est pas dans ma nature de me confier, et pourtant je vous ai livré mes pensées et mes rêves sans la moindre réserve.

La franchise de Simon lui réchauffa le cœur. Enroulant une mèche de ses cheveux autour de son poing, il la porta à son visage. Paupières closes, il inhala son parfum avec un respect qui émut la jeune femme.

— Je ne veux pas vous perdre, Simon.

Il crispa les mâchoires.

— Parfois on n'a pas le choix.

— Mais...

— Non, Kenna. En dépit de nos plus chers désirs, un nouveau jour se lèvera et nous séparera.

— Et si nous...

— Il n'y a pas de si. Je ne veux pas que vous quittiez la famille que vous aimez. Vos proches seraient fous d'inquiétude. Stryder est un homme bien. Il prendra soin de vous.

— Et m'aimera-t-il ?

Le bleu des yeux de Simon, d'une transparence de pierre précieuse, se voila.

— Non. L'amour n'est pas un sentiment qu'il peut s'autoriser.

— Et jamais je ne l'aimerai. Dites-moi comment nous pourrions l'un et l'autre trouver le bonheur dans une telle union.

— Vous le trouverez. D'une façon ou d'une autre.

Kenna poussa un soupir excédé. Pourquoi diable les hommes étaient-ils tellement butés ?

Il encadra son visage de ses mains et déposa un baiser sur son front.

— Il faut dormir à présent. J'ai besoin de repos si je dois me battre demain.

Elle hocha la tête alors même qu'elle avait envie de continuer à argumenter. Quand un homme s'était mis une idée en tête, elle savait d'expérience qu'il n'en changerait pas.

Blottie entre ses bras, elle pria pour qu'un miracle se produise. Un miracle qui la verrait mariée au champion de son cœur et non à celui du roi d'Angleterre.

5

Aux premières lueurs du jour, lorsque Simon se réveilla, Kenna était lovée contre son flanc. Son corps chaud éveilla en lui de sensuelles tentations tandis qu'il se laissait enivrer par son parfum. Il demeura immobile, à écouter son souffle et à méditer sur l'ironie de sa situation.

Quelques mois plus tôt, il ne désirait rien tant que consacrer le restant de ses jours à la Confrérie. Il était heureux de son sort, lui, le cadet de la famille, le chevalier sans terres. Il ne devait rien à personne et personne ne lui devait rien.

Sa vie lui paraissait belle. Enviable, même.

L'arrivée de Kenna avait tout bouleversé.

Désormais, il n'avait qu'un seul souhait : être avec elle. Pour la première fois de sa vie, il voulait être un mari et un père. Voir le ventre de sa bien-aimée s'arrondir et tenir leur nouveau-né dans ses bras.

Vieillir ensemble, tel était son vœu le plus cher.

Malheureusement, le destin en avait décidé autrement. Avant la fin de ce jour funeste, il n'aurait d'autre choix que de la laisser partir avec Stryder.

Ce serait le renoncement le plus douloureux de toute son existence.

Le cœur lourd, il s'arracha à sa chaleur et se força à s'habiller.

Une fois prêt, il s'approcha du lit de camp et déposa un baiser sur les lèvres de sa bien-aimée, si léger qu'elle ne s'éveilla pas. Avec un sourire triste, il suivit du doigt le contour de sa bouche.

— Dormez bien, mon amour. Que la paix soit dans vos songes.

Lui-même ne la connaîtrait plus jamais dans son cœur. Pas tant que leurs vies seraient séparées.

Il sortit de sa tente et se dirigea vers le champ clos où les chevaliers commençaient à se rassembler.

Stryder était déjà là avec son écuyer, Raven. Le garçon ajustait sa cuirasse afin de lui garantir la plus grande liberté de mouvement possible durant les combats à venir.

— Comment vas-tu ? lui demanda Simon.

Son ami avait les yeux cernés et injectés de sang.

— Ne parle pas si fort, grogna-t-il en guise de salut.

Simon secoua la tête.

— Vu ton état, j'ai peut-être une chance finalement.

Mieux valait toutefois ne pas se faire d'illusions. Il avait déjà vu Stryder dans un état pire et se battre malgré tout comme un lion.

Simon passa la matinée à s'entraîner, mais il avait toutes les peines du monde à se concentrer, car ses pensées ne cessaient de le ramener à la femme qu'il avait laissée dans sa tente.

— Seigneur, implora-t-il dans un murmure, accorde-moi la force de l'emporter ou le courage de m'en aller et de les laisser en paix.

Kenna se réveilla dans la tente déserte. Aucune trace de Simon, à l'exception de son odeur qui s'attardait sur sa peau.

Son regard tomba sur le mot qu'il avait laissé sur l'oreiller près de sa tête. Elle se redressa en position assise, ses longs cheveux cascadant sur ses épaules, et brisa le sceau.

Courage, mon amour. Gardez toujours ce feu qui brûlait déjà en vous lorsque, après le long voyage depuis l'Écosse jusqu'à la Normandie, votre vie a croisé la mienne pour la première fois. Quel que soit le dénouement de cette journée, sachez que je vous aimerai toujours. Je vous offre mon cœur, mon âme, mon être tout entier.

Soyez forte pour moi, Kenna.

Votre chevalier à jamais, S.

Post-scriptum

S ne signifie pas Stryder.

Malgré les larmes qui brouillaient sa vision, elle ne put s'empêcher de rire. Elle se leva en hâte, s'habilla et s'empressa de regagner le château avant qu'on remarque son absence.

Elle n'y resta pas longtemps, pressée de rejoindre le champ clos où les chevaliers s'entraînaient. Comme d'habitude, aucun d'eux ne prêta attention à elle. Les hommes ne commençaient à s'intéresser à sa personne qu'une fois qu'ils connaissaient son rang.

Sauf Simon.

Lui seul l'appréciait pour elle-même.

Elle le trouva accroupi près de son cheval, occupé à vérifier ses sabots. Il se redressa, l'air surpris.

— Kenna, je ne m'attendais pas à vous voir ici.

— Je sais. Mais je voulais vous donner ceci.

Elle lui tendit un petit paquet. Il contenait le ruban rouge qu'elle portait toujours dans ses cheveux. Le présent que son père lui avait offert quelques jours avant sa mort. C'était la première fois qu'elle s'en séparait.

— Je veux que vous arboriez cette faveur, milord.

Il lui sourit.

— Elle ne me quittera plus.

Il effleura ses lèvres d'un baiser, puis tendit le bras afin qu'elle noue le ruban autour de son biceps par-dessus sa cotte de mailles. Le cœur serré, elle pria le Ciel de lui accorder force et clémence pour l'épreuve à venir.

Dès qu'elle eut fini, elle recula d'un pas.

— Bonne chance, mon noble chevalier.

Il n'eut pas le temps de lui répondre, car déjà les hérauts appelaient les participants à se préparer pour le défilé qui précédait le tournoi.

Simon déposa un baiser sur sa main, puis enfourcha son cheval. Il la contempla du haut de sa selle. Avec ses longs cheveux bruns agités par la brise et son regard où brûlait une passion farouche mêlée à une fière détermination, c'était un guerrier d'une prestance à couper le souffle.

— Que la puissance divine soit avec vous ! murmura-t-elle.

Simon la remercia d'un signe de tête et, après avoir fait volter sa monture, il s'éloigna pour rejoindre les autres.

Pétrifiée, Kenna le suivit du regard. Elle avait l'impression de vivre un cauchemar éveillé.

— Kenna ?

Elle se retourna vers Caledonia qui s'était approchée.

— Nulle crainte, chère petite cousine, la rassura Callie en glissant son bras sous le sien. Simon ne t'abandonnera pas à un autre.

— Je prie pour que tu aies raison.

Callie l'entraîna vers les gradins qui accueillaient les spectateurs. Malcolm et Henry avaient déjà pris place dans la tribune d'honneur protégée du soleil par un auvent de toile rayée. Elles s'assirent dans la rangée derrière les deux monarques, près de Sin qui les attendait, tout de noir vêtu.

— Vous ne participez pas au tournoi ? s'étonna Kenna.

— Jamais quand nous sommes en guerre. Et puis, je n'ai pas envie d'humilier Stryder en le privant de la victoire.

Kenna ne médita pas longtemps cette fanfaronnade.

— Si vous êtes si sûr de gagner, entrez en lice, je vous en conjure.

— Pourquoi ?

— Si vous l'emportiez, je n'aurais pas à épouser Stryder.

Malcolm se retourna, hilare.

— Vous ne vous en sortiriez pas à si bon compte, ma cousine, lui lança-t-il.

Kenna savait qu'il ne plaisantait pas. Ulcérée, elle se retrancha dans un silence buté jusqu'au début du tournoi.

Combat après combat, la journée s'écoula avec une insupportable lenteur. Simon se battait comme si sa vie en dépendait – ce qui, au fond, était le cas. S'il perdait aujourd'hui, elle le truciderait de ses propres mains.

Le jour commençait à tomber quand l'affrontement final s'annonça enfin.

Stryder contre Simon.

Kenna retint son souffle tandis que les deux chevaliers se faisaient face à chaque extrémité de la lice.

Simon était épuisé. Après avoir enchaîné les combats, son corps entier était douloureux. S'il y avait un adversaire qu'il ne souhaitait pas affronter, c'était bien Stryder. Après des années à s'être entraîné contre lui, il savait combien son ami était habile au maniement de la lance. L'un et l'autre connaissaient leurs points faibles respectifs. Jamais, ils ne s'étaient battus pour de bon.

Cette fois, c'était différent. La guerre était déclarée. Stryder pour protéger son honneur et sa réputation, Simon pour remporter sa belle.

Il empoigna les rênes sans quitter Stryder des yeux. Il ne perdrait pas. Pas question de lui concéder la victoire. Il l'emporterait, quel qu'en soit le prix. Le comte de Blackmoor s'apprêtait à goûter à sa première défaite.

Le héraut abaissa le drapeau.

Simon éperonna son cheval et s'élança au grand galop, tenant fermement sa lance. Le fracas des sabots lui résonnait aux oreilles, mêlé aux battements effrénés de son cœur. La transpiration coulait le long de sa nuque.

En face, Stryder approchait en une charge furieuse. Simon se prépara à la violence du choc. Sa lance se fracassa contre l'armure de Stryder à la seconde même où celle de son adversaire l'atteignait en plein torse. La douleur lui arracha un grognement féroce. Il en eut le souffle coupé, mais demeura en selle. Par tous les anges du paradis, il ne serait pas désarçonné. Pas aujourd'hui et pas par la lance de Stryder.

Cherchant péniblement à reprendre son souffle, Simon jeta sa lance brisée à son écuyer qui lui en tendit une nouvelle. Il dirigea de nouveau son cheval vers l'extrémité de la lice.

Stryder inclina son heaume en un salut respectueux. Simon l'imita, tandis qu'ils attendaient le signal du drapeau.

Il jeta un coup d'œil à la tribune où se trouvait Kenna. Derrière sa visière, il ne distinguait rien de plus que la couleur de sa robe, mais il aurait juré qu'elle ne le quittait pas des yeux. Et l'implorait de remporter la victoire.

Il ne la décevrait pas.

Le drapeau s'abaissa.

Pour vous, ma bien-aimée, pour vous...

Simon talonna son cheval pour une nouvelle charge. À peine s'était-il élancé qu'il nota un desserrement de sa selle. Léger au début, le relâchement de la sous-ventrière s'accentua sous l'effet de la cavalcade. Il lâcha un juron en réalisant qu'il n'avait plus le temps d'esquiver la lance de Stryder.

Les dents serrées, il encaissa le coup, mais sous la violence de l'impact, il bascula en arrière et la sangle fragilisée céda net. Désarçonné, il s'abattit sur le sol avec tant de force dans sa lourde armure que le choc se répercuta jusque dans ses dents et ses os.

Durant une bonne minute, Simon peina à retrouver un semblant de souffle sous les clameurs de la foule qui fêtait la victoire du champion. Il resta allongé, le cœur en miettes, sa traîtresse de selle à côté de lui, triste témoignage de sa défaite. Comment avait-il pu perdre le combat de sa vie à cause d'une maudite sangle ? L'injustice de la situation lui donnait envie de hurler.

— Simon ?

Le bourdonnement dans ses oreilles l'empêcha presque de reconnaître la voix de Stryder.

— Simon, ça va ?

Il grogna quand son ami voulut l'aider à se relever.

— Laisse-moi.

Il se remit debout, arracha son heaume qu'il jeta sur le sol et foudroya Stryder du regard. Mortifié, il mourait d'envie de contester, mais il ne voulait pas s'abaisser à faire montre d'une attitude aussi puérile. Ni aussi humiliante. Il lui fallait accepter la défaite avec honneur.

La culpabilité se lisait dans le regard de Stryder.

— Je suis désolé, Simon.

Au fond de son cœur, il savait que son ami était sincère. Mais qu'est-ce que cela changeait ?

Kenna était perdue pour lui. À tout jamais.

— Sois maudit, Stryder. Va rôtir en enfer.

La colère flamba dans le regard de ce dernier et ses mâchoires se crispèrent. Simon s'attendait à tâter de son poing. Il se trompait. Stryder tourna les talons sans un mot et retourna vers son cheval.

Furieux, accablé de désespoir et assommé par la douleur, Simon défit les lacets de son camail et voulut ramasser son heaume. Alors qu'il tendait la main, un éclat attira son attention aux confins de son champ de vision.

Son œil aguerri en repéra aussitôt l'origine : le reflet d'une arbalète derrière les parapets dans le soleil déclinant. Il avait trop de guerres et de batailles à son actif pour ne pas repérer le danger. Un seul regard vers Stryder et il réalisa avec effroi le drame qui se jouait.

La cible, c'était lui.

S'il meurt, Kenna sera à toi.

Cette pensée lui traversa l'esprit avant qu'il puisse l'empêcher. Mais elle fut sans conséquence.

D'instinct, il se rua vers Stryder. Ce dernier poussa un juron.

— Simon, tu vas regretter...

Les mots s'étranglèrent dans sa gorge quand Simon lui percuta le torse avec l'énergie du désespoir et le faisant chuter. Il crut d'abord à une explosion de dépit jusqu'à ce qu'il entende les gens crier autour d'eux.

Simon était en sang !

Stryder découvrit avec effarement les trois carreaux d'arbalète plantés dans le dos de son ami. L'impact avait été si puissant que les pointes avaient transpercé sa cuirasse.

— Non !

Il se dégagea le plus délicatement possible et plaça Simon sur le flanc. Le malheureux tremblait, un voile de transpiration baignait son front.

Soudain, Kenna fut à ses côtés, le visage blême, les joues mouillées de larmes. Elle se laissa tomber sur le sol.

— Simon ! sanglota-t-elle en nichant sa tête sur ses genoux.

Il inspira dans un râle et se mit à cracher du sang. Agrippé à la main de Kenna qu'il ne voulait plus lâcher, il cherchait désespérément à reprendre son souffle.

Stryder hurla qu'on fasse venir un chirurgien.

Mais il était trop tard, Simon en avait conscience. Dès qu'il avait repéré l'arbalétrier sur les remparts, il avait compris qu'il n'avait aucune chance.

— Par pitié, Simon, ne meurs pas, gémit Kenna. Tu n'as pas le droit de m'abandonner !

Il ne prit pas la peine d'essayer de la détromper. Le grand œuvre de la vie et de la mort n'avait jamais été entre les mains des hommes. Il lui embrassa la main et inhala son doux parfum.

— Pour l'amour du Ciel, gronda Stryder, tu n'étais pas censé recommencer. Tu m'avais juré de ne plus jamais risquer ta vie pour sauver la mienne.

Simon s'empara de la main de son ami et la posa sur celle de Kenna.

— Prends soin d'elle pour moi, Stryder.

Dans un dernier râle, il se laissa engloutir par les ténèbres.

6

Kenna arpentait le couloir devant la chambre où l'on soignait Simon. L'endroit était sombre et sinistre, à l'image de son humeur. Stryder, Sin et Caledonia attendaient avec elle. Les deux rois étaient présents, eux aussi.

Elle avait voulu rester à l'intérieur tandis que les médecins royaux s'occupaient du blessé, mais Malcolm avait refusé.

— Il a accompli un acte d'une incroyable bravoure, murmura le souverain écossais d'un air songeur, comme s'il se parlait à lui-même.

— Simon de Ravenswood est un homme remarquable, Votre Majesté, dit Sin. Non seulement il n'hésite jamais à protéger ceux qui lui sont chers, mais il est d'une loyauté à toute épreuve.

Kenna écouta les chevaliers louer la vaillance de leur ami devant les monarques. Sin évoqua la fois où Simon l'avait rejoint en Écosse au péril de sa vie afin de le soutenir, alors qu'il était seul face à ses ennemis. Stryder réaffirma son héroïsme en Terre sainte et sa fidélité envers son frère Draven. Il raconta l'épisode où Simon avait réussi à mettre Emily, l'épouse de Draven, en sécurité, alors qu'ils subissaient une attaque d'assaillants inconnus.

Nul besoin pour Kenna d'entendre ces témoignages pour savoir combien Simon était noble et valeureux.

La porte s'ouvrit.

Pleine d'espoir, Kenna leva vivement la tête.

Le plus âgé des médecins sortit en s'essuyant les mains avec un linge.

— Comment va-t-il ? demanda-t-elle.

— Ce n'est pas brillant, milady. Nous avons cautérisé les plaies, mais les blessures sont profondes. Nous ne saurions dire avec certitude si un organe vital a été touché ou non. S'il survit jusqu'au matin, peut-être aura-t-il une chance de se remettre. Sinon...

L'estomac de Kenna se noua.

— Puis-je le voir ?

Il acquiesça.

Sans attendre, elle se rua dans la chambre où les deux autres médecins remballaient instruments et remèdes. Allongé sur le ventre, le visage livide, Simon était recouvert d'un simple drap blanc.

Le cœur brisé, elle s'assit à son chevet et écarta les mèches en désordre de son front trempé de sueur.

— Simon, murmura-t-elle, je t'en supplie, reviens-moi.

Quatre jours durant, Kenna attendit dans la peur et l'incertitude que Simon reprenne connaissance, mais à aucun moment il ne bougea.

Le cinquième jour, Malcolm s'impatienta.

— Le royaume d'Écosse a besoin de son monarque, ma cousine. Nous ne pouvons attendre plus longtemps qu'il se réveille.

Kenna aurait voulu hurler son indignation, mais elle ne pouvait s'opposer aux exigences de son royal cousin qui avaient force de loi.

Draven, le frère de Simon, venu à son chevet, se tenait de l'autre côté de la couche tendue de pourpre, le visage crispé et sombre.

— Je le veillerai pour vous, Kenna. Faites-moi confiance.

— Venez, cousine, ordonna Malcolm. Que ce mariage soit enfin célébré afin que nous puissions regagner notre royaume.

Le cœur lourd, Kenna lui emboîta le pas.

Lorsque Simon revint peu à peu à lui, une violente migraine lui martelait le crâne. Il entendit un murmure à proximité, puis le bruit assourdi d'une porte qui se fermait. Une brusque sensation de chaleur le submergea : il avait l'impression d'étouffer sous le drap dont le poids lui semblait insupportable. Il tenta de les repousser, mais c'était au-dessus de ses forces. Pourquoi diable était-il dans cet état ? Il se sentait aussi faible qu'un nourrisson et avait mal partout comme si on lui avait ouvert le corps en deux.

Quand sa vision s'éclaircit et qu'il reconnut son frère à son chevet, la mémoire lui revint d'un coup. Il voulut se redresser.

— Stryder ? s'inquiéta-t-il d'une voix rauque, craignant que son ami ait été touché.

— Du calme, reste tranquille, dit Draven en l'incitant à se recoucher.

Simon se laissa faire malgré son impatience. Il croisa le regard préoccupé de son frère.

— Où est Stryder ? insista-t-il.

— Il est parti voilà presque une semaine.

À ces mots, la migraine redoubla.

— Parti ? murmura Simon.

Il ferma les yeux, accablé. Cela signifiait que Kenna aussi s'en était allée.

Au moins Stryder était-il en vie...

Oui, son ami avait survécu grâce à lui. Et il avait épousé la femme qu'il aimait. Grâce à lui, là aussi.

En cet instant, il se détesta.

— Tu ne veux pas savoir combien de temps tu es resté inconscient sur cette couche ? s'enquit son frère.

Simon s'en moquait éperdument. Seule lui importait Kenna. Son absence était un insupportable crève-cœur.

— Veux-tu que je te parle du mariage de Kenna ?

Les traits de Simon se durcirent.

— Si tu m'en dis un seul mot, frère ou pas frère, blessé ou pas blessé, je te jure de te passer sur-le-champ par le fil de mon épée.

Son ton était si agressif que Draven haussa un sourcil étonné.

— Fort bien. Désolé d'avoir essayé.

Draven s'écarta du lit, puis revint avec un gobelet. Simon refusa de le prendre.

— Il faut que tu boives. Tu es resté...

— Pas la peine. Je n'ai pas soif.

Il n'avait qu'une envie, une seule : voir l'épouse de Stryder.

L'épouse de Stryder.

Ces mots lui firent l'effet d'un coup de poignard. Il se tourna vers le mur et s'abandonna à son chagrin. Pourquoi ne pouvait-il pas juste mourir ? Assurément, aucun homme ne pouvait survivre avec une douleur aussi terrible que celle qui lui dévorait le cœur.

Dans son dos, il entendit Draven poser le gobelet sur la table de chevet, puis traverser la pièce. La porte s'ouvrit, mais Simon ne prit pas la peine de regarder. Sans doute son frère en avait-il assez de voir sa tête.

Tant mieux, bon débarras. Il voulait rester seul.

— Il est conscient, entendit-il Draven dire à quelqu'un dans le couloir. Mais si vous voulez un conseil, milady, allez-y doucement, car votre époux est de méchante humeur.

Simon plissa le front. Intrigué, il se retourna sur sa couche.

Et il crut voir un mirage. Non, c'était impossible...

Kenna s'avança vers le lit.

— Sois aimable avec elle, petit frère, intima Draven, la mine sévère.

Simon en avait le souffle coupé. Il était incapable de quitter des yeux cette extraordinaire vision. Elle avait le teint pâle, mais son visage rayonnait de bonheur. Elle portait une robe du même beau rouge carmin que la faveur qu'elle lui avait offerte.

— Tu es réveillé, souffla-t-elle, la voix tremblante d'émotion.

Simon était abasourdi. Il chercha son frère du regard en quête d'une explication, mais Draven se contenta de les observer à distance, les bras croisés sur le torse.

— Que faites-vous là ? demanda-t-il à Kenna.

— Où voudrais-tu que je sois ?

— Avec votre époux.

Elle éclata d'un rire joyeux.

— Mais je *suis* avec mon époux.

Décidément, Simon ne comprenait plus rien.

— Draven m'a dit que Stryder était parti.

— En effet.

— Alors que faites-vous encore ici ?

Cette fois, ce fut Draven qui fut obligé de rire.

— Ayez pitié de ce malheureux, Kenna, et expliquez-lui pour votre mariage. Il n'a pas voulu entendre les détails de ma bouche.

C'était si étrange...

— Quels détails ? voulut savoir Simon.

Kenna s'assit près de lui et lui prit les mains.

— Malcolm nous a mariés par procuration. Toi et moi.

Simon en resta pantois. Avait-il bien entendu ?

— Pardon ?

Kenna le couva d'un regard aimant.

— Tu es resté inconscient presque une semaine. Nous avons attendu que tu reviennes à toi, mais Malcolm devait rentrer en Écosse. Pour que notre union soit légale, il lui fallait être présent en personne afin de signer le certificat de mariage. Comme tu ne donnais aucun signe de vouloir te réveiller, il a autorisé Stryder à te représenter par procuration.

Ce brusque revirement ne ressemblait pas au roi d'Écosse.

— Mais... pourquoi ? Qu'est-ce qui l'a fait changer d'avis. J'avais perdu la joute.

— Certes, mais pas à la loyale. Stryder lui-même a fait valoir qu'il ne devait sa victoire qu'à la sangle brisée de ta selle. Cela dit, ce n'est pas cet incident qui a fait la différence. Malcolm a changé d'avis parce qu'il a été convaincu qu'un homme aussi loyal, capable de sacrifier son propre bonheur, sa vie même pour sauver un ami, méritait de m'épouser. D'autant qu'il a aussi compris que tu ne chercherais pas à le renverser.

— Mais je ne suis pas noble.

Draven ricana.

— Tu l'es désormais, lord Simon d'Anwyk. Le roi Henry t'a trouvé une petite baronnie à laquelle faire serment d'allégeance. L'idée d'avoir un baron marié à une princesse d'Écosse lui plaît plutôt, semble-t-il.

Simon les regarda tour à tour sans être tout à fait sûr qu'il n'avait pas gardé des séquelles de sa chute.

— C'est une plaisanterie ?

Draven secoua tête.

— Pas du tout, mon amour, assura Kenna avec un sourire. Bien entendu, ajouta-t-elle avec gravité, il t'est toujours possible de divorcer...

— Pas question ! protesta Simon avec la dernière énergie.

Elle retrouva son sourire.

— Je n'avais pas vraiment de crainte, mais maintenant les choses sont claires.

Épilogue

Simon s'arrêta devant le petit donjon du château d'Anwyk et observa son épouse, occupée à diriger les domestiques qui l'aidaient à planter des rosiers dans son jardin privé.

Il se prit presque à regretter que ses cheveux soient dissimulés sous un voile bleu ciel tant il aimait y enfouir les doigts et respirer leur enivrant parfum lorsqu'ils faisaient l'amour.

Elle devenait chaque jour plus belle. Et plus chère à son cœur.

Elle leva les yeux et le vit. Le sourire qui illumina son visage bouleversa Simon.

— Je me réjouis de ta présence, lança-t-elle. Tu as envie de nous aider ?

Il s'avança vers elle et l'enlaça.

— Non, je préfère te regarder. Surtout quand tu te penches, lui glissa-t-il à l'oreille en agitant les sourcils de manière suggestive.

— Vous êtes d'humeur badine aujourd'hui, milord, commenta-t-elle, entrant dans son jeu.

— Je suis de cette humeur chaque fois que je vous contemple, milady.

Elle pouffa, puis pressa un chaste baiser sur ses lèvres.

— Dépêche-toi de filer. Nous avons du travail.

Le regard de Simon se posa sur le plus jeune membre de l'équipe. Ce n'était encore qu'un gamin lorsqu'il avait été emprisonné. Stryder le lui avait confié afin qu'il l'aide à s'adapter à sa nouvelle vie d'homme libre. Grâce aux bons soins et à la gentillesse de Kenna, le garçon avait déjà parcouru un long chemin en seulement quelques semaines.

— Tu accomplis un travail remarquable, ma mie, dit-il avec sérieux.

Succombant à son irrésistible charme, il la souleva dans ses bras.

— Qu'est-ce qui te prend ? protesta-t-elle avec un petit cri.

— Tu as encore une promesse à tenir, me semble-t-il.

— Ah oui ? Laquelle ?

— Me donner un enfant d'ici l'été prochain.

Il l'embrassa tendrement, puis l'emporta à l'intérieur du château qui lui appartenait désormais – à lui, l'ancien chevalier sans terres. Bien décidé à témoigner son éternelle gratitude à Kenna, il gravit l'escalier au pas de charge jusqu'à leur chambre.

La porte fermée, il fronça les sourcils en découvrant une lettre sur son oreiller. Il déposa son épouse à terre et s'approcha du lit.

Kenna le suivit.

— Qu'est-ce que c'est que ça ? demanda-t-il en reconnaissant son propre sceau.

Ils ne s'étaient pas écrit depuis le tournoi fatidique.

Elle haussa les épaules.

— Lis, tu verras.

Il brisa le cachet de cire et déplia la missive d'un geste impatient.

Mon champion bien-aimé,

Comme toute bonne nouvelle mérite de s'annoncer par écrit, j'ai pris ma plus belle plume pour te faire part de celle-ci : j'ai tenu ma promesse.

Ta bien-aimée à jamais, K.

Post-scriptum

Le K est pour Kenna, juste au cas où tu me prendrais pour une autre.

La main de Simon se mit à trembler. Elle attendait un enfant ! Il se retint de hurler de joie.

— Tu en es sûre ? demanda-t-il en pivotant vers elle.

Elle hocha la tête, un grand sourire aux lèvres.

Éclatant de rire, Simon l'étreignit, puis la fit tourbillonner dans ses bras.

— Merci, murmura-t-il lorsqu'il la reposa sur le sol pour s'emparer de sa bouche.

Kenna, cet être exceptionnel qui avait su faire mentir le destin et exaucer tous ses rêves.

La femme de sa vie. *Sa* Kenna.

Table des matières

13600

Composition
NORD COMPO

Achevé d'imprimer en Espagne
par BLACKPRINT CPI
le 5 septembre 2022

Dépôt légal : octobre 2022
EAN 9782290364628
OTP L21EPSN002417-400228

ÉDITIONS J'AI LU
82, rue Saint-Lazare, 75009 Paris
Diffusion France et étranger : Flammarion